U0858442

沉默的大多数

王小波——著

图书在版编目（CIP）数据

沉默的大多数 / 王小波著. —杭州：浙江文艺出版社，2016.1（2016.2重印）

ISBN 978-7-5339-4422-3

Ⅰ. ①沉… Ⅱ. ①王… Ⅲ. ①杂文集—中国—当代 Ⅳ. ①I267.1

中国版本图书馆CIP数据核字（2015）第308216号

责任编辑　闻　艺
特约监制　赵　菁　肖　蕊
特约编辑　胡瑞婷
封面设计　所以设计馆

沉默的大多数
王小波　著

出版发行　浙江文艺出版社
地　　址　杭州市体育场路347号　　邮编　310006
网　　址　www.zjwycbs.cn
经　　销　浙江省新华书店集团有限公司
印　　刷　北京盛通印刷股份有限公司
开　　本　880mm × 1230mm　1/32
字　　数　195千字
印　　张　10
插　　页　2
版　　次　2016年1月第1版　2016年2月第2次印刷
书　　号　ISBN 978-7-5339-4422-3
定　　价　39.00元

目　录

自　序

我以写小说为主业，但有时也写些杂文，来表明自己对世事的态度。作为一个寻常人，我的看法也许不值得别人重视，但对自己却很重要。这说明我有自己的好恶、爱憎，等等。假如没有这些，做人也没什么味道。这些看法常常是在伦理的论域之内，所以对它们，我倒有一种平常心。罗素先生曾说，对伦理的问题无法作科学的辩护。我同意这个观点。举例来说，我认为，思维可以给人带来很大的乐趣，我看不出有什么理由可以剥夺这种乐趣。这个看法也在伦理的论域之内。所以，我举不出科学上的理由来说明自己是对的。假如有人说不思维才快乐，我只有摇头，却无话可说。

罗素先生认为，残酷打击别人是不好的。但他只能期望别人来同意这个看法，不能证明自己的正确。他还说，有很多看法，看似一种普遍的伦理原则，其实只是一种特殊的恳求。在这本书里，我的多数看法都是这样的——没有科学的证据，也没有教条的支持。这些看法无非是作者的一些恳求。我对读者要求的，只是希望他们不要忽略我的那一份恳切而已。

这本书里除了文化杂文，还有给其他书写的序言与跋语。这些序言与跋语也表明了我的一些态度。除此之外，还有一些轻松的随笔。不管什么书，我都不希望它太严肃，这一本也不例外。

王小波

1995 年 6 月于北京家中

积极的结论

一

我小的时候，有一段很特别的时期。有一天，我父亲对我姥姥说，一亩地里能打三十万斤粮食，而我的姥姥，一位农村来的老实老太太，跳着小脚叫了起来：“杀了俺俺也不信！”她还算了一本细账，说 亩地上堆三十万斤粮，人概平地有两尺厚的一层。当时我们家里的人都攻击我姥姥觉悟太低，不明事理。我当时只有六岁，但也得出了自己的结论：我姥姥是错误的。事隔三十年，回头一想，发现我姥姥还是明白事理的。亩产三十万斤粮食会造成特殊的困难：那么多的粮食谁也吃不了，只好堆在那里，以致地面以每十年七至八米的速度上升，这样的速度在地理上实在是骇人听闻；十几年后，平地上就会出现一些山峦，这样水田就会变成旱田，旱田则会变成坡地，更不要说长此以往，华北平原要变成喜马拉雅山了。

我十几岁时又有过一段很特别的时期。我住的地方（我家在一所大学里）有些大学生为了要保卫党中央、捍卫毛主席而奋起，先是互相挥舞拳头，后用长矛交战，然后就越打越厉害。我对此事的看法不一定是正确的，但我认为，北京城原来是个很安全的地方，经这些学生的努力之后，在它的西北郊出现了一大片枪炮轰鸣的交战地带，北京地区变得带有危险性，故而这种做法能不能叫作保卫，实在值得怀疑。有一件事我始终想知道：身为二十世纪后半期的人，身披铠甲上阵与人交战，白刀子进红刀子出，自我感觉如何？当然，我不认为在这辈子里还能有机会轮到我来亲身体验了，但是这些事总在我心中徘徊不去。等到我长大成人，到海外留学，还给外国同学讲起过这些事，他们或则直愣愣地看着我，或则用目光寻找台历——我知道，他们想看看那一天是不是愚人节。当然，见到这种反应，我就没兴趣给他们讲这些事了。

说到愚人节，使我想起报纸上登过的一条新闻：国外科学家用牛的基因和西红柿做了一个杂种，该杂种并不到处跑着吞吃马粪和腐殖质，而是老老实实长在地上，结出硕大的果实。用这种牛西红柿做的番茄酱带有牛奶的味道，果皮还可以做鞋子。这当然是从国外刊物的愚人节专号上摘译的。像这样离奇的故事我也知道不少，比方说，用某种超声波哨子可以使冷水变热，用砖头砌的炉灶填上煤末子就可以炼出钢铁，但是这些故事不是愚人节的狂想，而是我亲眼所见。有一些时期，每一天都是愚人节。我在这样的气氛里长大。有一天，上级号召大家去插队，到广阔天地里，“滚一身泥巴，炼一颗红心”，我就去了，直到现在也没有认真考较一下，自己的心脏是否因此更红了一些。这当然也是个很特别的时期。消极地回顾自己的经历是不对的，悲观、颓废、怀疑都是不对的。但我做的事不是这样，我正在从这些事件中寻找积极的结论，这就完全不一样了。

二

我插队不久就遇到了这样一件事，有一天，军代表把我们召集起来，声色俱厉地呵斥道：你们这些人，口口声声要保卫毛主席，现在却是毛主席保卫了你们，还保卫了红色江山，等等。然后就向我们传达说，出了林彪事件，要我们注意盘查行人（我们在边境上）。散了会后，我有好一段时间心中不快——像每个同龄人一样，誓死保卫毛主席的口号我是喊过的。当然，军代表比我们年长，又是军人，理当在这件事上有更多的责任，这是问题的一个方面；另一方面，知青娃子实在难管，出了事先要诈唬我们一顿，这也是军代表政治经验老到之处。但是这些事已经不能安慰我了，因为我一向以为自己是个老实人，原来是这样的不堪信任——我是一个说了不算的反复小人！说了要保卫毛主席，结果却没有保卫。我对自己要求很严，起码在年轻时是这样的。经过痛苦的反思，我认为自己在这件事上是无能为力的，假如不是当初说了不负责任的话，现在就可以说是清白无辜了。我说过自己正在寻找积极的结论，现在就找到了一个。假设我们说话要守信义，办事情要有始有终，健全的理性实在是必不可少。

有关理性，哲学家有很多讨论，但根据我的切身体会，它的关键是：凡不可信的东西就不信，像我姥姥当年对待亩产三十万斤粮的态度，就叫作有理性。但这一点有时候不容易做到，因为会导致悲观和消极，从理性和乐观两样东西里选择理性颇不容易。理性就像贞操，失去了就不会再有；只要碰上了开心的事，乐观还会回来的。不过这一点很少有人注意到。从逻辑上说，从一个错误的前提什么都能推出来；从实际上看，一个扯谎的人什么都能编出来。所以假如你失去了理性，就会遇到大量令人诧异的新鲜事物，从此迷失在万花筒里，直到碰上了钉子。假如不是遇到了林彪事件，我至今还以为自己真能保卫毛主席哩。

我保持着乐观、积极的态度，起码在插队时是这样的。直到有一天患上了重病，加上食不果腹，病得要死。因此我就向领导要求回城养病。领导上不批准，还说我的情绪有问题。这使我猛省到，当时的情绪很是悲伤。不过我以为人生了病就该这样。旧版《水浒传》上，李逵从梁山上下去接母亲，路遇不测，老母被老虎吃了。他回到山寨，对宋江讲述了这个悲惨的故事之后，书上写着："宋江大笑。"你可以认为宋江保持了积极和乐观的态度，不过金圣叹有不同的意见，他把那句改成了"李逵大哭"。我同意金圣叹的意见，因为人遇到了不幸的事件就应该悲伤，哪有一天到晚呵呵傻笑的。当时的情形是这样的：虽然形势一片大好（这一点现在颇有疑问），但我病得要死，所以我觉得自己有理由悲伤。这个故事这样讲，显得有点突兀，应当补充些缘由：伴随着悲伤的情绪，我提出要回城去养病；领导上不批准，还让我高兴一点，"多想想大好形势"。现在想起来情况是这样："四人帮"倒行逆施，国民经济行将崩溃，我个人又病到奄奄一息，简直该悲伤死才好。不过我认为，当年那种程度的悲伤就够了。

我认为，一个人快乐或悲伤，只要不是装出来的，就必有其道理。你可以去分享他的快乐，同情他的悲伤，却不可以命令他怎样怎样，因为这是违背人类的天性的。众所周知，人可以令驴和马交配，这是违背这两种动物的天性的，结果生出骡子来，但骡子没有生殖力，这说明违背天性的事不能长久。我个人的一个秘密是在需要极大快乐和悲伤的公众场合却达不到这种快乐和悲伤应有的水平，因而内心惊恐万状，汗下如雨。一九六八年国庆时，我和一批同学拥到了金水桥畔，别人欢呼雀跃，流下了幸福的眼泪，我却恨不能找个地缝钻下去。还有一点需要补充的，那就是作为一个男性，我很不容易晕厥，这更加重了我的不幸。我不知道这些话有没有积极意义，但我知道，按当年的标准，我在内心里也是好的、积极向上的，或者说，是“忠”的，否则也不会有勇气把这些事坦白出来。我至今坚信，毛主席他老人家知道了我，一个十七岁的中学生的种种心事，必定会拍拍我的脑袋说：好啦，你能做到什么样就做到什么样吧，不要勉强了。但是这样的事没有发生（恐怕主要的原因是我怕别人知道这些卑鄙的心事，把它们隐藏得很深，故而没人知道），所以我一直活得很紧张。西洋人说，人人衣柜里有一具骷髅，我的骷髅就是我自己；我从不敢想象自己当了演员，走上舞台，除非在做噩梦时。这当然不是影射什么，我只是在说自己。

有关感情问题，我的结论如下，在这方面我们有一点适应能力。但是不可夸大这种能力，自以为想笑就能笑、想哭就能哭。假如你扣我些工资，我可以不抱怨；无缘无故打我个右派，我肯定要怀恨在心。别人在这方面比我强，我很佩服，但我不能自吹说达到了他的程度。我们不能欺骗上级，误导他们。这是老百姓应尽的义务。

三

麦克阿瑟将军写过一篇祈祷文，代他的儿子向上帝讨一些品行。各种品行要了一个遍，又要求给他儿子以幽默感。假设别的东西不能保持人的乐观情绪，幽默感总能。据我所见，我们这里年轻人没有幽默感，中老年人倒有。在各种讨论会上，时常有些头顶秃光光的人，面露蒙娜丽莎式的微笑，轻飘飘地抛出几句，让大家忍俊不禁。假如我理解正确的话，这种幽默感是老奸巨猾的一种，本身带有消极的成分。不要问我这些人是谁，我不是告密者；反正不是我，我头顶不秃。我现在年登不惑，总算有了近于正常的理性；因为无病无灾，又有了幽默感，所以遇到了可信和不可信的事，都能应付自如。不过，在我年轻的时候，既没有健全的理性，又没有幽默感，那么是怎么混过来的，实在是个大疑问。和同龄人交流，他们说，自己或则从众，或则听凭朴素的感情的驱动。这种状态，或者可以叫作虔诚。

但是这样理解也有疑问。我见到过不少虔信宗教的人，人家也不干荒唐事。最主要的是：信教的人并不缺少理性，有好多大科学家都信教，而且坚信自己的灵魂能得救；人家的虔诚在理性的轨道之内，我们的虔诚则带有不少黑色幽默的成分。如此看来，问题不在于虔诚。必须指出的是，宗教是在近代才开始合理的，过去也干过烧女巫、迫害异端等勾当。我们知道，当年教会把布鲁诺烧死了，就算我虔信宗教，也不会同意这种行为——我本善良，我对这一点极有把握，所以肯定会去劝那些烧人的人：诸位，人家只不过是主张日心说，烧死他太过分了。别人听了这样的话，必定要拉我同烧，这样我马上会改变劝说的方向，把它对准布鲁诺：得了吧，哥们儿，你这是何苦？去服个软儿吧。这就是我年轻时做人的态度，这当然算不上理性健全，只能叫作头脑糊涂；用这样的头脑永远也搞不清楚日心说对不对。如果我说中国人里大多数都像我，这肯定不是个有积极意义的结论。我只是说我自己，好像很富柔韧性。因为我是柔顺的，所以领导上觉得让我怎样都成，甚至在病得要死时也能乐呵呵。这是我的错误。其实我没那么柔顺。

我的积极结论是这样的：真理直率无比，坚硬无比，但凡有一点柔顺，也算不了真理。安徒生有一篇童话《光荣的荆棘路》，就是献给这些直率、坚硬的人，不过他提到的全是外国人。作为中国的知识分子，理应有自己的榜样。此刻我脑子里浮现出一系列名字：陈寅恪教授，冯友兰教授，等等。说到陈教授，我们知道，他穷毕生精力，考据了一篇很不重要的话本《再生缘》。想到这件事，我并不感到有多振奋，只是有点伤感。

四

如今到了不惑之年，我终于明白了，自己最适合做的事就是躲在家里写文章。这一方面是因为性情不大合群，另一方面也是我始终向往乐观、积极的东西。如前所述，我们面前有这样两个论域，一个需要认真对待，另一个需要幽默感；最大限度的积极和乐观在后一个论域里才有。我就喜欢编些牛西红柿一类的故事，但是绝不强求别人相信。这不说明我是个糊涂人，我还能够明辨是非。在“真实”这个论域里，假如你让我说话，假如是，我就说是，不是就说不是，绝不乱说，《圣经》上就是这么说的：再多说一句，就是出于那伪善者。当然，你要是不让我说，我就闭着嘴。假设世界上只有这两个论域，我就能应付得来：现在我既能认真地做事，又有幽默感。但是世界上还有第三个论域，我对其中发生的事颇感困惑。

朋友送我一本自著的书，是关于昆德拉的。其中有一段引述昆德拉的话说：前苏联，就是苏维埃社会主义联盟。这使我感受到了来自真实和幽默两方面的挑战。假如你说，昆德拉在教人识字，那是不对的。他不是干那件事的。至于说这话有何特别的寓意我没看出来，这正是我所担心的，我不愿被人当作笨蛋。事实上没有寓意，无怪我找不出来。至于这句话逗不逗，我请读者自行判断。另外，书里常常提到

"某种主义"，既没有特别的寓意，也不逗。向我这位朋友当面请教时，她就气得打嗝。原稿里"前苏联"那一段很长而且妙趣横生，被压成了这么短（既然被删了，我也不便引），至于某种主义，原是"极权主义"，这都是编辑做的工作。我的另一位朋友不用编辑来改，就把极权主义写成了全体主义，于是极权国家就是"全体国家"，而且只要你独断专行，就什么都有了。从英文来看，这是很对的，只是从中文来看，全体都需扫盲。当然，此种修改和删节，既不是出于真实，也不是出于幽默感。我写的稿子有时也遭批判，认为它少了点什么，既不是真实，又不是幽默感。还有第三种东西，就是"善"。善是非常好的（从理论上说，没有比它更好的东西），我自己年轻时就是这样，我遇到了一个奇妙的新世界。

对于现在的年轻人来说，所谓奇妙的新世界并不新。但我是从历史的角度来看问题的，不打招呼就偷换概念，这是我这一代人的品行。其实，从历史上看，这个世界也不新。这使我很是沮丧，因为我十分想得出积极的结论。对我们来说，新比旧积极，正如东比西积极。小时候我住在西城区，很羡慕住在东城的人。我现在四十岁，比之刚出娘胎的人，自然缺少积极的特性。我年轻时相信，只要能把事物一分为二，并且能找到主要方面就足够聪明了；现在觉得还要会点别的才好，否则还是不够聪明。这一点也证明我不够积极了。

对于奇妙的新世界，也该有个结论。我同意，这是前进中的曲折，并且有一些坏人作祟。信佛的人相信有阿修罗，信基督的相信有撒旦，什么都不信的相信有坏人。这是从战略的高度和历史的角度来看。从一个老百姓的角度来看，我又有很古怪的结论。我能出生，纯属偶然，生在何时何地，也非自身能够左右，故而这个奇妙的新世界，对我来说就是“命运”。我从不抱怨命不好，而是认为它好得很。这肯定是个积极的结论。有过这样的命运之后，我老憋不住呵呵傻笑，并且以为自己很逗，这其实非常不好。把幽默感去掉以后，从过去的岁月里，我得到了一个结论，那就是人活在世界上，不可以有偏差；而且多少要费点劲儿，才能把自己保持在理性的轨道上。

（本篇最初发表于1994年第四期《中国青年研究》杂志）

思维的乐趣

一

二十五年前，我到农村去插队时，带了几本书，其中一本是奥维德的《变形记》，我们队里的人把它翻了又翻，看了又看，以致它像一卷海带的样子。后来别队的人把它借走了，以后我又在几个不同的地方见到了它，它的样子越来越糟。我相信这本书最后是被人看没了的。现在我还忘不了那本书的惨状。插队的生活是艰苦的，吃不饱，水土不服，很多人得了病，但是最大的痛苦是没有书看，倘若可看的书很多的话，《变形记》也不会这样悲惨地消失了。除此之外，还得不到思想的乐趣。我相信这不是我一个人的经历：傍晚时分，你坐在屋檐下，看着天慢慢地黑下去，心里寂寞而凄凉，感到自己的生命被剥夺了。当时我是个年轻人，但我害怕这样生活下去，衰老下去。在我看来，这是比死亡更可怕的事。

我插队的地方有军代表管着我们，现在我认为，他们是一批单纯的好人，但我还认为，在我这一生里，再没有谁比他们使我更加痛苦过了。他们认为，所谓思想的乐趣，就是一天二十四小时都用毛泽东思想来占领，早上早请示，晚上晚汇报，假如有闲暇，就去看看说他们自己“亚古都”的歌舞。我对那些歌舞本身并无意见，但是看过二十遍以后就厌倦了。假如我们看书被他们看到了，就是一场灾难，甚至“著迅鲁”的书也不成——小红书当然例外。顺便说一句，还真有人因为带了旧版的鲁迅著作给自己带来了麻烦。有一个知识可能将来还有用处，就是把有趣的书换上无趣的皮。我不认为自己能够在一些宗教仪式中得到思想的乐趣，所以一直郁郁寡欢。像这样的故事有些作者也写到过，比方说，茨威格写过一部以此为题材的小说《象棋》，可称是现代经典，但我不认为他把这种痛苦描写得十全十美了。这种痛苦的顶点不是被拘押在旅馆里没有书看、没有合适的谈话伙伴，而是被放在外面，感到天地之间同样寂寞，面对和你一样痛苦的同伴。在我们之前，生活过无数的大智者，比方说，罗素、牛顿、莎士比亚，他们的思想和著述可以使我们免于这种痛苦，但我们和他们的思想、著述，已经被隔绝了。一个人倘若需要从思想中得到快乐，那么他的第一个欲望就是学习。我承认，我在抵御这种痛苦方面的确是不够坚强，但我绝不是最差的一个。举例言之，罗素先生在五岁时，感到寂寞而凄凉，就想到：假如我能活到七十岁，那么我这不幸的一生才度过了十四分之一！但是等他稍大一点，接触到智者的思想的火花，就改变了想法。假设他被派去插队，很可能就要自杀了。

谈到思想的乐趣，我就想到了我父亲的遭遇。我父亲是一位哲学教授，在五六十年代从事思维史的研究。在老年时，他告诉我，自己一生的学术经历，就如一部恐怖电影。每当他企图立论时，总要在大一统的官方思想体系里找自己的位置，就如一只老母鸡要在一个大搬家的宅院里找地方孵蛋一样。结果他虽然热爱科学而且很努力，但在一生中却没有得到思维的乐趣，只收获了无数的恐慌。他一生的探索，只剩下了一些断壁残垣，收到一本名为《逻辑探索》的书里，在他身后出版。众所周知，他那一辈的学人，一辈子能留下一本书就不错了。这正是因为在那些年代，有人想把中国人的思想搞得彻底无味。我们这个国家里，只有很少的人觉得思想会有乐趣，却有很多的人感受过思想带来的恐慌。所以现在还有很多人以为，思想的味道就该是这样的。

二

“文化大革命”之后，我读到了徐迟先生写哥德巴赫猜想的报告文学，那篇文章写得很浪漫。一个人写自己不懂得的事就容易这样浪漫。我个人认为，对于一个学者来说，能够和同行交流，是一种起码的乐趣。陈景润先生一个人在小房子里证数学题时，很需要有些国外的数学期刊可看，还需要有机会和数学界的同仁谈谈。但他没有，所以他未必是幸福的，当然他比没定理可证的人要快活。把一个定理证了十几年，就算证出时有绝大的乐趣，也不能平衡。但是在寂寞里枯坐就更加难熬。假如插队时，我懂得数论，必然会有陈先生的举动，而且就是最后什么都证不出也不后悔；但那个故事肯定比徐先生作品里描写的悲惨。然而，某个人被剥夺了学习、交流、建树这三种快乐，仍然不能得到我最大的同情。这种同情我为那些被剥夺了“有趣”的人保留着。

“文化大革命”以后，我还读到了阿城先生写知青下棋的小说，这篇小说写得也很浪漫。我这辈子下过的棋有五分之四是在插队时下的，同时我也从一个相当不错的棋手变成了一个无可救药的庸手。现在把下棋和插队两个词拉到一起，就能引起我生理上的反感。因为没事干而下棋，性质和手淫差不太多。我绝不肯把这样无聊的事写进小说里。

假如一个人每天吃一样的饭，干一样的活，再加上把八个样板戏翻过来倒过去地看，看到听了上句知道下句的程度，就值得我最大的同情。我最赞成罗素先生的一句话：“须知参差多态，乃是幸福的本源。”大多数的参差多态都是敏于思索的人创造出来的。当然，我知道有些人不赞成我们的意见。他们必然认为，单一机械，乃是幸福的本源。老子说，要让大家“虚其心而实其腹”，我听了就不是很喜欢；汉儒废黜百家，独尊儒术，在我看来是个很卑鄙的行为。摩尔爵士设想了一个细节完备的乌托邦，但我像罗素先生一样，绝不肯到其中去生活。在这个名单的末尾是一些善良的军代表，他们想把一切从我头脑中驱除出去，只剩一本二百七十页的小红书。在生活的其他方面，某种程度的单调、机械是必须忍受的，但是思想绝不能包括在内。胡思乱想并不有趣，有趣是有道理而且新奇。在我们生活的这个世界上，最大的不幸就是有些人完全拒绝新奇。

我认为自己体验到最大快乐的时期是初进大学时，因为科学对我来说是新奇的，而且它总是逻辑完备，无懈可击，这是这个平凡的尘世上罕见的东西。与此同时，也得以了解先辈科学家的杰出智力。这就如和一位高明的棋手下棋，虽然自己总被击败，但也有机会领略妙招。在我的同学里，凡和我同等年龄、有同等经历的人，也和我有同样的体验。某些单调机械的行为，比如吃、排泄、性交，也能带来快感，但因为过于简单，不能和这样的快乐相比。艺术也能带来这样的快乐，但是必须产生于真正的大师，像牛顿、莱布尼茨、爱因斯坦那样级别的人物，时下中国的艺术家，尚没有一位达到这样的级别。恕我直言，能够带来思想快乐的东西，只能是人类智慧至高的产物。比这再低一档的东西，只会给人带来痛苦；而这种低档货，就是出于功利的种种想法。

三

有必要对人类思维的器官（头脑）进行“灌输”的想法，时下正方兴未艾。我认为脑子是感知至高幸福的器官，把功利的想法施加在它上面，是可疑之举。有一些人说它是进行竞争的工具，所以人就该在出世之前学会说话，在三岁之前背诵唐诗。假如这样来使用它，那么它还能获得什么幸福，实在堪虞。知识虽然可以带来幸福，但假如把它压缩成药丸子灌下去，就丧失了乐趣。当然，如果有人乐意这样来对待自己的孩子，那不是我能管的事，我只是对孩子表示同情而已。还有人认为，头脑是表示自己是个好人的工具，为此必须学会背诵一批格言、教条——事实上，这是希望使自己看上去比实际上要好，十足虚伪。这使我感到了某种程度的痛苦，但还不是不能忍受的。最大的痛苦莫过于总有人想要用种种理由消灭幸福所需要的参差多态。这些人想要这样做，最重要的理由是道德；说得更确切些，是出于功利方面的考虑。因此他们就把思想分门别类，分出好的和坏的，但所用的标准很是可疑。他们认为，假如人们脑子里灌满了好的东西，天下就会太平。因此他们准备用当年军代表对待我们的态度，来对待年轻人。假如说，思想是人类生活的主要方面，那么，出于功利的动机去改变人的思想，正如为了某个人的幸福把他杀掉一样，言之不能成理。

有些人认为，人应该充满境界高尚的思想，去掉格调低下的思想。这种说法听上去美妙，却使我感到莫大的恐慌。因为高尚的思想和低下的思想的总和就是我自己；倘若去掉一部分，我是谁就成了问题。假设有某君思想高尚，我是十分敬佩的；可是如果你因此想把我的脑子挖出来扔掉，换上他的，我绝不肯，除非你能够证明我罪大恶极，死有余辜。人既然活着，就有权保证他思想的连续性，到死方休。更何况那些高尚和低下完全是以他们自己的立场来度量的，假如我全盘接受，无异于请那些善良的思想母鸡到我脑子里下蛋，而我总不肯相信，自己的脖子上方，原来是长了一座鸡窝。想当年，我在军代表眼里，也是很低下的人，他们要把自己的思想方法、生活方式强加给我，也是一种脑移植。菲尔丁曾说，既善良又伟大的人很少，甚至是绝无仅有的，所以这种脑移植带给我的不光是善良，还有愚蠢。在此我要很不情愿地用一句功利的说法：在现实世界上，蠢人办不成什么事情。我自己当然希望变得更善良，但这种善良应该是我变得更聪明造成的，而不是相反。更何况赫拉克利特早就说过，善与恶为一，正如上坡和下坡是同一条路。不知道何为恶，焉知何为善？所以他们要求的，不过是人云亦云罢了。

假设我相信上帝（其实我是不信的），并且正在为善恶不分而苦恼，我就会请求上帝让我聪明到足以明辨是非的程度，而绝不会请他让我愚蠢到让人家给我灌输善恶标准的程度。假若上帝要我负起灌输的任务，我就要请求他让我在此项任务和下地狱中作一选择，并且我坚定不移的决心是：选择后者。

四

假如要我举出一生最善良的时刻，那我就要举出刚当知青时，当时我一心想要解放全人类，丝毫也没有想到自己。同时我也要承认，当时我愚蠢得很，所以不仅没干成什么事情，反而染上了一身病，丢盔卸甲地逃回城里。现在我认为，愚蠢是一种极大的痛苦；降低人类的智能，乃是一种最大的罪孽。所以，以愚蠢教人，那是善良的人所能犯下的最严重的罪孽。从这个意义上说，我们绝不可对善人放松警惕。假设我被大奸大恶之徒所骗，心理还能平衡；而被善良的低智人所骗，我就不能原谅自己。

假如让我举出自己最不善良的时刻，那就是现在了。可能是因为受了一些教育，也可能是因为已经成年，反正你要让我去解放什么人的话，我肯定要先问问，这些人是谁，为什么需要帮助；其次要问问，帮助他们是不是我能力所及；最后我还要想想，自己直奔云南去挖坑，是否于事有补。这样想来想去，我肯定不愿去插队。领导上硬要我去，我还得去，但是这以后挖坏了青山、造成了水土流失，等等，就罪不在我。一般人认为，善良而低智的人是无辜的。假如这种低智是先天造成的，我同意。但是人可以发展自己的智力，所以后天的低智算不了无辜——再说，没有比装傻更便当的了。当然，这结论绝不是说当年那些军代表是些装傻的奸邪之辈——我至今相信他们是好人。我的结论是：假设善恶是可以判断的，那么明辨是非的前提就是发展智力，增广知识。然而，你劝一位自以为已经明辨是非的人发展智力，增广见识，他总会觉得你让他舍近求远，不仅不肯，还会心生怨恨。我不愿为这样的小事去得罪人。

我现在当然有自己的善恶标准，而且我现在并不比别人表现得坏。我认为低智、偏执、思想贫乏是最大的邪恶。按这个标准，别人说我最善良，就是我最邪恶时；别人说我最邪恶，就是我最善良时。当然我不想把这个标准推荐给别人，但我认为，聪明、达观、多知的人，比之别样的人更堪信任。基于这种信念，我认为我们国家在“废黜百家，独尊儒术”之后，就丧失了很多机会。

我们这个民族总是有很多的理由封锁知识、钳制思想、灌输善良，因此有很多才智之士在其一生中丧失了学习、交流、建树的机会，没有得到思想的乐趣就死掉了。想到我父亲就是其中的一个，我就心中黯然；想到此类人士的总和有恒河沙数之多，我就趋向于悲观。此种悲剧的起因，当然是现实世界里存在的种种问题。伟大的人物总认为，假设这世界上所有的人都像他期望的那样善良——更确切地说，都像他期望的那样思想，“思无邪”，或者“狠斗私字一闪念”，世界就可以得救。提出这些说法的人本身就是无邪或者无私的，他们当然不知邪和私是什么，故此这些要求就是：我没有的东西，你也不要有。无数人的才智就此被扼杀了。考虑到那恒河沙数才智之士的总和是一种难以想象的庞大资源，这种想法就是打算把整个大海装入一个瓶子之中。我所看到的事实是，这种想法一直在实行中，也就是说，对于现实世界的问题，从愚蠢的方面找办法。据此我认为，我们国家自汉代以后，一直在进行思想上的大屠杀；而我能够这样想，只说明我是幸存者之一。除了对此表示悲伤之外，我想不到别的了。

五

我虽然已活到了不惑之年，但还常常为一件事感到疑惑：为什么有很多人总是这样地仇恨新奇，仇恨有趣。古人曾说：天不生仲尼，万古长如夜。但我有相反的想法。假设历史上曾有一位大智者，一下发现了一切新奇、一切有趣，发现了终极真理，根绝了一切发现的可能性，我就情愿到该智者以前的年代去生活。这是因为，假如这种终极真理已经被发现，人类所能做的事就只剩下了依据这种真理来作价值判断。从汉代以后到近代，中国人就是这么生活的。我对这样的生活一点都不喜欢。

我认为，在人类的一切智能活动里，没有比作价值判断更简单的事了。假如你是只公兔子，就有做出价值判断的能力——大灰狼坏，母兔子好。然而兔子就不知道九九表。此种事实说明，一些缺乏其他能力的人，为什么特别热爱价值的领域。倘若对自己作价值判断，还要付出一些代价；对别人作价值判断，那就太简单、太舒服了。讲出这样粗暴的话来，我的确感到羞愧，但我并不感到抱歉。因为这种人士带给我们的痛苦实在太多了。

在一切价值判断之中，最坏的一种是：想得太多、太深奥，超过了某些人的理解程度是一种罪恶。我们在体验思想的快乐时，并没有伤害到任何人；不幸的是，总有人觉得自己受了伤害。诚然，这种快乐不是每一个人都能体验到的，但我们不该对此负责任。我看不出有什么理由要取消这种快乐，除非把卑鄙的嫉妒计算在内——这世界上有人喜欢丰富，有人喜欢单纯；我未见过喜欢丰富的人妒恨、伤害喜欢单纯的人，我见到的情形总是相反。假如我对科学和艺术稍有所知的话，它们是源于思想乐趣的浩浩江河，虽然惠及一切人，但这江河绝不是如某些人所想象的那样，为他们而流，正如以思想为乐趣的人不是为他们而生一样。

对于一位知识分子来说，成为思维的精英，比成为道德精英更为重要。人当然有不思索、把自己变得愚笨的自由；对于这一点，我是一点意见都没有的。问题在于思索和把自己变聪明的自由到底该不该有。喜欢前一种自由的人认为，过于复杂的思想会使人头脑昏乱，这听上去似乎有些道理。假如你把深山里一位质朴的农民请到城市的化工厂里，他也会因复杂的管道感到头晕，然而这不能成为取消化学工业的理由。所以，质朴的人们假如能把自己理解不了的事情看作是与己无关的事，那就好了。

假如现在我周围的世界又充满了“文革”时的军代表和道德教师，只能使我惊，不能使我惧。因为我已经活到了四十二岁。我在大学里遇到了把知识当作幸福来传播的数学教师，他使学习数学变成了一种乐趣。我遇到了启迪我智慧的人。我有幸读到了我想看的书——这个书单很是庞杂，从罗素的《西方哲学史》，一直到英国维多利亚时期的地下小说。这最后一批书实在是很不堪的，但我总算是把不堪的东西也看到了。当然，我最感谢的是那些写了好书的人，比方说，萧伯纳、马克·吐温、卡尔维诺、杜拉斯等，但对那些写了坏书的人也不怨恨。我自己也写了几本书，虽然还没来得及与大陆读者见面，但总算获得了一点创作的快乐。这些微不足道的幸福就能使我感到在一生中稍有所得，比我父亲幸福，比那些将在思想真空里煎熬一世的年轻人幸福。作为一个有过幸福和痛苦两种经历的人，我期望下一代人能在思想方面有些空间来感到幸福，而且这种空间比给我的大得多。而这些呼吁当然是对那些立志要当军代表和道德教师的人而发的。

（本篇最初发表于 1994 年第九期《读书》杂志）

我看国学

我现在四十多岁了，师长还健在，所以依然是晚生。当年读研究生时，老师对我说，你国学底子不行，我就发了一回愤，从四书到二程、朱子乱看了一通。我读书是从小说读起，然后读四书；做人是从知青做起，然后做学生。这样的次序想来是有问题。虽然如此，看古书时还是有一些古怪的感慨，值得敝帚自珍。读完了《论语》闭目细思，觉得孔子经常一本正经地说些大实话，是个挺可爱的老天真。自己那几个学生老挂在嘴上，说这个能干啥，那个能干啥，像老太太数落孙子一样，很亲切。老先生有时候也鬼头鬼脑，那就是“子见南子”那一回。出来以后就大呼小叫，一口咬定自己没“犯色”。总的来说，我喜欢他，要是生在春秋，一定上他那里念书，因为那儿有一种“匹克威克俱乐部”的气氛。至于他的见解，也就一般，没有什么特别让人佩服的地方。至于他特别强调的礼，我以为和“文化大革命”里搞的那些仪式差不多，什么“早请示晚汇报”，我都经历过，没什么大意思。对于幼稚的人也许必不可少，但对有文化的成年人就是一种负担。不过，我上孔老夫子的学，就是奔那种气氛而去，不想在那里长什么学问。

《孟子》我也看过了，觉得孟子甚偏执，表面上体面，其实心底有股邪火。比方说，他提到墨子、杨朱，“无君无父，是禽兽也”，如此立论，已然不是一个绅士的作为。至于他的思想，我一点都不赞成。有论家说他思维缜密，我的看法恰恰相反。他基本的方法是推己及人，有时候及不了人，就说人家是禽兽、小人；这股凶巴巴恶狠狠的劲头实在不讨人喜欢。至于说到修辞，我承认他是一把好手，别的方面就没什么。我一点都不喜欢他，如果生在春秋，见了面也不和他握手。我就这么读过了孔、孟，用我老师的话来说，就如“春风过驴耳”。我的这些感慨也只是招得老师生气，所以我是晚生。

假如有人说，我如此立论，是崇洋媚外，缺少民族感情，这是我不能承认的。但我承认自己很佩服法拉第，因为给我两个线圈一根铁棍子，让我去发现电磁感应，我是发现不出来的。牛顿、莱布尼茨，特别是爱因斯坦，你都不能不佩服，因为人家想出的东西完全在你的能力之外。这些人有一种惊世骇俗的思索能力，为孔孟所无。按照现代的标准，孔孟所言的“仁义”啦，“中庸”啦，虽然是些好话，但似乎都用不着特殊的思维能力就能想出来，琢磨得过了分，还有点肉麻。这方面有一个例子：记不清二程里哪一程，有一次盯着刚出壳的鸭雏使劲看。别人问他看什么，他说，看到毛茸茸的鸭雏，才体会到圣人所说“仁”的真意。这个想法里有让人感动的地方，不过仔细一体会，也没什么了不起的东西在内。毛茸茸的鸭子虽然好看，但再怎么看也是只鸭子。再说，圣人提出了“仁”，还得让后人看鸭子才能明白，起码是词不达意。我虽然这样想，但不缺少民族感情。因为我虽然不佩服孔孟，但佩服古代中国的劳动人民。劳动人民发明了做豆腐，这是我想象不出来的。

我还看过朱熹的书，因为本科是学理工的，对他“格物”的论述看得特别地仔细。朱子用阴阳五行就可以格尽天下万物，虽然阴阳五行包罗万象，是民族的宝贵遗产，我还是以为多少有点失之于简单。举例来说，朱子说，往井底下一看，就能看到一团森森的白气。他老人家解释道，阴中有阳，阳中有阴（此乃太极图之象），井底至阴之地，有一团阳气，也属正常。我相信，你往井里一看，不光能看到一团白气，还能看到一个人头，那就是你本人（我对这一点很有把握，认为不必做实验了）。不知为什么，这一点他没有提到。可能观察得不仔细，也可能是视而不见，对学者来说，这是不可原谅的。还有可能是井太深，但我不相信宋朝就没有浅一点的井。用阴阳学说来解释这个现象不大可能，也许一定要用到几何光学。虽然要求朱子一下推出整个光学体系是不应该的，那东西太过复杂，往那个方向跨一步也好。但他根本就不肯跨。假如说，朱子是哲学家、伦理学家，不能用自然科学家的标准来要求，我倒是同意的。可怪的是，咱们国家几千年的文明史，就是出不了自然科学家。

现在可以说，孔孟程朱我都读过了。虽然没有很钻进去，但我也怕钻进去就爬不出来。如果说，这就是中华文化遗产的主要部分，那我就要说，这点东西太少了，拢共就是人际关系里那么一点事，再加上后来的阴阳五行。这么多读书人研究了两千年，实在太过分。我们知道，旧时的读书人都能把四书五经背得烂熟，随便点出两个字就能知道它们在书中什么地方。这种钻研精神虽然可佩，这种做法却十足是神经病。显然，会背诵爱因斯坦原著，成不了物理学家；因为真正的学问不在字句上，而在于思想。就算文科有点特殊性，需要背诵，也到不了这个程度。因为“文革”里我也背过毛主席语录，所以以为，这个调调我也懂——说是诵经念咒，并不过分。

“二战”期间，有一位美国将军深入敌后，不幸被敌人堵在了地窖里，敌人在头上翻箱倒柜，他的一位随行人员却咳嗽起来。将军给了随从一块口香糖让他嚼，以此来压制咳嗽。但是该随从嚼了一会儿，又伸手来要，理由是：这一块太没味道。将军说：没味道不奇怪，我给你之前已经嚼了两个钟头了！我举这个例子是要说明，四书五经再好，也不能几千年地念；正如口香糖再好吃，也不能换着人地嚼。当然，我没有这样地念过四书，不知道其中的好处。有人说，现代的科学、文化，林林总总，尽在儒家的典籍之中，只要你认真钻研。这我倒是相信的，我还相信那块口香糖再嚼下去，还能嚼出牛肉干的味道，只要你不断地嚼。我个人认为，我们民族最重大的文化传统，不是孔孟程朱，而是这种钻研精神。过去钻研四书五经，现在钻研《红楼梦》。我承认，我们晚生一辈在这方面差得很远，但也未尝不是一件好事。四书也好，《红楼梦》也罢，本来只是几本书，却硬要把整个大千世界都塞在其中。我相信世界不会因此得益，而是因此受害。

任何一门学问，即便内容有限而且已经不值得钻研，但你把它钻得极深极透，就可以挟之以自重，换言之，让人家都佩服你；此后假如再有一人想挟这门学问以自重，就必须钻得更深更透。此种学问被无数的人这样钻过，会成个什么样子，实在难以想象。那些钻进去的人会成个什么样子，更是难以想象。古宅闹鬼，树老成精，一门学问最后可能变成一种妖怪。就说国学吧，有人说它无所不包，到今天还能拯救世界，虽然我很乐意相信，但还是将信将疑。

（本篇最初发表于1995年第二期《中国青年研究》杂志）

东西方快乐观区别之我见

东西方精神的最大区别在于西方人沉迷于物欲，而东方人精于人与人的关系；前者从征服中得到满足，后者从人与人的相亲相爱中汲取幸福。一次大战刚结束时，梁任公旅欧归来，就看到前一种精神的不足。那个时候列强竞相掠夺世界，以致打了起来，生灵涂炭——任公觉得东方人有资格给他们上一课；而当时罗素先生接触了东方文明以后，也觉得颇有教益。现在时间到了世纪末，不少东方人还觉得有资格给西方人上一课。这倒不是因为又打了大仗，而是西方人的物欲毫无止境，搞得能源、生态一齐闹了危机；而人际关系又是那么冷酷无情。但是这一课没有听众，急得咱们自己都抓耳挠腮。这种物欲横流的西方病，我们的老祖宗早就诊断过。当年孟子见梁惠王，梁惠王问利，孟子就说，上下交征利而国危矣。所谓利，就是能满足物质欲望的东西。在古代，生产力有限，想要利，就得从别人那里夺，争得凶了就要打破头。现代科技发达，可以从开发自然里得到利益，搞得过了头，又要造成生态危机。孟子提出一种东西作为“利”的替代物，这个暂且不提。我们来讨论一下西方病的根源。笔者既学过文，又学过理，两边都是糊里糊涂，且有好作不伦不类的类比之恶习。不管怎样，大家可以听听这种类比可有道理。

人可以从环境中得到满足，这种满足又成为他行动的动力。比方说，冷天烧了暖气觉得舒服，热天放了冷气又觉得舒服，结果他就要把房间恒温到华氏七十度，购买空调机，耗费无数电力；骑车比走路舒服，坐车又比骑车舒服，结果是人人买汽车，消耗无数汽油。由此看来，舒服了还要更舒服，正是西方人掠夺自然的动力。这在控制论上叫作正反馈，社会就相当于一个放大器，人首先有某种待满足的物欲，在欲望推动下采取的行动使欲望满足，得到了乐趣，这都是正常的。乐趣又产生欲望，又反馈回去成了再做这行动的动力，于是越来越凶，成了一种毛病。玩过无线电的人都知道，有时候正反馈讨厌得很，状似抽风：假如话筒和喇叭串了，就会闹出这种毛病，喇叭里的声音又进了话筒，放大数百倍出来再串回去，结果就是要吵死人——行话叫作“自激”。在我们这里看来，西方社会正在自激，舒服了还要更舒服，搅到最后，连什么是舒服都不清不楚，早晚把自己烧掉了完事。这种弊病的根源在于它是个欲望的放大器——它在满足物欲方面能做得很成功，当然也有现代技术在做它的后盾。孟老夫子当年就提出要制止这种自激，提出个好东西，叫作“仁义”，仁者，亲亲也，义者，敬长也，亲亲敬长很快乐，又不毁坏什么，这不是挺好的吗？（见《孟子·离娄上》）

有关自激像抽风，还可以举出一个例子。凡高级动物脑子里都有快乐中枢，对那地方施以刺激，你就乐不可支。据说吸毒会成瘾，就是因为毒品直接往那里作用。有段科普文章里说到有几个缺德科学家在海豚脑子里装了刺激快乐中枢的电极，又给海豚一个电键，让它可以自己刺激自己。结果它就抽了风，废寝忘食地狂敲不止。我当然不希望他们是在寻海豚的开心，而希望他们是在做重要的试验。不管怎么说吧，上下交征利，是抽这种风，无止境地开发自然，也是抽这种风。我们可以教给西方人的就是：咱们可以从人与人的关系里得到乐趣。当然，这种乐趣里最直接的就是性爱，但是孟子毫不犹豫地把它挖了出去，虽然讲出的道理很是牵强——说“慕少艾”不是先天的“良知良能”，是后天学坏了，现代人当然要得出相反的结论。实际原因也很简单，它可能导致自激。孟子说，乐之实，乃是父子之情，手足之情（顺便说说，有注者说这个“乐”是音乐之“乐”，我不大信），再辅之以礼，就可以解决一切社会问题。这是孟子的说法，但我不大信服。他所说的那种快乐也可以自激，就如孟子自己说的：“乐则生矣，生则恶可已也，恶可已，则不知足之蹈之手之舞之。”谁要说这不叫抽风，那我倒想知道一下什么是抽风。而且我认为，假如没有一大帮人站在一边拍巴掌，谁也抽不到这种程度——孟夫子本人当然例外。

中国人在人际关系里找到了乐趣，我们认为这是自己的一大优点。因为有此优点，我们既不冷漠，又不自私，而且人与自然的关系和谐。中国社会四平八稳，不容易出毛病。这些都是我们的优点，我也不敢妄自菲薄。但是基督曾说，不要只看到别人眼里有木刺，没准儿自己眼里还有大梁呢。中国的传统道德，讲究得过了头，一样会导致抽风式的举动。这是因为中国的传统社会在这方面也是个放大器。人行忠孝节义，就能得忠臣孝子节妇义士的美名，这种美名刺激你更去行忠孝节义，循环往复，最后你连自己在干什么都搞不清。举例言之，我们讲究孝道，人人都说孝子好。孝子一吃香，然后也能导致正反馈，从而走火入魔：什么郭解埋儿啦，卧冰求鱼啦，谁能说这不是自激现象？再举一例，中国传统道德里要求妇女守身如玉，从一而终，这可是个好道德吧？于是人人盛赞节烈妇女。翻开历史一看，女人为了节烈，割鼻子拉耳朵的都有。鼻子耳朵不比头发指甲，割了长不出来，而且人身上有此零件，必有用处，拿掉了肯定有不便处。若是为“节烈”之名而自杀，肯定是更加不妥的了。此类行为，就像那条抽风的海豚。

“文化大革命”中大跳忠字舞时，也是抽的这种风；

你越是五迷三道，晕头涨脑，大家就越说你好，所以当时九亿人民都像发了四十度的高烧。不用我说，你就能发现，这正是孟子说的那种手舞足蹈的现象。经历了“文化大革命”的中国人，用不着我来提醒，就知道它是有很大害处的。“忠”可算是有东方特色的，而且可以说它是孝的一种变体，所以东方精神发扬到了极致，和西方精神一样的不合理，没准还会更坏。我们这里不追求物欲的极大满足，物质照样不够用。正如新儒家学者所说，我们的文化重人，所以人多了一定好，假如是自己的种，那就更好：做父母的断断不肯因为穷、养不起就不生，生得多了，人际关系才能极大丰富，对不对？于是你有一大帮儿子就有人羡慕。结果中国有十二亿人，虽然都没有要求开私家车，用空调机，能源也是不够用。只要一日三餐的柴火，就能把山林砍光；只要有口饭吃，地就不够种。偶尔出门一看，到处是人山人海，我就觉得咱们这里自激得很厉害。虽然就个体而言没有什么过分的物欲，就总体来看还是很过分，中国人一年烧掉十亿吨煤，造出无数垃圾，同样也超过地球的承受力。现在社会虽然平稳，拿着这么多的人口也是头疼。故而要计划生育，这就使人伦的基础大受损害。倘若这种东方特色不能改变，那就只能把大家变到身高三寸，那么所有的中国人又可以快乐地生活，并且享受优越的人际关系。可以预言，过个三五百年，三寸又嫌太高。就这么缩下去，一直缩到风能吹走，看来也不是好办法。

本文的主旨，在于比较东西方不同的快乐观。罗素在讨论伦理问题时曾经指出，人人都希求幸福。假如说，人得到自己希求的东西就是幸福，那就言之成理。倘若说因为某件事是幸福的，所以我们就希求它，那就是错误的。谁也不是因为吃是幸福的才饿的呀。幸福的来源，就是不计苦乐、不计利弊、自然存在的需要，这种需要的种类、分量，都不是可以任意指定的。当然，这是人在正常时的情形，被人哄到五迷三道、晕头转向的人不在此列。马尔库塞说西方社会有病，是说它把物质消费本身当成了需要，消费不是满足需求，而是满足起哄。我能够理解这种毛病是什么，但是缺少亲身体验。假如把人际关系和谐本身也当成需要，像孟子说的那样：行孝本身是快乐的，所以去行孝，当然就更是有病，而且这种毛病我亲身体验过了（在“文化大革命”里人人表忠心的时候）。人满足物质欲望的结果是消费，人际关系的和谐也是人避免孤独这一需要的结果。一种需要本身是不会过分的，只有人硬要去夸大它，导致了自激时才会过分。饿了，找个干净饭馆吃个饭，有什么过分？想要在吃饭时显示你有钱才过分。你有个爸爸，你很爱他，要对他好，有什么过分？非要在这件事上显示你是个大孝子，让别人来称赞才过分。需要本身只有一分，你非把它弄到十分，这原因大家心里明白，社会对个人不是只起好作用，它还是个起哄的场所，干什么事都要别人说好，赢得一些喝彩声，正是这件事在导致自激。东方社会有东方的起哄法，西方有西方的起哄法。而且两边比较起来，还是东方社会里的人更爱起哄。

假如此说是正确的，那么真正的幸福就是让人在社会的法理、公德约束下，自觉自愿地去生活；需要什么，就去争取什么；需要满足之后，就让大家都得会儿消停。这当然需要所有的人都有点文化修养，有点独立思考的能力，并且对自己的生活负起责任来，同时对别人的事少起点哄。这当然不容易，但这是唯一的希望。看到人们在为物质自激，就放出人际关系的自激去干扰；看到人在人际关系里自激，就放出物质方面的自激去干扰；这样激来扰去，听上去就不是个道理。搞得不好，还能把两种毛病一齐染上：出了门，穷奢极欲，非奔驰车不坐，非毒蛇王八不吃，甚至还要吃金箔、屙金屎；回了家，又满嘴仁义道德，整个一个封建家长，指挥上演种种草菅人命的丑剧（就像大邱庄发生过的那样）。要不就走向另一极端，对物质和人际关系都没了兴趣，了无生趣——假如我还不算太孤陋寡闻，这两样人物我们在当代中国都已经看到了。

（本篇最初发表于 1995 年第二期《东方》杂志）

迷信与邪门书

我家里有各种各样的书，有工具书、科学书和文学书，还有戴尼提、气功师一类的书，这些书里所含的信息各有来源。我不愿指出书名，但恕我直言，有一类书纯属垃圾。这种书里写着种种古怪异常的事情，作者还一口咬定都是真的，据说这叫人体特异功能。

人脑子里有各种各样的东西，有可靠的知识，有不可靠的猜测，还有些东西纯属想入非非。这些东西各有各的用处，我相信这些用处是这样的：一个明理的人，总是把可靠的知识作为根本；也时常想想那些猜测，假如猜测可以验证，就扩大了知识的领域；最后，偶尔他也准许自己想入非非，从荒诞的想象之中，人也能得到一些启迪。当然，人有能力把可信和不可信的东西分开，不会把怪诞的想象当真——但也有例外。

当年我在农村插队，见到村里有位妇女撒癔症，自称狐仙附了体，就是这种例外。时至今日，我也不能证明狐仙鬼怪不存在，我只知道他们不大可能存在，所以狐仙附体不能认定是假，只能说是很不可信。假设我信有狐仙附了我的体，那我是信了一件不可信的事，所以叫撒了癔症。当然，还有别的解释，说那位妇女身上有了“超自然的人体现象”，或者是有了特异功能（自从狐仙附体，那位大嫂着实有异于常人，主要表现在她敢于信口雌黄），自己不会解释，归到了狐仙身上。但我觉得此说不对。在学大寨的年代里，农村的生活既艰苦，又乏味。妇女的生活比男人还要艰苦。假如认定自己不是个女人，而是只狐狸，也许会愉快一些。我对撒癔症的妇女很同情，但不意味着自己也想要当狐狸。因为不管怎么说，这是一种病态。

我还知道这样一个例子，我的一位同学的父亲得了癌症，已经到了晚期，食水俱不能下，静脉都已扎硬。就在弥留之际，忽然这位老伯指着顶棚说，那里有张祖传的秘方，可以治他的病。假如找到了那张方子，治好了他的病，自然可以说，临终的痛苦激发了老人家的特异功能，使他透过顶棚纸，看到了那张家传秘方。不幸的是，把顶棚拆了下来也没找到。后来老人家终于在痛苦中死去。同学给我讲这件事，我含泪给他解释道：伯父在临终的痛苦之中，开始想入非非，并且信以为真了。

我以为，一个人在胸中抹煞可信和不可信的界限，多是因为生活中巨大的压力。走投无路的人就容易迷信，而且是什么都信（马林诺夫斯基也是这样来解释巫术的）。虽然原因让人同情，但放弃理性总是软弱的行径。我还以为，人体特异功能是件不可信的事，要让我信它，还得给我点压力，别叫我“站着说话不腰疼”。比方说，让我得上癌症，这时有人说，他发点外气就能救我，我就会信；再比方说，让我是个犹太人，被关在奥斯维辛，此时有人说，他可以用意念叫希特勒改变主意，放了我们大家，那我不仅会信，而且会把全部财物（假如我有的话）都给他，求他意念一动。我现在正在壮年，处境尚佳，自然想循科学和艺术的正途，努力地思索和工作，以求成就。换一种情况就会有变化。在老年、病痛或贫困之中，我也可能相信世界上还有些奇妙的法门，可以呼风唤雨、起死回生。所以我对事出有因的迷信总抱着宽容的态度。只可惜有种情况叫人无法宽容。

在农村还可以看到另一种狐仙附体的人，那就是巫婆神汉。我以为他们不是发癔症，而是装神弄鬼，诈人钱物。如前所述，人在遇到不幸时才迷信，所以他们又是些趁火打劫的恶棍。总的来说，我只知道一个词，可以指称这种人，那就是“人渣”。各种邪门书的作者应该比人渣好些，但凭良心说，我真不知好在哪里。

我以为，知识分子的道德准则应以诚信为根本。假如知识分子也骗人，让大家去信谁？但知识分子里也有人信邪门歪道的东西，这就叫人大惑不解。理科的知识分子绝不敢在自己的领域里胡来，所以在诚信方面记录很好。就是文史学者也不敢编造史料，假造文献。但是有科学的技能，未必有科学素质；有科学的素质，未必有科学的品格。科学家也会五迷三道。当然，我相信他们是被人骗了。老年、疾病和贫困也会困扰科学家，除此之外，科学家只知道什么是真，不知道什么是假，更不谙弄虚作假之道，所以容易被人骗。

小说家是个很特别的例子，他以编故事为主业，既知道何谓真，更知道何谓假。我自己就是小说家，你让我发誓说写出的都是真事，我绝不敢，但我不以为自己可以信口雌黄到处骗人。我编的故事，读者也知道是编的。我总以为写小说是种事业、是种体面的劳动，有别于行骗。你若说利用他人的弱点进行欺诈，干尽人所不齿的行径，可只因为是个小说家，他就是个好人了，我抵死也不信。这是因为虚构文学一道，从荷马到如今，有很好的名声。

我还以为，知识分子应该自尊、敬业。我们是一些堂堂君子，从事着高尚的事业。所有的知识分子都是这样看自己和自己的事业，小说家也不该例外。现在市面上有些书，使我怀疑某人是这么想的：我就是个卑鄙小人，从事着龌龊的事业。假如真有这等事，我只能说：这样想是不好的。

最近，有一批自然科学家签名，要求警惕种种伪科学，此举来得非常及时。《老残游记》上说，中国有“北拳南革”

两大祸患。当然，“南革”的说法是对革命者的污蔑，但“北拳”的确是中国的一大隐患。中国人——尤其是社会的下层——有迷信的传统，在社会动荡、生活有压力时，简直就是渴望迷信。此时有人来装神弄鬼，就会一哄而起，造成大的灾难。这种流行性的迷信之所以可怕，在于它会使群众变得不可理喻。这是中国文化传统里最深的隐患。宣扬种种不可信的东西，是触发这种隐患。作家应该有社会责任感，不可为一点稿酬，就来为祸人间。

（本篇最初发表于 1995 年 7 月 12 日《中华读书报》）

智慧与国学

一

我有一位朋友在内蒙古插过队，他告诉我说，草原上绝不能有驴。假如有了的话，所有的马群都要“炸”掉。原因是这样的：那个来自内地的、长耳朵的善良动物来到草原上，看到了马群，以为见到了表亲，快乐地奔了过去；而草原上的马没见过这种东西，以为来了魔鬼，被吓得一哄而散。于是一方急于认表亲，一方急于躲鬼，都要跑到累死了才算。近代以来，确有一头长耳朵怪物，奔过了中国的原野，搅乱了这里的马群，它就是源于西方的智慧。假如这头驴可以撵走，倒也简单。问题在于撵不走。于是就有了种种针对驴的打算：把它杀掉，阉掉，让它和马配骡子，没有一种是成功的。现在我们希望驴和马能和睦相处，这大概也不可能。有驴子的地方，马就养不住。其实在这个问题上，马儿的意见最为正确：对马来说，驴子的确是可怕的怪物。

让我们来看看驴子的古怪之处。当年欧几里得讲几何学，有学生发问道，这学问能带来什么好处？欧几里得叫奴隶给他一块钱，还讽刺他道：这位先生要从学问里找好处啊！又过了很多年，法拉第发现了电磁感应，演示给别人看，有位贵妇人说：这有什么用？法拉第反问道：刚生出来的小孩子有什么用？按中国人的标准，这个学生和贵妇有理，欧几里得和法拉第没有理：学以致用嘛，没有用处的学问哪能叫作学问。西方的智者却站在老师一边，赞美欧几里得和法拉第，鄙薄学生和贵妇。时至今日，我们已经看出，很直露地寻求好处，恐怕不是上策。这样既不能发现欧氏几何，也不能发现电磁感应，最后还要吃很大的亏。怎样在科学面前掩饰我们要好处的暧昧心情，成了一个难题。

有学者指出，中国传统的思维方式有重实用的倾向。他们还以为，这一点并不坏。抱着这种态度，我们很能欣赏一台电动机。这东西有“器物之用”，它对我们的生活有些贡献。我们还可以像个迂夫子那样细列出它有“抽水之用”“通风之用”，等等。如何得到“之用”，还是个问题，于是我们就想到了发明电动机的那个人——他叫作西门子或者爱迪生。他的工作对我们可以使用电机有所贡献，换言之，他的工作对器物之用又有点用，可以叫作“器物之用之用”。像这样林林总总，可以揪出一大群：法拉第、麦克斯韦，等等，分别具有“之用之用之用”或更多的之用。像我这样的驴子之友看来，这样来想问题，岂止是有点笨，简直是脑子里有块榆木疙瘩，嗓子里有一口痰。我认为在器物的背后是人的方法与技能，在方法与技能的背后是人对自然的了解，在人对自然了解的背后，是人类了解现在、过去与未来的万丈雄心。按老派人士的说法，它该叫作“之用之用之用之用”，是末节的末节。一个人假如这样看待人类最高尚的品行，何止是可耻，简直是可杀。而区区的物品，却可以叫“之用”，和人亲近了很多。总而言之，以自己为中心，只要好处；由此产生的狼心狗肺的说法，肯定可以把法拉第、爱迪生等人气得在坟墓里打滚。

在西方的智慧里，怎样发明电动机，是个已经解决了的问题，所以才会有电动机。罗素先生就说，他赞成不计成败利钝地追求客观真理。这话还是有点绕。我觉得西方的智者有一股不管三七二十一，总要把自己往聪明里弄的劲头儿。为了变得聪明，就需要种种知识。不管电磁感应有没有用，我们先知道了再说。换言之，追求智慧与利益无干，这是一种兴趣。现代文明的特快列车竟发轫于一种兴趣，说来叫人不能相信，但恐怕真是这样。

中国人还认为，求学是痛苦的，学海无涯苦作舟。学童不仅要背四书五经，还要挨戒尺板子，仅仅是因为考虑到他们的承受力，才没有动用老虎凳。学习本身很痛苦，必须以更大的痛苦为推动力，和调教牲口没有本质的区别。当然，夫子曾说，学而时习之，不亦乐乎？但他老人家是圣人，和我们不一样。再说，也没人敢打他的板子。从书上看，孟子曾从思辨中得到一些快乐。但春秋以后到近代，再没有中国人敢说学习是快乐的了。一切智力的活动都是如此，谁要说动脑子有乐趣，最轻的罪名也是不严肃——顺便说一句，我认为最严肃的东西是老虎凳，对坐在上面的人来说，更是如此。据我所知，有些外国人不是这样看问题。维特根斯坦在临终时，回顾自己一生的智力活动时说：告诉他们，我度过了美好的一生。还有一个物理学家说：我就要死了，带上两道难题去问上帝。在天堂里享受永生的快乐他还嫌不够，还要在那里讨论物理！总的来说，学习一事，在人家看来快乐无比，而在我们眼中则毫无乐趣，如同一个太监面对后宫佳丽。如此看来，东西方两种智慧的区别，不仅是驴和马的区别，而且是叫驴和骟马的区别。那东西怎么就没了，真是个大问题！

作为驴子之友，我对爱马的人也有一种敬意。通过刻苦的修炼来完善自己，成为一个敬祖宗畏鬼神、俯仰皆能无愧的好人，这种打算当然是好的。唯一使人不满意的是，这个好人很可能是个笨蛋。直愣愣地想什么东西有什么用处，这是任何猿猴都有的想法。只有一种特殊的裸猿（也就是人类），才会时时想到“我可能还不够聪明”！所以，我不满意爱马的人对这个问题的解答。也许在这个问题上可以提出一个骡子式的折中方案：你只有变得更聪明，才能看到人间的至善。但我不喜欢这样的答案。我更喜欢驴子的想法：智慧本身就是好的。有一天我们都会死去，追求智慧的道路还会有人在走着。死掉以后的事我看不到。但在我活着的时候，想到这件事，心里就很高兴。

二

物理学家海森堡给上帝带去的那两道难题是相对论和湍流。他还以为后一道题太难，连上帝都不会。我也有一个问题，但我不想向上帝提出，那就是什么是智慧。假如这个问题有答案，也必定在我的理解范围之外。当然，不是上帝的人对此倒有些答案，但我总是不信。相比之下我倒更相信苏格拉底的话：我只知道自己一无所知。罗素先生说，虽然有科学上的种种成就，但我们所知甚少，尤其是面对无限广阔的未知，简直可以说是无知的。与罗素的注释相比，我更喜欢苏格拉底的那句原话，这句话说得更加彻底。他还有些妙论我更加喜欢：只有那些知道自己智慧一文不值的人，才是最有智慧的人。这对某种偏向是种解毒剂。

如果说我们都一无所知，中国的读书人对此肯定持激烈的反对态度：孔夫子说自己知天命而且不逾矩，很显然，他不再需要知道什么了。后世的人则以为：天已经生了仲尼，万古不长如夜了。再后来的人则以为，精神原子弹已经炸过，世界上早没有了未解决的问题。总的来说，中国人总要以为自己有了一种超级的知识，博学得够够的、聪明得够够的，甚至巴不得要傻一些。直到现在，还有一些人以为，因为我们拥有世界上最博大精深的文化遗产，可以坐待世界上一切寻求智慧者的皈依——换言之，我们不仅足够聪明，还可以担任联合国救济署的角色，把聪明分给别人一些。我当然不会反对这样说：我们中国人是全世界，也是全宇宙最聪明的人。一种如此聪明的人，除了教育别人，简直就无事可干。

马克·吐温在世时，有一次遇到了一个人，自称能让每个死人的灵魂附上自己的体。他决定通过这个人来问候一下死了的表兄，就问道：你在哪里？死表哥通过活着的人答道：我在天堂里。当然，马克·吐温很为表哥高兴。但问下去就不高兴了——你现在喝什么酒？灵魂答道：在天堂里不喝酒。又问抽什么烟？回答是不抽烟。再问干什么？答案是什么都不干，只是谈论我们在人间的朋友，希望他们到这里和我们相会。这个处境和我们有点相像，我们这些人现在就无事可干，只能静待外国物质文明破产，来投靠我们的东方智慧。这话梁任公一九二〇年就说过，现在还有人说。洋鬼子在物质堆里受苦，我们享受天人合一的大快乐，正如在天堂里的人闲着没事拿人间的朋友磕磕牙，我们也有了机会表示自己的善良了。说实在的，等人来这点事还是洋鬼子给我们找的。要不是达·伽马找到好望角绕了过来，我们还真闲着没事干。从汉代到近代，全中国那么多聪明人，可不都在闲着：人文学科弄完了，自然科学没得弄。马克·吐温的下一个问题，我国的一些人文学者就不一定爱听了：等你在人间的朋友们都死掉，来到了你那里，再谈点什么？是啊是啊，全世界的人都背弃了物质文明，投奔了我们，此后再干点什么？难道重操旧业，去弄八股文？除此之外，再搞点考据、训诂什么的。过去的读书人有这些就够了，而现在的年轻人未必受得了。把拥有这种超级智慧比作上天堂，马克·吐温的最后一个问题深得我心：你是知道我的生活方式的，有什么方法能使我不上天堂而下地狱，我倒很想知道！言下之意是：忍受地狱毒火的煎熬，也比闲了没事要好。是啊是啊！我宁可做个苏格拉底那样的人，自以为一无所知，体会寻求知识的快乐，也不肯做个“智慧满盈”的儒士，忍受这种无所事事的煎熬！

三

我有位阿姨，生了个傻女儿，比我大几岁，不知从几岁开始学会了缝扣子。她大概还学过些别的，但没有学会。总而言之，这是她唯一的技能。我到她家去坐时，每隔三到五分钟，这傻丫头都要对我狂号一声："我会缝扣子！"我知道她的意思：她想让我向她学缝扣子。但我就是不肯，理由有二：其一，我自己会缝扣子；其二，我怕她扎着我。她这样爱我，让人感动。但她身上的味也很难闻。

我在美国留学时，认得一位青年，叫作戴维。我看他人还不错，就给他讲解中华文化的真谛，什么忠孝、仁义之类。他听了居然不感动，还说："我们也爱国。我们也尊敬老年人。这有什么？我们都知道！"我听了不由得动了邪火，真想扑上去咬他。之所以没有咬，是因为想起了傻大姐，自觉得该和她有点区别，所以悻悻然地走开，心里想道：妈的！你知道这些，还不是从我们这里知道的。礼义廉耻，洋人所知没有我们精深，但也没有儿奸母、子食父、满地拉屎。东方文化里所有的一切，那边都有，之所以没有投入全身心来讲究，主要是因为人家还有些别的事情。

假如我那位傻大姐学会了一点西洋学术，比方说，几何学，一定会跳起来大叫道：人所以异于禽兽者，几稀！这东西就是几何学！这话不是没有道理，的确没有哪种禽兽会几何学。那时她肯定要逼我跟她学几何，如果我不肯跟她学，她定要说我是禽兽之类，并且责之以大义。至于我是不是已经会了一些，她就不管了。我的意思当然不是说她能学会这东西，而是说她只要会了任何一点东西，都会当作超级智慧，相比之下那东西是什么倒无所谓。由这件事我想到超级知识的本质。这种东西罗素和苏格拉底都学不会，我学起来也难。任何知识本身，即便繁难，也可以学会。难就难在让它变成超级，从中得到大欢喜、大欢乐，无限的自满、自足、手之舞之足之蹈之的那种品行。这种品行我的那位傻大姐身上最多，我身上较少。至于罗素、苏格拉底两位先生，他们身上一点都没有。

傻大姐是个知识的放大器，学点东西极苦，学成以后极乐。某些国人对待国学的态度与傻大姐相近。说实在的，他们把它放得够大了。拉封丹寓言里，有一则《大山临盆》，内容如下：大山临盆，天为之崩，地为之裂，日月星辰，为之无光。房倒屋坍，烟尘滚滚，天下生灵，死伤无数……最后生下了一只耗子。中国的人文学者弄点学问，就如大山临盆一样壮烈。当然，我说的不只现在，而且有过去，还有未来。

正如迂夫子不懂西方的智慧，也能对它品头论足一样，罗素没有手舞足蹈的品行，但也能品出其中的味道——大概把对自己所治之学的狂热感情视作学问本身乃是一种常见的毛病，不独中国人犯，外国人也要犯。他说：人可能认为自己有无穷的财源，而且这种想法可以让他得到一些（何止是一些！罗素真是不懂——作者注）满足。有人确实有这种想法，但银行经理和法院一般不会同意他们。银行里有账目，想骗也骗不成；至于在法院里，我认为最好别吹牛，搞不好要进去的。远离这两个危险的场所，躲在人文学科的领域之内，享受自满自足的大快乐，在目前还是可以的；不过要有人养。在自然科学里就不行：这世界上每年都有人发明永动机，但谁也不能因此发财。顺便说一句，我那位傻大姐，现在已经五十岁了，还靠我那位不幸的阿姨养活着。

（本篇最初发表于1995年第十一期《读书》杂志）

拒绝恭维

在美国时，常看“笑星”考斯比的节目。有一次他讲了这么一个笑话：小时候，他以为自己就是耶稣基督。这是因为每次他一人在家时，都要像一切小鬼一样，把屋里闹得一团糟。他妈回家时，站在门口，看到家里像发过一场大水，难免要目瞪口呆，从嘴角滚出一句来：啊呀，我的耶稣基督……他以为是说他呢。这种事情经常发生，他的这种想法也越来越牢固，以至于后来到了教堂里，听到大家热情地赞美基督，他总以为是在夸他，心里难免麻酥酥的，摇头晃脑暗自臭美一番。人家高叫“赞美耶稣我们的救主”，他就禁不住要答应出来。再以后，他爹他妈发现这个小鬼头不正常，除了给他两个大耳光，还带他去看心理医生。最后他终于不胜痛苦地了解到，原来他不是耶稣，也不是救世主——当然，这个故事讲到这个地步，就一点都不逗了。这后半截是我加上的。

我小的时候，常到邻居家里去玩。那边有个孩子，比我小好几岁，经常独自在家。他不乱折腾，总是安安静静跪在一个方凳上听五斗橱上一个匣子——那东西后来我们拆开过，发现里面有四个灯，一个声音粗哑的舌簧喇叭，总而言之，是个破烂货——里面说着些费解的话，但他屏息听着。终于等到一篇文章念完，广播员端正声音，一本正经地说道：革命的同志们，无产阶级革命派的战友们……这孩子马上很清脆地答应了两声，跳到地上扬尘舞蹈一番。其实匣子里叫的不是他。刚把屁股帘摘掉没几天，他还远够不上是同志和战友，但你也挡不住他高兴。因为他觉得自己除了名字张三李四考斯比之外，终于有了个冠冕堂皇的字号，至于这名号是同志、战友还是救世主，那还在其次。我现在说到的，是当人误以为自己拥有一个名号时的张狂之态。对于我想要说到的事，这只是个开场白。

当你真正拥有一个冠冕堂皇的字号时，真正臭美的时候就到了。有一个时期，匣子里总在称赞革命小将，说他们最敢闯，最有造反精神。所有岁数不大，当得起那个“小”字的人，在臭美之余，还想做点什么，就拥到学校里去打老师。在我们学校里，小将们不光打了老师，把老师的爹妈都打了。这对老夫妇不胜羞辱，就上吊自杀了。打老师的事与我无关，但我以为这是极可耻的事。干过这些事的同学后来也同意我的看法，但就是搞不明白，自己当时为什么像吃了蜜蜂屎一样，一味地轻狂。国外的文献上对这些事有种解释，说当时的青春期少男少女穿身旧军装，到大街上挥舞皮带，是性的象征。但我觉得这种解释是不对的。我的同龄人还不至于从性这方面来考虑问题。

小将的时期很快就结束了，随后是“工人阶级领导一切”的时期。学校里有了工人师傅，这些师傅和过去见到的工人师傅不大一样，多少都有点晕晕乎乎、五迷三道，虽然不像革命小将那么疯狂，但也远不能说是正常的。然后就是“三支两军时期”，到处都有军代表。当时的军代表里肯定也有头脑清楚、办事稳重的人，但我没有见到过。最后年轻人都被派往农村，接受贫下中农的再教育，学习后者的优秀品质。下乡之前，我们先到京郊农村去劳动，作为一次预演。那村里的人在我们面前也有点不够正常——寻常人走路不应该把两腿叉得那么宽，让一辆小车都能从中推过去，也不该是一颠一颠的模样，只有一条板凳学会了走路才会是这般模样。在萧瑟的秋风中，我们蹲在地头，看贫下中农晚汇报，汇报词如下：“最最敬爱的伟大领袖毛主席——我们（读作‘母恩’）今天下午的活茬是：领着小学生们敛芝麻。报告完毕。”我一面不胜悲愤地想到自己长了这么大的个子，居然还是小学生，被人领着敛芝麻；一面也注意到汇报人兴奋的样子，有些人连冻出的清水鼻涕都顾不上擦，在鼻孔上吹出泡泡来啦。现在我提起这些事情，绝不是想说这些朴实的人有什么不对，而是试图说明，人经不起恭维。越是天真、朴实的人，听到一种于己有利的说法，证明自己身上有种种优越的素质，是人类中最优越的部分，就越会不知东西南北，撒起癔症来。我猜越是生活了无趣味，又看不到希望的人，就越会竖起耳朵来听这种于己有利的说法。这大概是因为撒癔症比过正常的生活还快乐一些吧——说到了这一点，这篇文章也临近终结。

八十年代之初，我是人民大学的学生。有一回被拘到礼堂里听报告，报告人是一位青年道德教育家——我说是被拘去的，是因为我并不想听这个报告，但缺席要记旷课，旷课的次数多了就毕不了业。这位先生的报告总是从恭维听众开始。在清华大学时，他说：这里是清华大学，是全国最高学府呀；在北大则说：这里是有五四传统的呀；在人大则说：这是有革命传统的学校呀。总之，最后总要说，在这里作报告他不胜惶恐。我听到他说不胜惶恐时，禁不住舌头一转，鼻子底下滚出一句顶级的粗话来。顺便说一句，不管到了什么地方，我首先要把当地的骂人话全学会。这是为了防一手，免得别人骂我还不知道，虽然我自己从来不骂人，但对于粗话几乎是个专家。为了那位先生的报告我破例骂了一回，这是因为我不想受他恭维。平心而论，恭维人所在的学校是种礼貌。从人们所在的民族、文化、社会阶层，乃至性别上编造种种不切实际的说法，那才叫作险恶的煽动。因为他的用意是煽动一种癔症的大流行，以便从中渔利。人家恭维我一句，我就骂起来，这是因为，从内心深处我知道，我也是经不起恭维的。

（本篇最初发表于1996年第八期《三联生活周刊》杂志）

关于崇高

七十年代发生了这样一回事：河里发大水，冲走了一根国家的电线杆。有位知青下水去追，电线杆没捞上来，人却淹死了。这位知青受到表彰，成了革命烈士。这件事在知青中间引起了一点小小的困惑：我们的一条命，到底抵不抵得上一根木头？结果是困惑的人惨遭批判，不瞒你说，我本人就是困惑者之一，所以对这件事记忆犹新。照我看来，我们吃了很多年的饭才长到这么大，价值肯定比一根木头高；拿我们去换木头是不值的。但人家告诉我说：国家财产是大义之所在，见到它被水冲走，连想都不要想，就要下水去捞。不要说是木头，就是根稻草，也得跳下水。他们还说，我这种值不值的论调是种落后言论——幸好还没有说我反动。

实际上，我在年轻时是个标准的愣头青，水性也好。见到大水冲走了木头，第一个跳下水的准是我，假如水势太大，我也可能被淹死，成为烈士，因为我毕竟还不是鸭子。

这就是说，我并不缺少崇高的气质，我只是不会唱那些高调。时隔二十多年，我也读了一些书，从书本知识和亲身经历之中，我得到了这样一种结论：自打孔孟到如今，我们这个社会里只有两种人。一种编写生活的脚本，另一种去演出这些脚本。前一种人是古代的圣贤，七十年代的政工干部；后一种包括古代的老百姓和近代的知青。所谓上智下愚、劳心者治人劳力者治于人，就是这个意思吧。从气质来说，我只适合当演员，不适合当编剧，但是看到脚本编得太坏时，总禁不住要多上几句嘴，就被当落后分子来看待。这么多年了，我也习惯了。

在一个文明社会里，个人总要做出一些牺牲——牺牲“自我”，成就“超我”——这些牺牲就是崇高的行为。我从不拒绝演出这样的戏，但总希望剧情合理一些——我觉得这样的要求并不过分。举例来说，洪水冲走国家财产，我们年轻人有抢救之责，这是没有疑问的，但总要问问捞些什么。捞木头尚称合理，捞稻草就太过分。这种言论是对崇高唱了反调。现在的人会同意，这罪不在我：剧本编得实在差劲。由此就可以推导出：崇高并不总是对的，低下的一方有时也会有些道理。实际上，就是唱高调的人见了一根稻草被冲走，也不会跳下水，但不妨碍他继续这么说下去。事实上，有些崇高是人所共知的虚伪，这种东西比堕落还要坏。

人有权拒绝一种虚伪的崇高，正如他有权拒绝下水去捞一根稻草。假如这是对的，就对营造或提倡社会伦理的人提出了更高的要求：不能只顾浪漫煽情，要留有余地；换言之，不能够只讲崇高，不讲道理。举例来说，孟子发明了一种伦理学，说亲亲敬长是人的良知良能，孝敬父母、忠君爱国是人间的大义。所以，臣民向君父奉献一切，就是崇高之所在。孟子的文章写得很煽情，让我自愧不如，他老人家要是肯去作诗，就是中国的拜伦。只可惜不讲道理。臣民奉献了一切之后，靠什么活着？再比方说，在七十年代，人们说，大公无私就是崇高之所在。为公前进一步死，强过了为私后退半步生。这是不讲道理的：我们都死了，谁来干活呢？在煽情的伦理流行之时，人所共知的虚伪无所不在；因为照那些高调去生活，不是累死就是饿死——高调加虚伪才能构成一种可行的生活方式。从历史上我们知道，宋明理学是一种高调。理学越兴盛，人也越虚伪。从亲身经历中我们知道，七十年代的调门最高。知青为了上大学、回城，什么事都干出来了。有种虚伪是不该受谴责的，因为这是为了能活着。现在又有人在提倡追逐崇高，我不知道是在提倡理性，还是一味煽情。假如是后者，那就是犯了老毛病。

与此相反，在英国倒是出现了一种一点都不煽情的伦理学。让我们先把这相反的事情说上一说——罗素先生这样评价功利主义的伦理学家：这些人的理论虽然显得卑下，但却关心同胞们的福利，所以他们本人的品格是无可挑剔的。

然后再让我们反过来说——我们这里的伦理学家既然提倡相反的伦理，评价也该是相反的。他们的理论虽然崇高，但却无视多数人的利益；这种偏执还得到官方的奖励，在七十年代，高调唱得好，就能升官——他们本人的品行如何，也就不好说了。我总觉得有煽情气质的人唱高调是浪费自己的才能：应该试试去写诗——照我看，七十年代的政工干部都有诗人的气质——把营造社会伦理的工作让给那些善讲道理的人，于公于私，这都不是坏事。

（本篇最初发表于1996年第四期《中国青年研究》杂志）

谦卑学习班

朋友们知道我在海外留学多年，总要羡慕地说，你可算是把该看的书都看过了。众所周知，我们这里可以引进好莱坞的文化垃圾，却不肯给文人方便，设家卖国外新书的文化书店。如果看翻译的书，能把你看得连中国话都忘了。要是到北京图书馆去借，你就是老死在里面也借不到几本书。总而言之，大家都有想看而看不到的书。说来也惭愧，我在国外时，根本没读几本正经书，专拣不正经的书看。当时我想，正经书回来也能看到，我先把回来看不到的看了吧。我可没想到回来以后什么都看不到——要是知道，就在图书馆里多泡几年再回来。根据我的经验，人从不正经的书里也能得到教益。

我就从一本不正经的书里得到了一些教益。这本书的题目叫作《我是〈花花公子〉的编辑》，里面尽是荒唐的故事，但有一则我以为相当正经。这本书标明是纪实类的书，但我对它的真实性有一点怀疑。这故事是这么开始的，有一天，洛杉矶一家大报登出一则学习班的广告：教授谦卑。学费两千元，住宿在内，膳食自理。本书的作者接到主编的指示：去看看出了什么怪事。他就驱车出发，一路上还在想着：我也太狂傲了，这回报社给报销学费，让我也学点谦卑。等到到了学习班的报名处，看到了一大批过了气的名人：有文体明星、政治家、文化名人、道德讲演家，甚至还有个把在电视上讲道的牧师。美国这地方有点古怪：既捧人，也毁人。以电影明星为例，先把你捧到不知东西南北，口出狂言道：我是有史以来最伟大的男（女）演员。然后就开始毁。先是老百姓看他（她）的狂相不顺眼，纷纷写信或打电话到报社、电视台贬他（她），然后，那些捧人的传媒也跟着转向，把他骂个一文不值——这道理很简单：报纸需要订户，电视台也需要收视率，美国老百姓可是些得罪不起的人哪。在我们这里就不是这样，所以也没有这样的学习班——这样一来，一个名人就被毁掉了。作者在这个学习班上见到的全是大名人，这些家伙都因为太狂，碰了钉子，所以想要学点谦卑。此时，他想到：和他们相比，我得算个老实人——狂傲这两个字用在我身上是不恰当的。当然，他还没见到我们中国的明星，要是见到了，一定会以为自己就是道德上的完人了。

且说这个学习班，设在一个山中废弃的中学里，要门没门，要窗没窗，只有满地的鹿粪和狐狸屎。破教室的地上放了一些床垫子，从破烂和肮脏程度来看，肯定是大街上捡来的垃圾。那些狂傲的名人好不容易才弄清是要他们睡在这些垫子上，知道以后，就纷纷向工作人员嚷道：两千块钱的住宿就是这样的吗？人家只回答一句话：别忘了你是来学什么的！有些人就说：说得对，我是来学谦卑的，住得差点，有助于纠正我道德上的缺陷；有些人还是不理解，还是吵吵闹闹。但吵归吵，人家只是不理。等到中午吃饭时，那破学校的食堂里供应汉堡包，十块钱一份，面包倒是很大，生菜叶子也不少——毛驴会喜欢的——就是没有肉。有些狂傲的名人就吼了起来：十块钱一个的汉堡包就该是这样的吗？牛肉在哪儿？（顺便说一句，“Where is the beef！”是句成语，意思是“别蒙事呀！”）得到的回答是：别忘了你是来学什么的！就这样，吃着净素，睡着破床垫，每天早上在全校唯一能流出冷水的破管子前面排着长队盥洗。此书的作者是个老油子，看了这个破烂的地点和这些不三不四的工作人员，心里早就像明镜似的，但他也不来说破。除了吃不好睡不好，这个学习班还实行着封闭式管理，不到结业谁也不准回家——当然，除非你不想结业，也不要求退还学费，就可以回家。这些盛气凌人的家伙被圈在里面，很快就变得与一伙叫花子相仿。除了这种种不便，这个班还总不上课，让学员在这破烂中学里溜达，美其名曰反省自己。学习班的办公室里总是挤满了抱怨的人，大家都找负责人吵架，但这位负责人也有一手，总是笑容可掬地说道：要是我是你，就不这样气急败坏——要知道，在上帝面前，我们可都是罪人哪。至于课，我们会上的。听了以后保证你们会满意。长话短说，这个鬼学习班把大家耗了两个礼拜，这帮名人居然都坚持了下来，只是天天闹着要听课。

最后，上课的时刻终于来到了。校方宣布，主讲者是个伟大的人，很不容易请到。所以这课只讲一堂，讲完了就结业。于是，全体学员都来到了破礼堂里，见到了这位演讲人。原书花了整整三页来形容他，但我没有篇幅，只能长话短说：此人有点像歌星，有点像影星，有点像信口雌黄的政治家，又有几分像在讲台上满嘴沙葱的野狐禅牧师——为了使中国读者理解，还要加上一句，他又像个有特异功能的大气功师。总而言之，他就是那个我们花钱买票听他嚷嚷的人。这么个家伙往台上一站，大家都备感亲切，因而鸦雀无声。此人说道：我的课只讲一句话，讲完了整个学习班就结束……虽然只是一句话，大家记住了，就会终生受用不尽，以后永不会狂傲——听好了：You are an asshole！同时，他还把这话写在了黑板上，然后一摔粉笔，扬长而去。这话只能用北京俗话来翻译：你是个傻 × ！

礼堂里先是鸦雀无声，然后就是卷堂大乱。有人感到大受启发，说道：有道理，有道理！原来我是个傻 × 呀。还有人愤愤不平，说道：就算我真是个傻 ×，也犯不着花两千块钱请人来告诉我！至于该书作者，没有介入争论，径直开车下山去找东西吃——连吃两个礼拜的净素可不是闹着玩的。如前所述，我对这故事的真实性有点怀疑，但我以为，真不真的不要紧，要紧的是要有教育意义——中国常有人不惜代价，冒了被踩死的危险，挤进体育馆一类的地方，去见见大名人，在里面涕泪直流，出来后又觉得上当。这道理是这样的：用不着花很多钱，受很多罪，跑好远的路，洗耳恭听别人说你是傻 ×。自己知道就够了。

（本篇最初发表于1996年第七期《三联生活周刊》杂志）

沉默的大多数

一

君特·格拉斯在《铁皮鼓》里，写了一个不肯长大的人。小奥斯卡发现周围的世界太过荒诞，就暗下决心要永远做小孩子。在冥冥之中，有一种力量成全了他的决心，所以他就成了个侏儒。这个故事太过神奇，但很有意思。人要永远做小孩子虽办不到，但想要保持沉默是能办到的。在我周围，像我这种性格的人特多——在公众场合什么都不说，到了私下里则妙语连珠，换言之，对信得过的人什么都说，对信不过的人什么都不说。起初我以为这是因为经历了严酷的时期（“文革”），后来才发现，这是中国人的通病。龙应台女士就大发感慨，问中国人为什么不说话。她在国外住了很多年，几乎变成了个心直口快的外国人。她把保持沉默看作怯懦，但这是不对的。沉默是一种生活方式，不但是中国人，外国人中也有选择这种生活方式的。

我就知道这样一个例子：他是前苏联的大作曲家肖斯塔科维奇。有好长一段时间他写自己的音乐，一声也不吭。后来忽然口授了一厚本回忆录，并在每一页上都签了名，然后他就死掉了。据我所知，回忆录的主要内容，就是谈自己在沉默中的感受。阅读那本书时，我得到了很大的乐趣——当然，当时我在沉默中。把这本书借给一个话语圈子里的朋友去看，他却得不到任何的乐趣，还说这本书格调低下，气氛阴暗。那本书里有一段讲到了前苏联三十年代，有好多人忽然就不见了，所以大家都很害怕，人们之间都不说话；邻里之间起了纷争都不敢吵架，所以有了另一种表达感情的方式，就是往别人烧水的壶里吐痰。顺便说一句，前苏联人盖过一些宿舍式的房子，有公用的卫生间、盥洗室和厨房，这就给吐痰提供了方便。我觉得有趣，是因为像肖斯塔科维奇那样的大音乐家，戴着夹鼻眼镜，留着山羊胡子，吐起痰来一定多有不便。可以想见，他必定要一手抓住眼镜，另一手护住胡子，探着头去吐。假如就这样被人逮到揍上一顿，那就更有趣了。其实肖斯塔科维奇长得什么样，我也不知道。我只是想象他是这个样子，然后就哈哈大笑。我的朋友看了这一段就不笑，他以为这样吐痰动作不美，境界不高，思想也不好。这使我不敢与他争辩——再争辩就要涉入某些话语的范畴，而这些话语，就是阴阳两界的分界线。

看过《铁皮鼓》的人都知道，小奥斯卡后来改变了他的决心，也长大了。我现在已决定了要说话，这样我就不是小奥斯卡，而是大奥斯卡。我现在当然能同意往别人的水壶里吐痰是思想不好，境界不高。不过有些事继续发生在我身边，举个住楼的人都知道的例子：假设有人常把一辆自行车放在你门口的楼道上，挡了你的路，你可以开口去说——打电话给居委会；或者直接找到车主，说道：同志，"五讲四美"，请你注意。此后他会用什么样的语言来回答你，我就不敢保证。我估计他最起码要说你"事儿"，假如你是女的，他还会说你"事儿妈"，不管你有多大岁数，够不够做他妈。当然，你也可以选择沉默的方式来表达自己对这种行为的厌恶之情：把他车胎里的气放掉。干这件事时，当然要注意别被车主看见。还有一种更损的方式，不值得推荐，那就是在车胎上按上个图钉。有人按了图钉再拔下来，这样车主找不到窟窿在哪儿，补胎时更困难。假如车子可以搬动，把它挪到难找的地方去，让车主找不着它，也是一种选择。这方面就说这么多，因为我不想教坏。这些事使我想到了福柯先生的话：话语即权力。这话应该倒过来说：权力即话语。就以上面的例子来说，你要给人讲"五讲四美"，最好是戴上个红箍。根据我对事实的了解，红箍还不大够用，最好穿上一身警服。"五讲四美"虽然是些好话，讲的时候最好有实力或者说是身份作为保证。话说到这个地步，可以说说当年和朋友讨论肖斯塔科维奇，他一说到思想、境界等，我为什么就一声不吭——朋友倒是个很好的朋友，但我怕他挑我的毛病。

一般人从七岁开始走进教室，开始接受话语的熏陶。我觉得自己还要早些，因为从我记事时开始，外面总是装着高音喇叭，没黑没夜地乱嚷嚷。从这些话里我知道了土平炉可以炼钢，这种东西和做饭的灶相仿，装了一台小鼓风机，嗡嗡地响着，好像一窝飞行的屎壳郎。炼出的东西是一团团火红的粘在一起的锅片子，看起来是牛屎的样子。有一位手持钢钎的叔叔说，这就是钢。那一年我只有六岁，以后有好长一段时间，一听到钢铁这个词，我就会想到牛屎。从那些话里我还知道了一亩地可以产三十万斤粮，然后我们就饿得要死。总而言之，从小我对讲出来的话就不大相信，越是声色俱厉，嗓门高亢，我越是不信，这种怀疑态度起源于我饥饿的肚肠。和任何话语相比，饥饿都是更大的真理。除了怀疑话语，我还有一个恶习，就是吃铅笔。上小学时，在课桌后面一坐下就开始吃。那种铅笔一毛三一支，后面有橡皮头。我从后面吃起，先吃掉柔软可口的橡皮，再吃掉柔韧爽口的铁皮，吃到木头笔杆以后，软糟糟的没什么味道，但有一点香料味，诱使我接着吃。终于把整支铅笔吃得只剩了一支铅芯，用橡皮膏缠上接着使。除了铅笔之外，课本、练习本，甚至课桌都可以吃。我说到的这些东西，有些被吃掉了，有些被啃得十分狼藉。这也是一个真理，但没有用话语来表达过：饥饿可以把小孩子变成白蚁。

这个世界上有个很大的误会，那就是以为人的种种想法都是由话语教出来的。假设如此，话语就是思维的样板。我说它是个误会，是因为世界还有阴的一面。除此之外，同样的话语也可能教出些很不同的想法。从我懂事的年龄起，就常听人们说：我们这一代，生于一个神圣的时代，多么幸福；而且肩负着解放天下三分之二受苦人的神圣使命，等等。同年龄的人听了都很振奋，很爱听，但我总有点疑问，这么多美事怎么都叫我赶上了。除此之外，我以为这种说法不够含蓄。而含蓄是我们的家教。在三年困难时期，有一天开饭时，每人碗里有一小片腊肉。我弟弟见了以后，按捺不住心中的狂喜，冲上阳台，朝全世界放声高呼：我们家吃大鱼大肉了！结果是被我爸爸拖回来臭揍了一顿。经过这样的教育，我一直比较深沉。所以听到别人说我们多么幸福，多么神圣，别人在受苦，我们没有受，等等，心里老在想着：假如我们真遇上了这么多美事，不把它说出来会不会更好。当然，这不是说，我不想履行自己的神圣职责。对于天下三分之二的受苦人，我是这么想的：与其大呼小叫说要去解放他们，让人家苦等，倒不如一声不吭，忽然有一天把他们解放，给他们一个意外惊喜。总而言之，我总是从实际的方面去考虑，而且考虑得很周到。幼年的经历、家教和天性谨慎，是我变得沉默的起因。

二

在我小时候，话语好像是一池冷水，它使我一身一身起鸡皮疙瘩。但不管怎么说吧，人来到世间，仿佛是来游泳的，迟早要跳进去。我可没有想到自己会保持沉默直到四十岁，假如想到了，未必有继续生活的勇气。不管怎么说吧，我听到的话也不总是那么疯，是一阵疯，一阵不疯。所以在十四岁之前，我并没有终身沉默的决心。

小的时候，我们只有听人说话的份儿。当我的同龄人开始说话时，给我一种极恶劣的印象。有位朋友写了一本书，写的是自己在“文革”中的遭遇，书名为《血统》。可以想见，她出身不好。她要我给她的书写个序。这件事使我想起来自己在那些年的所见所闻。“文革”开始时，我十四岁，正上初中一年级。有一天，忽然发生了惊人的变化，班上的一部分同学忽然变成了红五类，另一部分则成了黑五类。我自己的情况特殊，还说不清是哪一类。当然，这红和黑的说法并不是我们发明出来，这个变化也不是由我们发起的。在这方面我们毫无责任。只是我们中间的一些人，该负一点欺负同学的责任。

照我看来，红的同学忽然得到了很大的好处，这是值得祝贺的。黑的同学忽然遇上了很大的不幸，也值得同情。不等我对他们一一表示祝贺和同情，一些红的同学就把脑袋刮光，束上了大皮带，站在校门口，问每一个想进来的人：你什么出身？他们对同班同学问得格外仔细，一听到他们报出不好的出身，就从牙缝里迸出三个字："狗崽子！"当然，我能理解他们突然变成了红五类的狂喜，但为此非要使自己的同学在大庭广众下变成狗崽子，未免也太过分。当年我就这么想，现在我也这么想：话语教给我们很多，但善恶还是可以自明。话语想要教给我们，人与人生来就不平等。在人间，尊卑有序是永恒的真理，但你也可以不听。

我上小学六年级时，暑期布置的读书作业是《南方来信》。那是一本记述越南人民抗美救国斗争的读物，其中充满了处决、拷打和虐杀。看完以后，心里充满了怪怪的想法。那时正在青春期的前沿，差一点要变成个性变态了。总而言之，假如对我的那种教育完全成功，换言之，假如那些园丁、人类灵魂的工程师对我的期望得以实现，我就想象不出现在我怎能不嗜杀成性，怎能不残忍，或者说，在我身上，怎么还会保留了一些人性。好在人不光是在书本上学习，还会在沉默中学习。这是我人性尚存的主因。至于话语，它教给我的是：要横扫一切牛鬼蛇神，把"文化大革命"进行到底。当时话语正站在人性的反面上。假如完全相信它，就不会有人性。

三

现在我来说明自己为什么人性尚存。“文化大革命”刚开始时，我住在一所大学里。有一天，我从校外回来，遇上一大伙人，正在向校门口行进。走在前面的是一伙大学生，彼此争论不休，而且嗓门很大；当然是在用时髦话语争吵，除了毛主席的教导，还经常提到“十六条”。所谓十六条，是中央颁布的展开“文化大革命”的十六条规定，其中有一条叫作“要文斗，不要武斗”，制定出来就是供大家违反之用。在那些争论的人之中，有一个人居于中心地位。但他双唇紧闭，一声不吭，唇边似有血迹。在场的大学生有一半在追问他，要他开口说话，另一半则在维护他，不让他说话。“文化大革命”里到处都有两派之争，这是个具体的例子。至于队伍的后半部分，是一帮像我这么大的男孩子，一个个也是双唇紧闭，一声不吭，但唇边没有血迹，阴魂不散地跟在后面。有几个大学生想把他们拦住，但是不成功，你把正面拦住，他们就从侧面绕过去，但保持着一声不吭的态度。这件事相当古怪，因为我们院里的孩子相当地厉害，不但敢吵敢骂，而且动起手来，大学生还未必是个儿，那天真是令人意外地老实。我立刻投身其中，问他们出了什么事，怪的是这些孩子都不理我，继续双唇紧闭，两眼发直，显出一种坚忍的态度，继续向前行进——这情形好像他们发了一种集体性的癔症。

有关癔症，我们知道，有一种一声不吭，只顾扬尘舞蹈；另一种喋喋不休，就不大扬尘舞蹈。不管哪一种，心里想的和表现出来的完全不是一回事。我在北方插队时，村里有几个妇女有癔症，其中有一位，假如你信她的说法，她其实是个死去多年的狐狸，成天和丈夫（假定此说成立，这位丈夫就是个兽奸犯）吵吵闹闹，以狐狸的名义要求吃肉。但肉割来以后，她要求把肉煮熟，并以大蒜佐餐。很显然，这不合乎狐狸的饮食习惯。所以，实际上是她，而不是它要吃肉。至于“文化大革命”，有几分像场集体性的癔症，大家闹的和心里想的也不是一回事。当然，这要把世界阴的一面考虑在内。只考虑阳的一面，结论就只能是：当年大家胡打乱闹，确实是为了保卫毛主席，保卫党中央。

但是我说的那些大学里的男孩子其实没有犯癔症。后来，我揪住了一个和我很熟的孩子，问出了这件事的始末：原来，在大学生宿舍的盥洗室里，有两个学生在洗脸时相遇，为各自不同的观点争辩起来。争着争着，就打了起来。其中一位受了伤，已被送到医院。另一位没受伤，理所当然地成了打人凶手，就是走在队伍前列的那一位。这一大伙人在理论上是前往某个机构（叫作校革委还是筹委会，我已经不记得了）讲理，实际上是在校园里做无目标的布朗运动。这个故事还有另一个线索：被打伤的学生血肉模糊，有一只耳朵（是左耳还是右耳已经记不得，但我肯定是两者之一）的一部分不见了，在现场也没有找到。根据一种阿加莎·克里斯蒂式的推理，这块耳朵不会在别的地方，只能在打人的学生嘴里，假如他还没把它吃下去的话；因为此君不但脾气暴躁，急了的时候还会咬人，而且咬了不止一次了。我急于交代这件事的要点，忽略了一些细节，比方说，受伤的学生曾经惨叫了一声，别人就闻声而来，使打人者没有机会把耳朵吐出来藏起来，等等。总之，此君现在只有两个选择，或是在大庭广众之下把耳朵吐出来，证明自己的品行恶劣，或者把它吞下去。我听到这些话，马上就加入了尾随的行列，双唇紧闭，牙关紧咬，并且感觉到自己嘴里仿佛含了一块咸咸的东西。

现在我必须承认，我没有看到那件事的结局，因为天晚了，回家太晚会有麻烦。但我的确关心着这件事的进展，几乎失眠。这件事的结局是别人告诉我的：最后，那个咬人的学生把耳朵吐了出来，并且被人逮住了。不知你会怎么看，反正当时我觉得如释重负：不管怎么说，人性尚存。同类不会相食，也不会把别人的一部分吞下去。当然，这件事可能会说明一些别的东西：比方说，咬掉的耳朵块太大，咬人的学生嗓子眼太细，但这些可能性我都不愿意考虑。我说到这件事，是想说明我自己曾在沉默中学到了一点东西。你可以说，这些东西还不够，但这些东西是好的，虽然学到它的方式不值得推广。

我把一个咬人的大学生称为人性的教师，肯定要把一些人气得发狂。但我有自己的道理：一个脾气暴躁、动辄使用牙齿的人，尚且不肯吞下别人的肉体，这一课看起来更有力量。再说，在“文化大革命”的那一阶段里，人也不可能学到更好的东西了。

有一段时间常听到年长的人说我们这一代人不好，是“文革”中的红卫兵，品格低劣。考虑到红卫兵也不是孤儿院里的孩子，他们都是学校教育出来的，对于这种低劣品行，学校和家庭教育应该负一定的责任。除此之外，对我们的品行，大家也过虑了。这是因为，世界不光有阳的一面，还有阴的一面。后来我们这些人就去插队。在插队时，同学们之间表现得相当友爱，最起码这是可圈可点的。我的亲身经历就可证明：有一次农忙时期我生了重病，闹得实在熬不过去了，当时没人来管我，只有一个同样在生病的同学，半搀半拖，送我涉过了南宛河，到了医院。

那条河虽然不深，但当时足有五公里宽，因为它已经泛滥得连岸都找不着了。假如别人生了病，我也会这样送他。因为有这些表现，我以为我们并不坏，不必青春无悔，留在农村不回来；也不必听从某种暗示而集体自杀，给现在的年轻人空出位子来。而我们的人品的一切可取之处，都该感谢沉默的教诲。

四

有一件事大多数人都知道：我们可以在沉默和话语两种文化中选择。我个人经历过很多选择的机会，比方说，插队的时候，有些插友就选择了说点什么，到“积代会”上去“讲用”，然后就会有些好处。有些话年轻的朋友不熟悉，我只能简单地解释道：积代会是“活学活用毛主席著作积极分子代表大会”，讲用是指讲自己活学活用毛主席著作的心得体会。参加了积代会，就是积极分子。而积极分子是个好意思。另一种机会是当学生时，假如在会上积极发言，再积极参加社会活动，就可能当学生干部，学生干部又是个好意思。这些机会我都自愿地放弃了。选择了说话的朋友可能不相信我是自愿放弃的，他们会认为，我不会说话或者不够档次，不配说话。因为话语即权力，权力又是个好意思，所以的确有不少人挖空心思要打进话语的圈子，甚至在争夺“话语权”。我说我是自愿放弃的，有人会不信——好在还有不少人会相信。主要的原因是进了那个圈子就要说那种话，甚至要以那种话来思索，我觉得不够有意思。据我所知，那个圈子里常常犯着贫乏症。

二十多年前，我在云南当知青。除了穿着比较干净、皮肤比较白皙之外，当地人怎么看待我们，是个很费猜的问题。我觉得，他们以为我们都是台面上的人，必须用台面上的语言和我们交谈——最起码在我们刚去时，他们是这样想的。这当然是一个误会，但并不讨厌。还有个讨厌的误会是：他们以为我们很有钱，在集市上死命地朝我们要高价，以致我们买点东西，总要比当地人多花一两倍的钱。后来我们就用一种独特的方法买东西：不还价，甩下一沓毛票让你慢慢数，同时把货物抱走。等你数清了毛票，连人带货都找不到了。起初我们给的是公道价，后来有人就越给越少，甚至在毛票里杂有些分票。假如我说自己洁身自好，没干过这种事，你一定不相信，所以我决定不争辩。终于有一天，有个学生在这样买东西时被老乡扯住了——但这个人绝不是我。那位老乡决定要说该同学一顿，期期艾艾地憋了好半天，才说出：哇！不行啦！思想啦！斗私批修啦！后来我们回家去，为该老乡的话语笑得打滚。可想而知，在今天，那老乡就会说：哇！不行啦！“五讲”啦！“四美”啦！“三热爱”啦！同样也会使我们笑得要死。从当时的情形和该老乡的情绪来看，他想说的只是一句很简单的话，那一句话的头一个字发音和洗澡的澡有些相似。我举这个例子，绝不是讨了便宜又要卖乖，只是想说明一下话语的贫乏。用它来说话都相当困难，更不要说用它来思想了。话语圈子里的朋友会说，我举了一个很恶劣的例子——我记住这种事，只是为了丑化生活，但我自己觉得不是的。

我在沉默中过了很多年：插队，当工人，当大学生，后来又在大学里任过教。当教师的人保持沉默似不可能，但我教的是技术性的课程，在讲台上只讲技术性的话，下了课我就走人。照我看，不管干什么都可以保持沉默。当然，我还有一个终生爱好，就是写小说。但是写好了不拿去发表，同样也保持了沉默。至于沉默的理由，很是简单。那就是信不过话语圈。从我短短的人生经历来看，它是一座声名狼藉的疯人院。当时我怀疑的不仅是说过亩产三十万斤粮、炸过精神原子弹的那个话语圈，而是一切话语圈子。假如在今天能证明我当时犯了一个以偏概全的错误，我会感到无限的幸福。

五

我说自己多年以来保持了沉默，你可能会不信。这说明你是个过来人。你不信我从未在会议上“表过态”，也没写过批判稿。这种怀疑是对的：因为我既不能证明自己是哑巴，也不能证明自己不会写字，所以这两件事我都是干过的。但是照我的标准，那不叫说话，而是上着一种话语的捐税。

我们听说，在过去的年代里，连一些伟大的人物都“讲过一些违心的话”，这说明征税面非常地宽。因为有征话语捐的事，不管我们讲过什么，都可以不必自责：话是上面让说的嘛。但假如一切话语都是征来的捐税，事情就不很妙。拿这些东西可以干什么？它是话，不是钱，既不能用来修水坝，也不能拿来修电站；只能搁在那里臭掉，供后人耻笑。当然，拿征募来的话语干什么，不是我该考虑的事，也许它还有别的用处我没有想到。我要说的是：征收话语捐的事是古已有之。说话的人往往有种输捐纳税的意识，融化在血液里，落实在口头上。在这方面有个例子，是古典名著《红楼梦》。在那本书里，有两个姑娘在大观园里联句，联着联着，冒出了颂圣的词句。这件事让我都觉得不好意思：两个十几岁的小姑娘，躲在后花园里，半夜三更作几句诗，都忘不了颂圣，这叫什么事？仔细推敲起来，毛病当然出在写书人的身上，是他有这种毛病。这种毛病就是：在使用话语时总想交税的强迫症。

我认为，可以在话语的世界里分出两极。一极是圣贤的话语，这些话是自愿的捐献。另一极是沉默者的话语，这些话是强征来的税金。在这两极之间的话，全都暧昧难明：既是捐献，又是税金。在那些说话的人心里都有一个税吏。中国的读书人有很强的社会责任感，就是交纳税金，做一个好的纳税人——这是难听的说法。好听的说法就是以天下为己任。

我曾经是个沉默的人，这就是说，我不喜欢在各种会议上发言，也不喜欢写稿子。这一点最近已经发生了改变，参加会议时也会发言，有时也写点稿。对这种改变我有种强烈的感受，有如丧失了童贞。这就意味着我违背了多年以来的积习，不再属于沉默的大多数了。我还不至为此感到痛苦，但也有一点轻微的失落感。开口说话并不意味着恢复了交纳税金的责任感，假设我真是这么想，大家就会见到一个最大的废话篓子。我有的是另一种责任感。

几年前，我参加了一些社会学研究，因此接触了一些“弱势群体”，其中最特别的就是同性恋者。做过了这些研究之后，我忽然猛省到：所谓弱势群体，就是有些话没有说出来的人。就是因为这些话没有说出来，所以很多人以为他们不存在或者很遥远。在中国，人们以为同性恋者不存在。在外国，人们知道同性恋者存在，但不知他们是谁。有两位人类学家给同性恋者写了一本书，题目就叫作 Word is Out。然后我又猛省到自己也属于古往今来最大的一个弱势群体，就是沉默的大多数。这些人保持沉默的原因多种多样，有些人没能力，或者没有机会说话；还有人有些隐情不便说话；还有一些人，因为种种原因，对于话语的世界有某种厌恶之情。我就属于这最后一种。作为最后这种人，也有义务谈谈自己的所见所闻。

六

我现在写的东西大体属于文学的范畴。所谓文学，在我看来就是：先把文章写好看了再说，别的就管他妈的。除了文学，我想不到有什么地方可以接受我这些古怪想法。赖在文学上，可以给自己在圈子中找到一个立脚点。有这样一个立脚点，就可以攻击这个圈子，攻击整个阳的世界。

几年前，我在美国读书。有个洋鬼子这样问我们：你们中国那个阴阳学说，怎么一切好的东西都属阳，一点不给阴剩下？当然，她这样发问，是因为她正是一个五体不全之阴人。但是这话也有些道理。话语权属于阳的一方，它当然不会说阴的一方任何好话。就是夫子也未能免俗，他把妇女和小人攻击了一通。这句话几千年来总被人引用，但我就没听到受攻击一方有任何回应。人们只是小心提防着不要做小人，至于怎样不做妇人，这问题一直没有解决。就是到了现代，女变男的变性手术也是一个难题，而且也不宜推广——这世界上假男人太多，真男人就会找不到老婆。简言之，话语圈里总是在说些不会遇到反驳的话。往好听里说，这叫作自说自话；往难听里说，就让人想起了一个形容缺德行为的顺口溜：打聋子骂哑巴扒绝户坟。仔细考较起来，恐怕聋子、哑巴、绝户都属阴的一类，所以遇到种种不幸也是活该——笔者的国学不够精深，不知这样理解对不对。但我知道一个确定无疑的事实：任何人说话都会有毛病，圣贤说话也有毛病，这种毛病还相当严重。假如一般人犯了这种病，就会被说成精神分裂症。在现实生活里，我们就是这样看待自说自话的人。

如今我也挤进了话语圈子。这只能说明一件事：这个圈子已经分崩离析。基于这种不幸的现实，可以听到各种要求振奋的话语：让我们来重建中国的精神结构，等等。作为从另一个圈子里来的人，我对新圈子里的朋友有个建议：让我们来检查一下自己，看看傻不傻，疯不疯？有各种各样的镜子可供检查自己之用：中国的传统是一面镜子，外国文化是另一面镜子。还有一面更大的镜子，就在我们身边，那就是沉默的大多数。这些议论当然是有感而发的。几年前，我刚刚走出沉默，写了一本书，送给长者看。他不喜欢这本书，认为书不能这样来写。照他看来，写书应该能教育人民，提升人的灵魂。这真是金玉良言。但是在这世界上的一切人之中，我最希望予以提升的一个，就是我自己。这话很卑鄙，很自私，也很诚实。

（本篇最初发表于 1996 年第四期《东方》杂志）

对待知识的态度

我年轻时当过知青，当时没有什么知识，就被当作知识分子送到乡下去插队。插队的生活很艰苦，白天要下地干活，天黑以后，插友要玩，打扑克，下象棋。我当然都参加——这些事你不参加，就会被看作怪人。玩到夜里十一二点，别人都累了，睡了，我还不睡，还要看一会儿书，有时还要做几道几何题。假如同屋的人反对我点灯，我就到外面去看书。我插队的地方地处北回归线上，海拔二千四百米。夜里月亮像个大银盆一样耀眼，在月光下完全可以看书——当然，看久了眼睛有点发花——时隔二十多年，当时的情景历历在目。

如今，我早已过了不惑之年。旧事重提，不是为了夸耀自己是如何的自幼有志于学。现在的高中生为了考大学，一样也在熬灯头，甚至比我当年熬得还要苦。我举自己作为例子，是为了说明知识本身是多么地诱人。当年文化知识不能成为饭碗，也不能夸耀于人，但有一些青年对它还是有兴趣，这说明学习本身就可成立为一种生活方式。学习文史知识目的在于“温故”，有文史修养的人生活在从过去到现代一个漫长的时间段里。学习科学知识目的在于“知新”，有科学知识的人可以预见将来，他生活在从现在到广阔无垠的未来。假如你什么都不学习，那就只能生活在现时现世的一个小圈子里，狭窄得很。为了说明这一点，让我来举个例子。

在欧洲的内卡河畔，有座美丽的城市。在河的一岸是历史悠久的大学城。这座大学的历史，在全世界好像是排第三位——单是这所学校，本身就有无穷无尽的故事。另一岸陡峭的山坡上，矗立着一座城堡的废墟，宫墙上还有炸药炸开的大窟窿。照我这样一说很是没劲，但你若去问一个海德堡人，他就会告诉你，二百年前法国大军来进攻这座宫堡的情景：法军的掷弹兵如何攻下了外层工事，工兵又是怎样开始爆破——在这片山坡上，何处是炮阵地，何处是指挥所，何处储粮，何处屯兵。这个二百年前的古战场依然保持着旧貌，硝烟弥漫——有文化的海德堡人绝不只是活在现代，而是活在几百年的历史里。

与此相仿，小时候我住在北京的旧城墙下。假如那城墙还在，我就能指着它告诉你：庚子年间，八国联军克天津，破廊坊，直逼北京城下。当时城里朝野陷于权力斗争之中，偌大一个京城竟无人去守……此时有位名不见经传的营官不等待命令，挺身而出，率健锐营“霆字队”的区区百人，手持新式快枪，登上了左安门一带的城墙，把联军前锋阻于城下，前后有一个多时辰。此人是一个英雄。像这样的英雄，正史上从无记载，我是从野史上看到的。有关北京的城墙，当年到过北京的联军军官写道：这是世界上最伟大的防御工事。它绵延数十里，是一座人造的山脊。对于一个知道历史的中国人来说，他也不会只活在现在。历史，它可不只是尔虞我诈的宫廷斗争……

作为一个理工科出身的人，其实我更该谈谈科学，说说它如何使我们知道未来。打个比方来说，我上大学时，学了点计算机方面的知识，今天回想起来，都变成了老掉牙的东西。这门科学一日一变，越变越有趣，这种进步真叫人舍不得变老，更舍不得死……学习科学技术，使人对正在发展的东西有兴趣。但我恐怕说这些太过专业，所以就到此为止。现在的年轻人大概常听人说，人有知识就会变聪明，会活得更好，不受人欺。这话虽不错，但也有偏差。知识另有一种作用，它可以使你生活在过去、未来和现在，使你的生活变得更充实、更有趣。这其中另有一种境界，非无知的人可解。不管有没有直接的好处，都应该学习——持这种态度来求知更可取。大概是因为我曾独自一人度过了求知非法的长夜，所以才有这种想法……当然，我这些说明也未必能服人。反对我的人会说，就算你说的属实，但我就愿意只生活在现时现世！我就愿意得些能见得到的好处！有用的我学，没用的我不学，你能奈我何？……假如执意这样放纵自己，也就难以说服。罗素曾经说：对于人来说，不加检点的生活，确实不值得一过。他的本意恰恰是劝人不要放弃求知这一善行。抱着封闭的态度来生活，活着真的没什么意思。

（本篇最初发表于 1996 年第六期《辽宁青年》杂志）

荷兰牧场与父老乡亲

我到荷兰去旅游，看到运河边上有个风车，风车下面有一片牧场，就站下来看，然后被震惊了。这片牧场在一片低洼地里，远低于运河的水面，茵茵的绿草上有些奶牛在吃草。乍看起来不过是一片乡村景象，细看起来就会发现些别的：那些草地的中央隆起，四周环以浅沟。整个地面像瓦楞铁一样略有起伏，下凹的地方和沟渠相接，浅沟通向深沟，深沟又通向渠道。所有的渠道都通到风车那里。这样一来，哪怕天降大雨，牧场上也不会有积水。水都流到沟渠里，等着风车把它抽到运河里去。如果没有这样精巧的排水系统，这地方就不会有牧场，只会有沼泽地。站在运河边上，极目所见，到处是这样井然有序的牧场。这些地当然不是天生这样，它是人悉心营造的结果。假如这种田园出于现代工程技术人员之手，那倒也罢了。实际上，这些运河、风车、牧场，都是十七世纪时荷兰人的作品。我从十七岁就下乡插队，南方北方都插过，从来没见过这样的土地。

我在山东老家插过两年队，什么活都干过。七四年的春夏之交，天还没有亮，我就被一阵哇哇乱叫的有线广播声吵起来了。这种哇哇的声音提醒我们，现在已经是电子时代。然后我紧紧裤腰带，推起独轮车，给地里送粪。独轮车很不容易叫我想起现在是电子时代。俗话说得好，种地不上粪，等于瞎胡混。我们老家的人就认这个理。独轮车的好处在于它可以在各种糟糕的路上走，绕过各种坑和石头；坏处在于它极难操纵，很容易连人带车一起翻掉。我们老家的人在提高推车技巧方面不遗余力，达到了杂技的水平。举例来说，有人可以把车推过门槛，有人可以把它推上台阶。但不管技巧有多高，还是免不了栽跟头，而且总造成鼻青脸肿的后果。现在我想，与其在车技上下苦功，还不如把路修修——我在欧洲游玩时，发现那边的乡间道路极为美好——但这件事就是没人干。不要说田间的路，就是村里的路也很糟，说不清是路还是坑。

我们老家那些地都在山上。下乡时我带了几双布鞋，全是送粪时穿坏的。整双鞋像新的一样，只是后跟豁开了。我的脚脖子经常抽筋，现在做梦梦到推粪上山，还是要抽筋。而且那些粪也不过是美其名为粪，实则是些垫猪圈的土，学大寨时要凑上报数字，常常刚垫上就挖出来，猪还来不及在上面排泄呢……我去起圈时，猪老诧异地看着我。假如它会说话，肯定要问问我：抽什么疯呢？有时我也觉得不好意思，就揍它。被猪看成笨蛋，这是不能忍受的。

坦白地说，我自己绝不可能把一车粪推上山——坡道太陡，空手走都有点喘。实际上山边上有人在接应：小车推到坡道上，就有人用绳子套住，在前面拉，合两人之力，才能把车弄上山去。这省了我的劲儿，但从另一个角度来说就更笨了。这道理是这样的：这一车粪有一百公斤，我和小车加起来，也快有一百公斤了，为了送一百公斤的粪，饶上我这一百公斤已经很笨，现在又来了一个人，这就不止是一百公斤。刨去做无效功不算，有效功不过是送上去一些土，其中肥料的成分本属虚无缥缈……好在这些蠢事猪是看不到的；假如看到的话，不知它会怎么想：土里只要含有微量它老人家的粪尿，人就要不惜劳力送上高山——它会因此变成自大狂，甚至提出应该谁吃谁的问题……

从任何意义上说，送粪这种工作绝不比从低洼地里提水更有价值。这种活计本该交给风能去干，犯不着动用宝贵的人体生物能。我总以为，假如我老家住了些十七世纪的荷兰人，肯定遍山都是缆车、索道——他们就是那样的人：工程师、经济学家、能工巧匠。至于我老家的乡亲，全是些勤劳朴实、缺少心计的人。前一种人的生活比较舒服，这是不容争辩的。

现在可以说说我是种什么人。在老家时，我和乡亲们相比，显得更加勤劳朴实、更加少心计。当年我想的是：我得装出很能吃苦的样子，让村里的贫下中农觉得我是个好人，推荐我去上大学，跳出这个火坑……顺便说一句，我虽有这种卑鄙的想法，但没有得逞。大学还是我自己考上的。既然他们没有推荐我，我就可以说几句坦白的话，不算占了便宜又卖乖。村里的那些活，弄得人一会儿腰疼，一会儿腿疼，尤其是拔麦子，拔得手疼不已，简直和上刑没什么两样——十指连心嘛，干吗要用它们干这种受罪的事呢？当年我假装很受用，说什么身体在受罪，思想却变好了，全是昧心话。说良心话就是：身体在受罪，思想也更坏了，变得更阴险，更奸诈……当年我在老家插队时，共有两种选择：一种朴实的想法是在村里苦挨下去，将来成为一位可敬的父老乡亲；一种狡猾的想法就是从村里混出去，自己不当父老乡亲，反过来歌颂父老乡亲。这种歌颂虽然动听，但多少有点虚伪……站在荷兰牧场面前，我发现还有第三种选择。对于个人来说，这种选择不存在，但对于一个民族来说，它不仅存在，而且还是正途。

（本篇最初发表于 1996 年第十二期《三联生活周刊》杂志）

体验生活

我靠写作为生。有人对我说：像你这样写是不行的啊，你没有生活！起初，我以为他想说我是个死人，感到很气愤。忽而想到，“生活”两字还有另一种用法。有些作家常到边远艰苦的地方去住上一段，这种出行被叫作“体验生活”——从字面上看，好像是死人在诈尸，实际上不是的。这是为了对艰苦的生活有点了解，写出更好的作品，这是很好的做法。人家说的生活，是后面一种用法，不是说我要死，想到了这一点，我又回嗔作喜。我虽在贫困地区插过队，但不认为体验得够了。我还差得很远，还需要进一步的体验。但我总觉得，这叫作“体验艰苦生活”比较好。省略了中间两个字，就隐含着这样的意思：生活就是要经常吃点苦头——有专门从负面理解生活的嫌疑。和我同龄的人都有过忆苦思甜的经历：听忆苦报告、吃忆苦饭，等等。这件事和体验生活不是一回事，但意思有点相近。众所周知，旧社会穷人过着牛马不如的生活，吃糠咽菜——菜不是蔬菜，而是野菜。所谓忆苦饭，就是旧社会穷人饭食的模仿品。

我要说的忆苦饭是在云南插队时吃到的——为了配合某种形势，各队起码要吃一顿忆苦饭，上面就是这样布置的。我当时是个病号，不下大田，在后勤做事，归司务长领导，参加了做这顿饭。当然，我只是下手。真正的大厨是我们的司务长。这位大叔朴实木讷，自从他当司务长，我们队里的伙食就变得糟得很，每顿都吃烂菜叶——因为他说，这些菜太老，不吃就要坏了。菜园子总有点垂垂老矣的菜，吃掉旧的，新的又老了，所以永远也吃不到嫩菜。我以为他炮制忆苦饭肯定很在行，但他还去征求了一下群众意见，问大家在旧社会吃过些啥。有人说，吃过芭蕉树心，有人说，吃过芋头花、南瓜花。总的来说，都不是什么太难吃的东西，尤其是芋头花，那是一种极好的蔬菜，煮了以后香气扑鼻。我想有人可能吃过些更难吃的东西，但不敢告诉他。说实在的，把饭弄好吃的本领他没有，弄难吃的本领却是有的，再教教就更坏了。就说芭蕉树心吧，本该剥出中间白色细细一段，但他叫我砍了一棵芭蕉树来，斩碎了整个煮进了锅里。那锅水马上变得黄里透绿，冒起泡来，像锅肥皂水，散发着令人恶心的苦味……

我说过，这顿饭里该有点芋头花。但芋头不大爱开花，所以煮的是芋头秆，而且是刨了芋头剩下的老秆。可能这东西本来就麻，也可能是和芭蕉起了化学反应，总之，这东西下锅后，里面冒出一种很恶劣的麻味。大概你也猜出来了，我们没煮南瓜花，煮的是南瓜藤，这种东西斩碎后是些煮不烂的毛毛虫。最后该搁点糠进去，此时我和司务长起了严重的争执。我认为，稻谷的内膜才叫作糠。这种东西我们有，是喂猪的。至于稻谷的外壳，它不是糠，猪都不吃，只能烧掉。司务长倒不反对我的定义，但他说，反正是忆苦饭，这么讲究干什么，糠还要留着喂猪，所以往锅里倒了一筐碎稻壳。搅匀之后，真不知锅里是什么。做好了这锅东西，司务长高兴地吹起了口哨，但我的心情不大好。说实在的，我这辈子没怕过什么，那回也没有怕，只是心里有点慌。我喂过猪，知道拿这种东西去喂猪，所有的猪都会想要咬死我。猪是这样，人呢？

后来的事情证明我是瞎操心。晚上吃忆苦饭，指导员带队，先唱“天上布满星”，然后开饭。有了这种气氛，同学们见了饭食没有活撕了我，只是有些愣头青对我怒目而视，时不常吼上一句：“你丫也吃！”结果我就吃了不少。第一口最难，吃上几口后满嘴都是麻的，也说不上有多难吃。只是那些碎稻壳像刀片一样，很难吞咽，吞多了嘴里就出了血。反正我已经抱定了必死的决心，自然没有闯不过去的关口。但别人却在偷偷地干呕。吃完以后，指导员做了总结，看样子他的情况不大好，所以也没多说。然后大家回去睡觉——

但是事情当然还没完。大约是夜里十一点，我觉得肠胃搅痛，起床时，发现同屋几个人都在地上摸鞋。摸来摸去，谁也没有摸到，大家一起赤脚跑了出去，奔向厕所，在北回归线那皎洁的月色下，看到厕所门口排起了长队……

有件事需要说明，有些不文明的人有放野屎的习惯，我们那里的人却没有。这是因为屎有做肥料的价值，不能随便扔掉。但是那一夜不同，因为厕所里没有空位，大量这种宝贵的资源被抛撒在厕所后的小河边。干完这件不登大雅之事，我们本来该回去睡觉，但是走不了几步又想回来，所以我们索性坐在了小桥上，聊着天，挨着蚊子咬，时不常地到草丛里去一趟，直到肚子完全出清。到了第二天，我们队的人脸色都有点绿，下巴有点尖，走路也有点打晃。像这个样子当然不能下地，只好放一天假。这个故事应该有个寓意，我还没想出来。反正我不觉得这是在受教育，只觉得是折腾人——虽然它也是一种生活。总的来说，人要想受罪，实在很容易，在家里也可以拿头往门框上碰。既然痛苦是这样简便易寻，所以似乎用不着特别去体验。

（本篇最初发表于1996年第十三期《三联生活周刊》杂志）

我怎样做青年的思想工作

我有个外甥，天资聪明，虽然不甚用功，也考进了清华大学——对这件事，我是从他母系的血缘上来解释的，作为他的舅舅之一，我就极聪明。这孩子爱好摇滚音乐，白天上课，晚上弹吉他唱歌，还聚了几个同好，自称是在“排演”，但使邻居感到悲愤。这主要是因为他的吉他上有一种名为噪声发生器的设备，可以弹出砸碎铁锅的声音。要说清华的功课，可不是闹着玩的，每逢考期临近，他就要熬夜突击准备功课。这样一来就找不着时间睡觉。几个学期下来，眼见得尖嘴猴腮，两眼乌青，瘦得可以飘起来。他还想毕业后以摇滚音乐为生。不要说他父母觉得灾祸临门，连我都觉得玩摇滚很难成为一种可行的生活方式——除非他学会喝风屙烟的本领。

作为摇滚青年，我外甥也许能找到个在酒吧里周末弹唱的机会，但也挣不着什么钱。假如吵着了酒吧的邻居，或者遇到了要“整顿”什么，还有可能被请去蹲派出所——这种事我听说过。此类青年常在派出所的墙根下蹲成一排，状如在公厕里，和警察同志作轻松之调侃。当然，最后还要家长把他们领出来。这孩子的父母，也就是我的姐姐、姐夫，对这种前景深感忧虑，他们是体面人，丢不起这个脸。所以长辈们常要说他几句，但他不肯听。最不幸的是，我竟是他的楷模之一。我可没蹲过派出所，只不过是个自由撰稿人，但不知为什么，他觉得我的职业和摇滚青年有近似之处，口口声声竟说：舅舅可以理解我！因为这个缘故，不管我愿意不愿意，我都要负起责任，劝我外甥别做摇滚乐手，按他所学的专业去做电气工程师。虽然在家族之内，这事也属思想工作之类。按说该从理想、道德谈起，但因为在甥舅之间，就可以免掉，径直进入主题：“小子，你爸你妈养你不容易。好好把书念完，找个正经工作罢，别让他们操心啦。”回答当然是：他想这样做，但办不到。他热爱自己的音乐。我说：有爱好，这很好。你先挣些钱来把自己养住，再去爱好不迟。摇滚音乐我也不懂，就听过一个《一无所有》。歌是蛮好听的，但就这题目而论，好像不是一种快乐的生活。我外甥马上接上来道：舅舅，何必要快乐呢？痛苦是灵感的源泉哪。前人不是说：没有痛苦，叫什么诗人？——我记得这是莱蒙托夫的诗句。连这话他都知道，事情看来很有点不妙了……痛苦是艺术的源泉，这似乎无法辩驳：在舞台上，人们唱的是《黄土高坡》《一无所有》，在银幕上，看到的是《老井》《菊豆》《秋菊打官司》。不但中国，外国也是如此，就说音乐罢，柴可夫斯基《如歌的行板》是千古绝唱，据说素材是俄罗斯民歌《小伊万》，那也是人民痛苦的心声。美国女歌星玛瑞·凯瑞，以黑人灵歌的风格演唱，这可是当年黑奴们唱的歌……照此看来，我外甥决心选择一种痛苦的生活方式，以此净化灵魂，达到艺术的高峰，该是正确的了。但我偏说他不正确，因为他是我外甥，我对我姐姐总要有个交代。因此我说：不错，痛苦是艺术的源泉，但也不必是你的痛苦……柴可夫斯基自己可不是小伊万；玛瑞·凯瑞也没在南方的种植园里收过棉花；唱黄土高坡的都打扮得珠光宝气；演秋菊的卸了妆一点都不悲惨，她有的是钱……听说她还想嫁个大款。这种种事实说明了一个真理：别人的痛苦才是你艺术的源泉。而你去受苦，只会成为别人的艺术源泉。因为我外甥是个聪明孩子，他马上就想到了，虽然开掘出艺术的源泉，却不是自己的，这不合算——虽然我自己并不真这么想，但我把外甥说服了。他同意好好念书，毕业以后不搞摇滚，进公司去挣大钱。

取得了这个成功之后，这几天我正在飘飘然，觉得有了一技之长。谁家有不听话的孩子都可以交给我说服，我也准备收点费，除写作之外，开辟个第二职业——职业思想工作者。但本文的目的却不是吹嘘我有这种本领，给自己作广告。而是要说明，思想工作有各种各样的做法。本文所示就是其中的一种：把正面说服和黑色幽默结合起来，马上就开辟了一片新天地……

（本篇最初发表于1996年第十四期《三联生活周刊》杂志，发表时题目为“我和摇滚青年”）

椰子树与平等

二十多年前，我在云南插队。当地气候炎热，出产各种热带水果，就是没有椰子。整个云南都不长椰子，根据野史记载，这其中有个缘故。据说，在三国以前，云南到处都是椰子，树下住着幸福的少数民族。众所周知，椰子有很多用处，椰茸可以当饭吃，椰子油也可食用。椰子树叶里的纤维可以织粗糙的衣裙，椰子树干是木材。这种树木可以满足人的大部分需要，当地人也就不事农耕，过着悠闲的生活。忽一日，诸葛亮南征来到此地，他要教化当地人，让他们遵从我们的生活方式：干我们的活，穿我们的衣服，服从我们的制度。这件事起初不大成功，当地人没看出我们的生活方式有什么优越之处。首先，秋收春种，活得很累，起码比摘椰子要累；其次，汉族人的衣着在当地也不适用。就以诸葛先生为例，那身道袍料子虽好，穿在身上除了捂汗和捂痱子，捂不出别的来；至于那顶道冠，既不遮阳，也不挡雨，只能招马蜂进去做窝。当地天热，摘两片椰树叶把羞处遮遮就可以了。至于汉朝的政治制度，对当地的少数民族来说，未免太过烦琐。诸葛先生磨破了嘴皮子，言必称孔孟，但也没人听。他不觉得自己的道理不对，却把账算在了椰子树身上：下了一道命令，一夜之间就把云南的椰树砍了个精光，免得这些蛮夷之人听不进圣贤的道理。没了这些树，他说话就有人听了——对此，我的解释是，诸葛亮他老人家南征，可不是一个人去的，还带了好多的兵，砍树用的刀斧也可以用来砍人，砍树这件事说明他手下的人手够用，刀斧也够用。当地人明白了这个意思，就怕了诸葛先生。我这种看法你尽可以不同意——我知道你会说，诸葛亮乃古之贤人，不会这样赤裸裸地用武力威胁别人；所以，我也不想坚持这种观点。

对于此事，野史上是这么解释的：蛮夷之人，有些稀奇之物，就此轻狂，胆敢藐视大朝大邦；没了这些珍稀之物，他们就老实了。这就是说，云南人当时犯有轻狂的毛病，这是一种道德缺陷。诸葛先生砍树，是为了纠正这种毛病，是为他们好。我总觉得这种说法有点太过惊世骇俗。人家有几样好东西，活得好一点，心情也好一点，这就是轻狂；非得把这些好东西毁了，让人家心情沉痛，这就是不轻狂——我以为这是野史作者的意见，诸葛先生不是这样的人。

野史是不能当真的，但云南现在确实没有椰子，而过去是有的。所以这些椰树可能是诸葛亮砍的。假如这不是要野蛮，就该有种道义上的解释。我觉得诸葛亮砍椰树时，可能是这么想的：人人理应生来平等，但现在不平等了，四川不长椰树，那里的人要靠农耕为生；云南长满了椰树，这里的人就活得很舒服。让四川也长满椰树，这是一种达到公平的方法，但是限于自然条件，很难做到。所以，必须把云南的椰树砍掉，这样才公平。假如有不平等，有两种方式可以拉平：一种是向上拉平，这是最好的，但实行起来有困难；比如，有些人生来四肢健全，有些人则生有残疾，一种平等之道是把所有的残疾人都治成正常人，这可不容易做到。另一种是向下拉平，要把所有的正常人都变成残疾人就很容易，只消用铁棍一敲，一声惨叫，这就变过来了。诸葛先生采取的是向下拉平之道，结果就害得我吃不上椰子。在云南时，我觉得嘴淡时就啃几个木瓜。木瓜淡而无味，假如没熟透，啃后满嘴都是麻的。但我没有抱怨木瓜树。这种树内地也是不长的，假如它的果子太好吃，诸葛先生也会把它砍光啦。

我这篇文章题目在说椰子，实质在谈平等问题，挂羊头卖狗肉，正是我的用意。人人理应生来平等，这一点人人都同意。但实际上是不平等的，而且最大的不平等不是有人有椰子树，有人没有椰子树。如罗素先生所说，最大的不平等是知识的差异——有人聪明有人笨，这就是问题之所在。这里所说的知识、聪明是广义的，不单包括科学知识，还包括文化素质、艺术的品位，等等。这种椰子树长在人脑里，不光能给人带来物质福利，还有精神上的幸福。这后一方面的差异我把它称为幸福能力的差异。有些作品，有些人能欣赏，有些人就看不懂，这就是说，有些人的幸福能力较为优越。这种优越最招人嫉妒。消除这种优越的方法之一就是给聪明人头上一闷棍，把他打笨些。但打轻了不管用，打重了会把脑子打出来，这又不是我们的本意。另一种方法则是：一旦聪明人和傻人起了争执，我们总说傻人有理。久而久之，聪明人也会变傻。这种法子现在正用着呢。

（本篇最初发表于1996年第十四期《三联生活周刊》杂志）

优越感种种

我在美国留学时，认识不少犹太人——教授里有犹太人，同学里也有犹太人。我和他们处得不坏，但在他们面前总有点不自在。这是因为犹太教说，犹太人是上帝的选民；换言之，只有他们可以上天堂，或者是有进天堂的优先权，别人则大抵都是要下地狱的。我和一位犹太同学看起来都是一样的人，可以平等相交，但也只是今生今世的事。死了以后就会完全两样：他因为是上帝的选民，必然直升天堂；而我则未被选中，所以是地狱的后备力量。地狱这个地方我虽没去过，但从书上看到了一些，其中有些地方就和全聚德烤鸭店的厨房相仿。我到了那里，十之八九会像鸭子一样，被人吊起来烤——我并不确切知道，只是这样猜测。本来可以问问犹太同学，但我又不肯问，怕他以为我是求他利用自己选民的身份，替我在上帝面前美言几句，给我找个在地狱里烧锅炉的事干，自己不挨烤，点起火来烤别人——这虽是较好的安排，但我当时年轻气盛，傲得很，不肯走这种后门。我对犹太同学和老师抱有最赤诚的好感，认为他们既聪明，又勤奋；就是他们节俭的品行也对我的胃口：我本人就是个省俭的人。但一想到他们是选民，我不是选民，心里总有点不对劲。

我们民族的文化里也有这一类的东西：以天朝大国自居，把外国人叫作“洋鬼子”。这虽是些没了味的老话，但它的影响还在。我有几位外国朋友，他们有时用自嘲的口气说：我是个洋鬼子。这就相当于我对犹太同学说：选民先生，我是只地狱里的烤鸭。讽刺意味甚浓。我很不喜欢听到这样的话——既不愿听到人说别人是鬼子，也不愿听人说自己是洋鬼子。相比之下，尤其不喜欢听人说别人是洋鬼子。这世界上各个民族都有自己的文化，这些文化都有特异性，就如每个人都与别人有些差异。人活在世上，看到了这些差异，就想要从中得出于己有利的结果。这虽是难以避免的偏执，但不大体面。我总觉得，这种想法不管披着多么深奥的学术外衣，终归是种浅薄的东西。

对于现世的人来说，与别人相较，大家都有些先天的特异性，有体质上的，也有文化上的。有件事情大家都知道，日耳曼人生来和别的人有些不同：黄头发、蓝眼睛、大高个儿，等等。这种体质在人类学上的差异被极个别的混账日耳曼人抓住，就成了他们民族优越的证据，结果他们就做了很多伤天害理的事。犹太民族则是个相反的例子：他们相信自己是上帝的选民，但在尘世上一点坏事都不做。我喜欢犹太人，但我总觉得，倘他们不把选民这件事挂在心上，是不是会好些？假如三四十年代的欧洲犹太人忘了这件事，对自己在尘世上的遭遇可能会更关心些，对纳粹分子的欺凌可能会做出更有力的反抗：你也是人，我也是人，我凭什么伸着脖子让你来杀？我觉得有些被屠杀的犹太人可能对上帝指望得太多了一点——当然，我也希望这些被屠杀的人现在都在天堂里，因为有那么多犹太人被纳粹杀掉，我倒真心希望他们真是上帝的选民；即使此事一真，我这非选民就要当地狱里的烤鸭，我也愿作这种牺牲——这种指望恐怕没起好作用。这两个例子都与特异性有关。当然，假如有人笃信自己的特异性一定是好的，是优越、正义的象征，举一千个例子也说服不了他。我也不想说服谁，只是想要问问，成天说这个，有什么用？

还有些人对特异性作负面的理解。我知道这么个例子，是从人类学的教科书上看来的：在美国，有些黑人孩子对自己的种族有自卑感，觉得白人孩子又聪明又好看，自己又笨又难看。中国人里也有崇洋媚外的，觉得自己的人种不行，文化也不行。这些想法是不对的。有人以为，说自己的特异性无比优越是唯一的出路，这又使我不懂了。人为什么一定用一件错事来反对另一件错事呢？除非人真是这么笨，只能懂得错的，不能懂得对的，但这又不是事实。某个民族的学者对本民族的人民作这种判断，无异是说本族人民是些傻瓜，只能明白次等的道理，不能懂得真正的道理，这才是民族虚无主义的想法。说来也怪，这种学者现在甚多，做出来的学问一半像科学，一半像宣传；整个儿像戈培尔。戈培尔就是这样的：他一面说日耳曼人优越，一面又把日耳曼人当傻瓜来愚弄。我认识一个德国人，一提起这段历史，他就觉得灰溜溜的见不得人。灰溜溜的原因不是怀疑本民族的善良，而是怀疑本民族的智慧："怎么会被纳粹疯子引入歧途了呢？那些人层次很低嘛。"这也是我们要引以为戒的啊。

（本篇最初发表于1996年8月2日《南方周末》）

诚实与浮嚣

我念大学本科时，我哥哥在读研究生。我是学理科的，我哥哥是学逻辑学的。有一回我问他：依你之见，在中国人写的科学著作中，哪本最值得一读？他毫不犹豫地答道：费孝通的《江村经济》。现在假如有个年轻人问我这个问题，不管他是学什么的，我的回答还是《江村经济》——但我觉得这本书的名字还是叫作《中国农民的生活》为好。它的长处在于十分诚实地描述了江南农村的生活景象，像这样的诚实在中国人写的书里还未曾有过。同是社会学界的前辈，李景汉先生作过《定县调查》，把一个县的情况搞得清清楚楚。学社会学的人总该读读《定县调查》——但若不学社会学，我觉得可以不读《定县调查》，但不读《江村经济》可不成。中国的读书人有种毛病，总要对某些事实视而不见，这些事实里就包括了中国农民的生活。读书人喜欢做的事情是埋首于故纸堆里，好像故纸之中什么都有了。中国的典籍倒是浩若烟海，但假若没人把事实往纸上写，纸上还是什么都没有。《江村经济》的价值就在于它把事实写到了纸上，在中国这个地方，很少有人做这样的事。马林诺夫斯基给《江村经济》作序，也称赞了费先生的诚实。所以费先生这项研究中的诚实程度，已经达到了国际先进水平。

这篇文章的主旨不是谈《江村经济》，而是谈诚实。以我之见，诚实就像金子一样，有成色的区别。就以费先生的书为例，在海外发表时，叫作《中国农民的生活》，这是十足赤金式的诚实。在国内发表时叫作《江村经济》，成色就差了一些，虽然它还是诚实的，而且更对中国文人的口味。我们这里有种传统，对十足的诚实甚为不利。有人说，朱熹老夫子做了一世的学问，什么叫作“是”（be），什么叫作“应该是”（should be），从来就没搞清楚过。我们知道，前者是指事实，后者是指意愿，两者是有区别的。人不可能一辈子遇上的都是合心意的事，如果朱夫子总把意愿和事实混为一谈，那他怎么生活呢。所以，当朱夫子开始学术思维时，他把意愿和事实当成了一回事——学术思维确有这样一种特点，不做学问时，意愿和现实又能分开了。不独朱夫子，中国人做学问时都是如此，自打孔子到如今，写文章时都要拿一股劲儿，讨论国计民生乃至人类的前途这样的大题目，得到一片光明的结论，在这一片光明下，十足的诚实倒显得可羞。在所有重大题目上得出一片光明的结论固然很好，但若不把意愿和现实混为一谈，这却是很难做到的。

人忠于已知事实叫作诚实，不忠于事实就叫作虚伪。还有些人只忠于经过选择的事实，这既不叫诚实，也不叫虚伪，我把它叫作浮嚣。这是个含蓄的说法，乍看起来不够贴切，实际上还是合乎道理的：人选择事实，总是出于浮嚣的心境。有一回，我读一位海外新儒家学者的文集（我对海外的新儒学并无偏见，只是举个例子），作者一会儿引东，一会儿引西，从马克斯·韦伯到现代美国黑人的“寻根文学”引了一个遍，所举例子都不甚贴切，真正该引用的事例他又没有引到。我越看越不懂，就发了狠，非看明白不可。最终看到一篇他在台北的答记者问，把自己所治之学和台湾当局的“文化建设”挂上了钩——看到这里，我算是看明白了。我还知道台湾当局拉拢海外学人是不计工本的，这就是浮嚣的起因——当然，更远的起因还能追溯到科举、八股文，人若把学问当作进身之本来做，心就要往上浮。诚实不是学术界的长处，因为太诚实了，就显得不学术。像费先生在《江村经济》里表现出的那种诚实，的确是凤毛麟角。有位外国记者问费先生：你觉得中国再过几时才能再出一个费孝通？他答：五十年。这话我真不想信，但恐怕最终还是不得不信。

（本篇最初发表于 1996 年 8 月 21 日《中华读书报》）

洋鬼子与辜鸿铭

我看过一些荒唐的书，因为这些书，我丧失了天真。在英文里，丧失天真（lose innocence）兼有变得奸猾的意思，我就是这么一种情形。我的天真丢在了匹兹堡大学的图书馆里。我在那里借了一本书，叫作《一个洋鬼子在中国的快乐经历》，里面写了一个美国人在中国的游历。从表面上看，该洋鬼子是华夏文化的狂热爱好者，清朝末年，他从上海一下船，看了中国人的模样，就喜欢得要发狂。别人喜欢我们，这会使我感到高兴，但他却另当别论，这家伙是个 sadist，还是个 bisexual。用中国话来说，是个双性恋的性虐待狂。被这种人喜欢上是没法高兴的，除非你正好是个受虐狂。

我和大多数人一样，有着正常的性取向。咱们这些人见到满大街都是漂亮的异性，就会感到振奋。作为一个男人，我很希望到处都是美丽的姑娘，让我一饱眼福——女人的想法就不同，她希望到处都是漂亮小伙子。这些愿望都属正常。

古书上说，海上有逐臭之夫。这位逐臭之夫喜欢闻狐臭。他希望每个人都长两个臭腋窝，而且都是熏死狐狸、臊死黄鼠狼那一种，这种愿望很难叫作正常，除非你以为戴防毒面具是种正常的模样。而那个虐待狂洋鬼子，他的理想是到处都是受虐狂，这种理想肯定不能叫作正常。很不幸的是，在中国他实现了理想。他说他看到的中国男人都是那么唯唯诺诺，头顶剃得半秃不秃，还留了猪尾巴式的小辫子，这真真好看死了。女人则把脚缠得尖尖的，要别人搀着才能走路，走起来那种娇羞无力的苦样，他看了也要发狂……

从表面上看，此洋鬼子对华夏文化的态度和已故的辜鸿铭老先生的论点很相似——辜老先生既赞成妇女缠足，也赞成男人留辫子。有人说，辜先生是文化怪杰，我同意这个“怪”字，但怪不一定是好意思。从寻常人的角度来看，sadist 就很怪。好在他们并不侵犯别人，只是偷偷寻找性伴侣。有时还真给他们找到了，因为另有一种 masochist（受虐狂），和他们一拍即合。结成了对子，他们就找个僻静地方去玩他们的性游戏，这种地点叫作“密室”——主要是举行一些仪式，享受那种气氛，并不当真动手，这就是西方社会里的 S/M 故事。但也有些 sadist 一时找不着伴儿，我说到的这个就是。他一路找到中国来了。据他说，有些西洋男人在密室里，给自己戴上狗戴的项圈，远没有剃个阴阳头，留条猪尾巴好看。他还没见过哪个西洋女人肯于把脚裹成猪蹄子。他最喜欢看这些样子，觉得这最为性感——所以他是性变态。至于辜鸿铭先生有什么毛病，我就说不清了。

那个洋鬼子见到中国人给人磕头，心里兴奋得难以自制：真没法想象有这么性感的姿势——双膝下跪！以头抢地！！口中还说着一些驯服的话语！！！他以为受跪拜者的心里一定欲仙欲死。听说臣子见皇帝要行三磕九叩之礼，他马上做起了皇帝梦：每天做那么快乐的性游戏，死了都值！总而言之，当时中国的政治制度在他看来，都是妙不可言的性游戏和性仪式，只可惜他是个洋鬼子，只能看，不能玩……

在那本书里，还特别提到了中国的司法制度。老爷坐在堂上，端然不动，罪人跪在堂下，哀哀地哭述，这情景简直让他神魂飘荡。老爷扔下一根签，就有人把罪人按翻，扒出屁股来，挥板子就打。这个洋鬼子看了几次，感到心痒难熬，简直想扑上去把官老爷挤掉，自己坐在那位子上。终于他花了几百两银子，买动了一个小衙门，坐了一回堂，让一个妓女扮作女犯打了一顿，他的变态性欲因此得到了满足，满意而去。在那本书里还有一张照片，是那洋鬼子扮成官老爷和衙役们的留影。这倒没什么说的，中国古代过堂的方式，确实是种变态的仪式。不好的是真打屁股，不是假打，并不像他以为的那么好玩。所以，这种变态比 S/M 还糟。

我知道有些读者会说，那洋鬼子自己不是个好东西，所以把我们的文化看歪了。这话安慰不了我，因为我已经丧失了天真。坦白地说吧，在洋鬼子的S/M密室里有什么，我们这里就有什么，这种一一对应的关系，恐怕不能说是偶合。在密室里，有些masochist把自己叫作奴才，把sadist叫作主人。中国有把自己叫贱人、奴婢的，有把对方叫老爷的，意思差不多。有些M在密室里说自己是条虫子，称对方是太阳——中国人不说虫子，但有说自己是砖头和螺丝钉的，至于只说对方是太阳，那就太不够味儿，还要加上最红最红的前缀。这似乎说明，我们这里整个是一座密室。光形似说明不了什么，还要神似。辜鸿铭先生说：华夏文化的精神，在于一种良民宗教，在于每个妇人都无私地绝对地忠诚其丈夫，忠诚的含义包括帮他纳妾；每个男人都无私地绝对地忠于其君主、国王或皇帝，无私的含义包括奉献出自己的屁股。每个M在密室里大概也是这样忠于自己的S，这是一种无限雌伏、无限谄媚的精神。清王朝垮台后，不准纳妾也不准打屁股，但这种精神还在，终于在“文革”里达到了顶峰。在五四时期，辜先生被人叫作老怪物，现在却被捧为学贯中西的文化怪杰，重印他的书。我不知道这是为什么——也许，是为了让虐待狂的洋鬼子再来喜欢我们？

（本篇最初发表于1996年第十五期《三联生活周刊》杂志）

百姓·洋人·官

小时候，每当得到了一样只能由一人享受的好东西而我们是两个人时，就要做个小游戏来决定谁是幸运者。如你所知，这种把戏叫作“石头、剪子、布”，这三种东西循环相克，你出其中某一样，正好被别人克住，就失败了。这种游戏有个古老的名称，叫作“百姓、洋人、官”，我相信这名称是清末民初流传下来的，当时洋人怕中国的老百姓，中国的官又怕洋人。《官场现形记》写到了不少实例：中国的老百姓人多，和洋人起了争执，就蜂拥而上，先把他臭揍一顿——洋人怕老百姓，是怕吃眼前亏。洋人到了衙门里，开口闭口就是要请本国大使和你们皇上说话，中国的官怕得要死——不但怕洋人，连与洋人有来往的中国人都怕，这种中国人多数是信教的，你到了衙门里，只要说一句“小的是在教的”，官老爷就不敢把你当中国百姓看待，而是要当洋人来巴结。书里有个故事，说一位官老爷听说某人“在教”，就去巴结，拿了猪头三牲到人家的庙里上供，结果被打得稀烂撵了出来——原来是搞错了，人家在的不是洋人的天主教，而是清真古教。

小说难免有些夸张，但当时有这种现象，倒是无可怀疑。现在完全不同了。洋人在中国，只要不做坏事，就不用怕老百姓。我住的小区里立有一块牌子，写有文明公约，其中有一条，提醒我见了外国人，要“不卑不亢，以礼相待”，人家没有理由怕我。至于我国政府，根本就不怕洋人。在对外交涉中，就是做了些让步，也是合乎道理的。就说保护知识产权吧，盗版软件、盗版 VCD，那是偷人家外国的东西；再说市场准入吧，人家外国的市场准你入，你的市场不准人家入，这生意是没法做的。如果说打击国内的盗版商、开放市场就是怕了洋人，肯定是恶意的中伤。还有中国政府在国际事务中的“不当头”政策，这也合乎道理，要出头就要把大把的银子白白交给别人去花，我们舍不得，跟怕洋人没有关系。在这个方面，我完全赞成政府，尤其这最后一条。

既然情况发生了变化，我再说这些似乎是无的放矢——但我的故事还没讲完呢。无论石头、剪子、布，还是百姓、洋人、官，都是循环相克的游戏。这种古老的游戏还有一个环节是老百姓怕官。这种情况现在应该没有了——现在不是封建社会了，老百姓不该怕官。政府机关也要讲道理、依法办事，你对政府部门有什么意见，既可以反映上去，又可以到检察机关去告——理论上是这样的。但中国是个官本位国家，老百姓见了官，腿肚子就会筛起糠来，底气不足，有民主权利，也不敢享受。对于绝大多数平头百姓来说，情况还是这样。

最近有本畅销书《中国可以说不》，对我国的对外关系发了些议论。我草草翻了一下，没怎么看进去。现在对这本书有些评论，大多认为书的内容有些偏激。还有人肯定这本书，说是它的意义在于老百姓终于可以说外国人，地位因此提高了。可能我在胡猜，但我觉得这里面包含了三重的误会。其一，看到我国政府在对外交涉中讲道理，就觉得政府在怕洋人——不讲理的人常会有这种看法，这是不足为奇的。其二，看到海外的评论注意到了这本书，觉得洋人怕了我们——有些人就是这么一惊一乍，一本书有什么可怕的呢？其三，以为洋人怕了这本百姓写的书，官又怕洋人，结果就是官也怕了百姓了，老百姓的地位也就提高了。这是武侠小说里的隔山打牛、隔物传功之法。这其一和其二无须我再说，大家都知道是不对的，而且很没意思。其三则完全是小说家的题目，但我觉得这种说法完全是扯淡，因为就算洋人怕了你，官又怕了洋人，你还是怕官，这一点毫无改变。

从前，有个大学的青年教师，三十多岁了，每月挣三五百块钱，谈起对象来个个吹。他住在筒子楼里，别人在楼道里炒菜，油烟滚滚灌到卧室里。每次上楼里的公共厕所，不论打开哪一间隔间，便池里都横亘着几根别人遗下的粗壮的屎橛子……除此之外，他在系里也弄不着口好粥喝，副教授一职遥遥无期，出门办件事，到处看别人的脸色——就连楼前楼后带红箍的人都对他粗声粗气地乱喝呼。你知道他痛苦的根源吗？根源在于领导上对他不重视。后来他写成了一本书，先把洋人吓得要死，洋人又来找我国政府，电话一级级打了下来，系主任、派出所、居委会赶紧对他改颜相敬——你知道小人物翻身的原因吗？就在于发现了隔山打牛的诀窍啊。这个故事没有什么针对性，只是在翻写话本里的《李太白醉草吓蛮书》，大家可以找原本来看看。话本里的李太白吓退了蛮人，得到皇上的宠幸，横扫杨贵妃、高力士，地位猛烈地提高了。假如今天的吓蛮书没有收到这样的效力，那是因为写书人酒还喝得不够多。

（本篇最初发表于1996年9月13日《南方周末》）

极端体验

段成式在《酉阳杂俎》写道，唐朝有位秀才先生，才高八斗，学富五车，因慕李太白为人，自起名为李赤——我虽没见过他，但能想象出他的样子：一位翩翩佳公子。有一天，春日融融，李赤先生和几个朋友出城郊游。走到一处野外的饭馆，朋友们决定在此吃午饭。大家入席以后，李赤起身去方便。去了就不回来，大家也没理会。忽听外面一声暴喊，大家循声赶去，找到了厕所里。只见李赤先生头在下，脚在上，倒插在粪桶里。这景象够吓人的。幸亏有位上厕所的先生撞见了，惊叫了一声，迟了不堪设想……大伙赶紧把他拔出来，打来清水猛冲了几桶。还好，李赤先生还有气，冷水一激又缓了过来。别人觉得有个恶棍躲在厕所里搞鬼，把李赤拦腰抱起，栽进了粪桶里，急着要把他逮住。但李赤先生说，是自己掉进去的。于是众人大笑，说李先生太不小心了，让他更衣重新入席——但却忽略了一件事：李先生不是跳水队员，向前跳水的动作也不是非常熟练，怎么能一失足就倒插在粪桶里。所以，他是自己跳下去的。李赤的故事古书里提到了多次，《唐文粹》里有柳宗元的《李赤传》，《酉阳杂俎》里好像也有，都提到了李先生跳粪桶或跳茅坑，但都无法解释他为什么要跳。我忽然发现，这件事我能解释：

有些人秉性特殊，寻常生活不能让他们满足。他们需要某种极端体验，喜欢被人捆绑起来，加以羞辱和拷打——人各有所好，这不碍我们的事。其中还有些人想要 golden shower，也就是把屎尿往头上浇。这才是真正惊世骇俗的嗜好。据说在纽约和加州某些俱乐部里，有人在口袋里放块黄手绢，露出半截来，就表明自己有这种嗜好。我觉得李赤先生就有这种嗜好，只是他不是让别人往头上浇，而是自己要往里跳。这种事解释得太详细了难免恶心，我们只要明白极端体验是个什么意思就够了。

现在是太平年月，大约在三十年前吧，整个中国乱哄哄的，有些人生活在极端体验里。这些人里有几位我认识，有些是学校里的老师，还有一些是大院里的叔叔、阿姨。他们都不喜欢这种横加在头上的极端体验，就自杀了：跳楼的跳楼，上吊的上吊，用这种方法来解脱苦难。也许有些当年闹事的人觉得这些事还蛮有意思的，但我劝他们替死者家属想想。死者已矣，留给亲友的却是无边的黑夜……

然后我就去插队，走南闯北，这种事情见得很多。比方说，在村里开会，支书总要吆喝“地富到前排”，讲几句话，就叫他们起来“撅”着。那些地富有不少比我岁数还小。原来农村的规矩是地富的子女还叫地富，就那么小一个村子，大家抬头不见低头见，撅在大伙面前，头在下腚在上，把脸都丢光，这也是种极端体验罢。当然，现在不叫地富，大家都是社员了。做出这项决定的人虽已不在人世了，但大家都会怀念他的——总而言之，那是一个极端体验的年代；虽然很惊险、很刺激，但我一点都不喜欢。不喜欢自己体验，也不喜欢看到别人体验。现在有些青年学人，人已经到了海外，拿到了博士学位和绿卡，又提起那个年代的种种好处来，借某个村庄的经验说事儿，老调重弹：想要大家再去早请示、晚汇报、学老三篇，还煞有介事地总结了毛泽东思想育新人的经验。听了这些话，我满脊梁乱起鸡皮疙瘩。

我有些庸人的想法：吃饱了比饿着好，健康比有病好，站在粪桶外比跳进去好。但有人不同意这种想法，比方说，李赤先生。大家宴饮已毕，回城里去，走到半路，发现他不见了。赶紧回去找，发现他又倒栽进了粪桶里。这回和上回不同，拖出来一看，他已经没气了。李赤先生的极端体验就到此结束——一玩就把自己玩死，这可是太极端了，没什么普遍意义。我觉得人不该淹死在屎里，但如你所知，这是庸人之见，和李赤先生的见解不同——李赤先生死后面带幸福的微笑，只是身上臭烘烘的。

我这个庸人又有种见解：太平年月比乱世要好。这两种时代的区别，比新鲜空气和臭屎的区别还要大。近二十年来，我们过着太平日子，好比呼吸到了一点新鲜空气，没理由再把我们栽进臭屎里。我是中国的国民，我对这个国家的希望就是：希望这里永远是太平年月。不管海外的学人怎么说我们庸俗，丧失了左派的锐气，我这个见解终不肯改。现在能太太平平，看几本书，写点小文章，我就很满意了。我可不想早请示、晚汇报，像“文化大革命”里那样穷折腾。至于海外那几位学人，我猜他们也不是真喜欢“文化大革命”——他们喜欢的只是那时极端体验的气氛。他们可不想在美国弄出这种气氛，那边是他们的安身立命之所。他们只想把中国搞得七颠八倒，以便放暑假时可以过来体验一番，然后再回美国去，教美国书、挣美国钱。这主意不坏，但我们不答应：我们没有极端体验的瘾，别来折腾我们。真正有这种瘾的人，何妨像李赤先生那样，自己一头扎向屎坑。

（本篇最初发表于1996年10月11日《南方周末》）

一只特立独行的猪

插队的时候，我喂过猪，也放过牛。假如没有人来管，这两种动物也完全知道该怎样生活。它们会自由自在地闲逛，饥则食渴则饮，春天来临时还要谈谈爱情。这样一来，它们的生活层次很低，完全乏善可陈。人来了以后，给它们的生活做出了安排：每一头牛和每一口猪的生活都有了主题。就它们中的大多数而言，这种生活主题是很悲惨的：前者的主题是干活，后者的主题是长肉。我不认为这有什么可抱怨的，因为我当时的生活也不见得丰富了多少，除了八个样板戏，也没有什么消遣。有极少数的猪和牛，它们的生活另有安排。以猪为例，种猪和母猪除了吃，还有别的事可干。就我所见，它们对这些安排也不大喜欢。种猪的任务是交配，换言之，我们的政策准许它当个花花公子。但是疲惫的种猪往往摆出一种肉猪（肉猪是阉过的）才有的正人君子架势，死活不肯跳到母猪背上去。母猪的任务是生崽儿，但有些母猪却要把猪崽儿吃掉。总的来说，人的安排使猪痛苦不堪。但它们还是接受了：猪总是猪啊。

对生活作种种设置是人特有的品性。不光是设置动物，也设置自己。我们知道，在古希腊有个斯巴达，那里的生活被设置得了无生趣，其目的就是要使男人成为亡命战士，使女人成为生育机器，前者像些斗鸡，后者像些母猪。这两类动物是很特别的，但我以为，它们肯定不喜欢自己的生活。但不喜欢又能怎么样？人也好，动物也罢，都很难改变自己的命运。

以下谈到的一只猪有些与众不同。我喂猪时，它已经有四五岁了，从名分上说，它是肉猪，但长得又黑又瘦，两眼炯炯有光。这家伙像山羊一样敏捷，一米高的猪栏一跳就过；它还能跳上猪圈的房顶，这一点又像是猫——所以它总是到处游逛，根本就不在圈里待着。所有喂过猪的知青都把它当宠儿来对待，它也是我的宠儿——因为它只对知青好，容许他们走到三米之内，要是别的人，它早就跑了。它是公的，原本该劁掉。不过你去试试看，哪怕你把劁猪刀藏在身后，它也能嗅出来，朝你瞪大眼睛，噢噢地吼起来。我总是用细米糠熬的粥喂它，等它吃够了以后，才把糠兑到野草里喂别的猪。其他猪看了嫉妒，一起嚷起来。这时候整个猪场一片鬼哭狼嚎，但我和它都不在乎。吃饱了以后，它就跳上房顶去晒太阳，或者模仿各种声音。它会学汽车响、拖拉机响，学得都很像；有时整天不见踪影，我估计它到附近的村寨里找母猪去了。我们这里也有母猪，都关在圈里，被过度的生育搞得走了形，又脏又臭，它对它们不感兴趣；村寨里的母猪好看一些。它有很多精彩的事迹，但我喂猪的时间短，知道得有限，索性就不写了。总而言之，所有喂过猪的知青都喜欢它，喜欢它特立独行的派头儿，还说它活得潇洒。但老乡们就不这么浪漫，他们说，这猪不正经。领导则痛恨它，这一点以后还要谈到。我对它则不只是喜欢——我尊敬它，常常不顾自己虚长十几岁这一现实，把它叫作“猪兄”。如前所述，这位猪兄会模仿各种声音。我想它也学过人说话，但没有学会——假如学会了，我们就可以作倾心之谈。但这不能怪它。人和猪的音色差得太远了。

后来，猪兄学会了汽笛叫，这个本领给它招来了麻烦。我们那里有座糖厂，中午要鸣一次汽笛，让工人换班。我们队下地干活时，听见这次汽笛响就收工回来。我的猪兄每天上午十点钟总要跳到房上学汽笛，地里的人听见它叫就回来——这可比糖厂鸣笛早了一个半小时。坦白地说，这不能全怪猪兄，它毕竟不是锅炉，叫起来和汽笛还有些区别，但老乡们却硬说听不出来。领导上因此开了一个会，把它定成了破坏春耕的坏分子，要对它采取专政手段——会议的精神我已经知道了，但我不为它担忧——因为假如专政是指绳索和杀猪刀的话，那是一点门都没有的。以前的领导也不是没试过，一百人也逮不住它。狗也没用：猪兄跑起来像颗鱼雷，能把狗撞出一丈开外。谁知这回是动了真格的，指导员带了二十几个人，手拿五四式手枪；副指导员带了十几人，手持看青的火枪，分两路在猪场外的空地上兜捕它。这就使我陷入了内心的矛盾：按我和它的交情，我该舞起两把杀猪刀冲出去，和它并肩战斗，但我又觉得这样做太过惊世骇俗——它毕竟是只猪啊；还有一个理由，我不敢对抗领导，我怀疑这才是问题之所在。总之，我在一边看着。猪兄的镇定使我佩服至极：它很冷静地躲在手枪和火枪的连线之内，任凭人喊狗咬，不离那条线。这样，拿手枪的人开火就会把拿火枪的打死，反之亦然；两头同时开火，两头都会被打死。至于它，因为目标小，多半没事。就这样连兜了几个圈子，它找到了一个空子，一头撞出去了，跑得潇洒至极。以后我在甘蔗地里还见过它一次，它长出了獠牙，还认识我，但已不容我走近了。这种冷淡使我痛心，但我也赞成它对心怀叵测的人保持距离。

我已经四十岁了，除了这只猪，还没见过谁敢于如此无视对生活的设置。相反，我倒见过很多想要设置别人生活的人，还有对被设置的生活安之若素的人。因为这个缘故，我一直怀念这只特立独行的猪。

（本篇最初发表于1996年第十一期《三联生活周刊》杂志）

有关“错误的故事”

一九七七年恢复了高考，但我不信大学可以考进去（以前是推荐的），直到看见有人考进去我才信了。然后我就下定决心也要去考，但“文化大革命”前我在上初一，此后整整十年没有上学，除了识字，我差不多什么都不会了。离考期只有六个月，根本就来不及把中学的功课补齐。对于这件事，我是这么想的：补习功课无非是为了走进高考的考场，把考题做对。既然如此，我就不必把教科书从头看到尾。干脆，拿起本习题书直接做题就是了。结果是可想而知：几乎每题必错。然后我再对着正确答案去想：我到底忽略了什么？中学的功课对一个成人的智力来说，并不是什么太难猜的东西。就这样连猜带蒙，想出了很多别人没有教过的东西。乱忙了几个月，最后居然也做对不少题。进了考场，我忽然冷汗直冒，心里没底——到底猜得对不对，这回可要见真佛了。

现在的年轻人看到此处，必然会猜到：那一年我考上了，要不就不会写这篇文章。他们还会说：又在写你们老三届过五关斩六将的英雄事迹，真是烦死了。我的确是考上了，但并不觉得有何值得夸耀之处。与此相反，我是怀着内心的痛苦在回忆此事。别人在考场上，看到题目都会做，就会高兴；我看到题目都会做，心里倒发起虚来。每做出一道题，我心里就要嘀咕一番：这个做法是我猜的，到底对不对呢？所有题都做完，我已经愁肠千结，提前半小时交卷，像丧家犬一样溜出考场。考完之后，别人都在谈论自己能得多少分。我却不敢谈论：得一百分和零分都在我预料之内。虽然成绩不坏，但我还是后怕得很，以后再不敢这样学习。那一年的考生里，像我这样的人还不少，但不是每个人都像我这样怀疑自己。有些考友从考场出来时，心情激动地说：题目都做出来了，这回准是一百分！等发榜一看，几乎是零蛋。这不说明别的，只说明他对考试科目的理解彻底不对。

下面一件事是我在海外留学时遇到的。现在的年轻人大可以说，我是在卖弄自己出国留过学。这可不是夸耀，这是又一桩痛苦的经历，虽然发生在别人身上，我却没有丝毫的幸灾乐祸——我上的那所大学的哲学系以科学哲学著称。众所周知，科学哲学以物理为基础，所以哲学系的教授自以为在现代物理方面有很深的修养。忽一日，有位哲学教授自己觉得有了突破性的发现——而且是在理论物理上的发现，高兴之余，发帖子请人去听他的讲座，有关各系的教授和研究生通通都在邀请之列，我也去了，听着倒是蛮振奋的，但又觉得不像是这么回事。听着听着，眼见得听众中有位物理系的教授大模大样，掏出个烟斗抽起烟来。等人家讲完，他把烟斗往凳子腿上一磕，说道："Wrong story！"（错误的故事）就扬长而去。既然谈的是物理，当然以物理教授的意见为准。只见那位哲学教授脸如猪肝色，恨不能一头钻下地去。

现在的年轻人又可以说，我在卖弄自己有各种各样的经历。他们爱说什么就说什么好了。我这一生听过各种"wrong story"，奇怪的是：错得越厉害就越有人信——这都是因为它让人振奋。听得多了，我也算个专家了。有些故事，如"文革"中的种种古怪说法，还可以祸国殃民。我要是编这种故事，也可以发大财，但我就是不编。我只是等故事讲完之后，用烟斗敲敲凳子腿，说一声：这种理解彻底不对。

（本篇最初发表于1996年11月8日《南方周末》）

警惕狭隘民族主义的蛊惑宣传

罗素曾说，人活在世上，主要是在做两件事：一、改变物体的位置和形状，二、支使别人这样干。这种概括的魅力在于简单，但未必全面。举例来说，一位象棋国手知道自己的毕生事业只是改变棋子的位置，肯定会感到忧伤；而知识分子听人说自己干的事不过是用墨水和油墨来污损纸张，那就不仅是沮丧，他还会对说这话的人表示反感。我靠写作为生，对这种概括就不大满意：我的文章有人看了喜欢，有人看了愤怒，不能说是没有意义的……但话又说回来，喜欢也罢，愤怒也罢，终归是情绪，是虚无缥缈的东西。我还可以说，写作的人是文化的缔造者，文化的影响直至千秋万代——可惜现在我说不出这种影响是怎样的。好在有种东西见效很快，它的力量又没有人敢于怀疑：知识分子还可以作蛊惑宣传，这可是种厉害东西……

在第二次世界大战里，德国人干了很多坏事，弄得他们自己都不好意思了。有个德国将军蒂佩尔斯基这样为自己的民族辩解：德国人民是无罪的，他们受到希特勒、戈培尔之流蛊惑宣传的左右，自己都不知道自己在干什么。还有人给希特勒所著《我的奋斗》作了一番统计，发现其中每个字都害死了若干人。德国人在“二战”中的一切劣迹都要归罪于希特勒在坐监狱时写的那本破书——我有点怀疑这样说是不是很客观，但我毫不怀疑这种说法里含有一些合理的成分。总而言之，人做一件事有三种办法，就以希特勒想干的事为例，首先，他可以自己动手去干，这样他就是个普通的纳粹士兵，为害十分有限；其次，他可以支使别人去干，这样他只是个纳粹军官；最后，他可以作蛊惑宣传，把德国人弄得疯不疯、傻不傻的，一齐去干坏事，这样他就是个纳粹思想家了。

说来也怪，自苏格拉底以降，多少知识分子拿自己的正派学问教人，都没人听，偏偏纳粹的异端邪说有人信，这真叫邪了门。罗素、波普这样的大学问家对纳粹意识形态的一些成分发表过意见，精彩归精彩，还是说不清它力量何在。事有凑巧，我是在一种蛊惑宣传里长大的（我指的是张春桥、姚文元的蛊惑宣传），对它有点感性知识，也许我的意见能补大学问家的不足……这样的感性知识，读者也是有的。我说得对不对，大家可以评判。

据我所知，蛊惑宣传不是真话——否则它就不叫作蛊惑——但它也不是蓄意编造的假话。编出来的东西是很容易识破的。这种宣传本身半疯不傻，作这种宣传的人则是一副借酒撒疯、假痴不癫的样子。肖斯塔科维奇在回忆录里说，旧俄国有种疯僧，被狂热的信念左右，信口雌黄，但是人见人怕，他说的话别人也不敢全然不信——就是这种人搞蛊惑宣传能够成功。半疯不傻的话，只有从借酒撒疯的人嘴里说出来才有人信。假如我说“宁要社会主义的草，不要资本主义的苗”，不仅没人信，老农民还要揍我；非得像江青女士那样，用更年期高亢的啸叫声说出来，或者像姚文元先生那样，带着怪诞的傻笑说出来，才会有人信。要搞蛊惑宣传，必须有种什么东西盖着脸（对醉汉来说，这种东西是酒），所以我说这种人是在借酒撒疯。顺便说一句，这种状态和青年知识分子意气风发的狷狂之态有点分不清楚。虽然夫子曾曰“不得中行而与之必也狂狷乎”，但我总觉得那种状态不宜提倡。

其次，蛊惑宣传必定可以给一些人带来快感，纳粹的千年帝国之说，肯定有些德国人爱听；“文革”里跑步进入共产主义之说，又能迎合一部分急功近利的人。当然，这种快感肯定是种虚妄的东西，没有任何现实的基础。这道理很简单，要想获得现实的快乐，总要有物质基础，嘴说是说不出来的：哪怕你想找个干净厕所享受排泄的乐趣，还要付两毛钱呢，都找宣传家去要，他肯定拿不出。最简单的做法是煽动一种仇恨，鼓励大家去仇恨一些人、残害一些人，比如宣扬狭隘的民族情绪，这可以迎合人们野蛮的劣根性。煽动仇恨、杀戮，乃至灭绝外民族，都不要花费什么。煽动家们只能用这种方法给大众提供现实的快乐，因为这是唯一可行的方法——假如有无害的方法，想必他们也会用的。我们应该体谅蛊惑宣传家，他们也是没办法。

最后，蛊惑宣传虽是少数狂热分子的事业，但它能够得逞，却是因为正派人士的宽容。群众被煽动起来之后，有一种惊人的力量。有些还有正常思维能力的人希望这种力量可以做好事，就宽容它——纳粹在德国初起时，有不少德国人对它是抱有幻想的，但等到这种非理性的狂潮成了气候，他们后悔也晚了。“文革”初起时，我在学校里，有不少老师还在积极地帮着发动“文革”哩，等皮带敲到自己脑袋上时，他们连后悔都不敢了。根据我的生活经验，在中国这个地方，有些人喜欢受蛊惑宣传时那种快感；有些人则崇拜蛊惑宣传的力量，虽然吃够了蛊惑宣传的苦头，但对蛊惑宣传不生反感；不唯如此，有些人还像瘾君子盼毒品一样，渴望着新的蛊惑宣传。目前，有些年轻人的抱负似乎就是要炮制一轮新的蛊惑宣传——难道大家真的不明白蛊惑宣传是种祸国殃民的东西？在这种情况下，我的抱负只能是反对蛊惑宣传。我别无选择。

（本篇最初发表于1996年第二十二期《三联生活周刊》杂志，发表时题目为“蛊惑与快感”）

思想和害臊

我年轻时在云南插队。仅仅几十年前，那里还是化外蛮邦，因为这个缘故，除了山清水秀之外，还有民风淳朴的好处。我去的时候，那里的父老乡亲除了种地，还在干着一件吃力的事情：表示自己是些有思想的人。在那个年月里，在会上发言时，先说一句时髦的话语，就是有思想的表示。这件事我们干起来十分轻松，可是老乡们干起来就难了。比方说，我们的班长想对大田里的工作发表意见——这对他来说本没有什么困难，他是个老庄稼人嘛——他的发言要从一句时髦话语开始，这句话可把他难死了。从他嚅动的嘴唇看来，似要说句“斗私批修”这样的短语，不怎么难说嘛——但这是对我而言，对他可不是这样。只见他老脸涨得通红，不住地期期艾艾，豆大的汗珠滚滚而下，但最后还是没把这句话憋出来，说出来的是：鸡巴哩，地可不是这么一种屎种法嘛！听了这样的妙语，我们赶紧站起来，给他热烈鼓掌。

我喜欢朴实的人，觉得他这样说话就可以。但他对自己有更高的要求，总要使自己说话有思想。

据说，旧时波兰的农妇在大路上相遇，第一句话总说：圣母玛丽亚是可赞美的！外乡人听了摸不着头脑，就说：是呀，她是可以赞美，你就赞美吧。这就没有理解对方的意思。对方不是想要赞美圣母，而是要表示自己有思想。我们那时说话前先来一句“最高指示”，也是这个意思。在《红楼梦》里，林黛玉和史湘云在花园里联句，忽然冒出些颂圣的诗句。作者大概以为，林史虽是闺阁中人，说话也总要有思想才对。至于我们的班长，也是这样想的，只是没有林妹妹那样伶牙俐齿。也不知为什么，时髦话语使他异常害臊，拼了命也讲不出口，讲出的总是些带 × 的话。这就使全体男知青爱上了他。每次他在大会上发言之前，我们都屏息静等，等到他一讲出话来就鼓掌欢呼，这使他的毛病越来越重了。

有一次，我们队和别的队赛篮球，我们的球队由他带领——说来你可能不信，我们班长会打篮球。球艺虽然不高，但常使对方带伤，有时是胸腔积血，有时是睾丸血肿；他可是个了不起的中锋，我们队就指着他的勇悍赢球——两支队伍立在篮球场上。对方的队长念了一段毛主席语录，轮到他时，他居然顺顺当当讲出话来，也不带 ×，这使我们这些想鼓掌的人很是失望。谁知他被当裁判的指导员恶狠狠地吹了一哨，还训斥他道：最高指示是最高指示，革命口号是革命口号，不可以乱讲！然后他就被换下场来，脸色铁青坐在边上。原来他说了一句：最高指示，毛主席万岁！指导员觉得他讲得不对。最高指示是毛主席的话，他老人家没有说过自己万岁。所以这话是不对。但我总觉得不该和质朴的人较真，有思想就行了嘛。自从被吹了一哨，我们班长就不敢说话了，带 × 不带 × 的话都不敢说，几乎成了哑巴……

当年那些时髦话语都表达了一个意思，那就是对权力的忠顺态度——这算不上什么秘密，那个年月提倡的就是忠字当头。但是同样的话，有人讲起来觉得害臊，有人讲起来却不觉得害臊，这就有点深奥。害臊的人不见得不忠、不顺，就以我们班长而论，他其实是个最忠最顺的人，但这种忠顺是他内心深处的感情，实际上是一种阴性的态度，不光是忠顺，还有爱，所以不乐意很直露地不惧肉麻地当众披露。我们班长的忠顺表现在他乐意干活，把地种好，但让他在大庭广众中说这些话，就是强人所难。用爱情来打比方，有些男性喜欢用行动来表示爱情，不喜欢把“我爱你”挂在嘴上。我们班长就是这么一种情况。另外有些人没有这种感觉，讲起这些话来不觉得肉麻，但是他们内心的忠顺程度倒不见得更大——正如有些花花公子满嘴都是“我爱你”，真爱假爱却很难说。

如前所述，我插队的地方民风淳朴，当地人觉得当众表示自己的雌伏很不好意思；所以“有思想”这种状态，又成了“害臊”的同义语。不光是我们班长这么想，多数人都这么想。这件事有我的亲身经历为证：有一次我在集上买东西，买的是一位傣族老大娘的菠萝蜜。需要说明的是，当地人以为知青都很有钱，同样一件东西，卖给我们要贵三倍，所以我们的买法是趁卖主不注意，扔下合理的价钱，把想买的东西抱走。有人把这种买法叫作偷，但我不这么想——当然，我现在也不这么买东西了。那一天我身上带的钱少了，搁下的钱不怎么够。那位傣族老太太——用当地话来说，叫作蔑巴——就大呼小叫地追了过来，朝我大喝一声：不行啦！思想啦！斗私批修啦……然后趁我腰一软，腿一颤，把该菠萝蜜——又叫作牛肚子果——抢了回去。如你所知，这位蔑巴说这些有思想的话，意思是：你不害臊吗！这些话收到了效果，我到现在想起这件事，还觉得羞答答的：为吃口牛肚子果，被人说到了思想上去，真是臊死了。

（本篇最初发表于1996年第二十四期《三联生活周刊》杂志）

有关天圆地方

现在我经常写点小文章，属杂文或是随笔一类。有人告诉我说，没你这么写杂文的！杂文里应该有点典故，有点考证，有点文化气味。典故我知道一些，考证也会，但就是不肯这么写。年轻时读过莎翁的剧本《捕风捉影》，有一场戏是一个使女和就要出嫁的小姐耍贫嘴，贫到后来有点荤。其中有一句是这么说的："小姐死后进天堂，一定是脸朝上！"古往今来的莎学家们引经据典，考了又考，注了又注，文化气氛越来越浓烈，但越注越让人看不懂。只有一家注得简明，说：这是个与性有关的、粗俗不堪的比喻。这就没什么文化味，但照我看来，也就是这家注得对。要是文化氛围和明辨是非不可兼得的话，我宁愿明辨是非，不要文化氛围。但这回我想改改作风，不再耍贫嘴，我也引经据典地说点事情，这样不会得罪人。

罗素先生说，在古代的西方，大概就数古希腊人最为文明，比其他人等聪明得多。但要论对世界的看法，他们的想法就不大对头——他们以为整个世界是个大沙盘，搁在一条大鲸鱼的背上。鲸鱼又漂在一望无际的海上。成年扛着这么个东西，鲸鱼背上难受，偶尔蹭个痒痒，这时就闹地震。古埃及的人看法比他们正确，他们认为大地是个球形，浮在虚空之中。埃及人还算过地球的直径，居然算得十分之准。这种见识上的差异源于他们住的地方不同：埃及人住在空旷的地方，举目四望，周围是一圈地平线，和蚂蚁爬上篮球时的感觉一模一样，所以说地是个球。希腊人住在多山的群岛上，往四周一看，支离破碎，这边山那边海。他们那里还老闹地震，所以就想出了沙盘鲸鱼之说。罗素举这个例子是要说，人们的见识总要受处境的限制，这种限制既不知不觉，又牢不可破——这是一个极好的说明。

中国古人对世界的看法是：天圆地方，人在中间，堂堂正正，这是天经地义。谁要对此有怀疑，必是妖孽之类。这是因为地上全是四四方方的耕地，天上则是圆圆的穹隆盖，睁开眼一看，正是天圆地方。其实这说法有漏洞，随便哪个木匠都能指出来：一个圆，一个方，斗在一起不合榫。要么都圆，要么都方才合理，但我不记得哪个木匠敢跳出来反对天经地义。其实哪有什么天经地义，只有些四四方方的地界，方块好画呀。人自己把它画出来，又把自己陷在里面了。顺便说一句，中国文人老说“三光日月星”，还自以为概括得全面。但随便哪个北方的爱斯基摩人听了都不认为这是什么学问。天上何止有三光？还有一光——北极光！要是倒回几百年去，你和一个少年气盛的文人讲这些道理，他不仅听不进，还要到衙门里去揭发你，说你是个乱党——其实，想要明白些道理，不能觉得什么顺眼就信什么，还要听得进别人说。当然，这道理只对那些想要知道真理的人适用。

（本篇最初发表于1996年12月20日《南方周末》）

科学的美好

我原是学理科的，最早学化学。我学得不坏，老师讲的东西我都懂。化学光懂了不成，还要做实验，做实验我就不行了。用移液管移液体，别人都用橡皮球吸液体，我老用嘴去吸——我知道移液管不能用嘴吸，只是橡皮球经常找不着——吸别的还好，有一回我竟去吸浓氨水，好像吸到了陈年的老尿罐里，此后有半个月嗓子哑掉了。作毕业论文时，我做个萃取实验，烧瓶里盛了一大瓶子氯仿，滚滚沸腾着，按说不该往外跑，但我的装置漏气，一会儿就漏个精光。漏掉了我就去领新的，新的一会儿又漏光。一个星期我漏掉了五大瓶氯仿，漏掉的起码有一小半被我吸了进去。这种东西是种麻醉药，我吸进去的氯仿足以醉死十条大蟒。说也奇怪，我居然站着不倒，只是有点迷糊，在这种情况下，我还把实验做了出来，证明我的化学课学得蛮好。但是老师和同学一致认为我不适合干化学。尤其是和我在一个实验室里做实验的同学更是这样认为，他们也吸进了一些氯仿，远没我吸得多，却都抱怨说头晕。他们还称我为实验室里的人民公敌。我自己也是这样想的：继续干化学，毒死我自己还不要紧，毒死同事就不好了。我对这门科学一直恋恋不舍：学化学的女孩很多，有不少长得很漂亮。

后来我去学数学，在这方面我很有天分。无论是数字运算，还是公式推导，我都像闪电一样快，只是结果不一定全对。人家都说，我做起数学题来像小日本一样疯狂：我们这一代人在银幕上见到的日本人很多，这些人总是头戴战斗帽，挺着刺刀不知死活地冲锋，别人说我做数学题时就是这么个模样。学数学的女孩少，长得也一般。但学这门科学我害不到别人，所以我也很喜欢。有一回考试，我看看试题，觉得很容易，就像刮风一样做完了走人。等分数出来，居然考了全班的最低分。找到老师一问，原来那天的试题分为两部分，一半在试题纸的正面，我看到了，也做了。还有一半在反面，我根本就没看见。我赶紧看看这些没做的题，然后说：这些题目我都会做。老师说，知道你会，但是没做也不能给分。他还说什么“就是要整整你这屁股眼大掉了心的人”。这就是胡说八道了。谁也不能大到了这个地步。一门课学到了要挨整的程度，就不如不学。

我现在既不是化学家，也不是数学家，更不是物理学家。我靠写文章为生，与科技绝缘——只是有时弄弄计算机。这个行当我会得不少，从最低等的汇编语言到最新潮的 C++ 全会写，硬件知识也有一些。但从我自己的利益来看，我还不如一点都不会，省得整夜不睡，鼓捣我的电脑，删东加西，最后把整个系统弄垮，手头又没有软件备份。于是，在凌晨五点钟，我在朋友家门前踱来踱去，抽着烟。早起的清洁工都以为我失恋了，这门里住着我失去的恋人，我在表演失魂落魄给她看。其实不是的，电脑死掉了，我什么都干不了，更睡不着觉。好容易等到天大亮了，我就冲进去，向他借软件来恢复系统——瞎扯了这么多，现在言归正传。我要说的是：我和科学没有缘分，但是我爱科学，甚至比真正的科学家还要爱得多些。

正如罗素先生所说，近代以来，科学建立了一种理性的权威——这种权威和以往任何一种权威不同。科学的道理不同于“夫子曰”，也不同于红头文件。科学家发表的结果，不需要凭借自己的身份来要人相信。你可以拿一支笔，一张纸，或者备几件简单的实验器材，马上就可以验证别人的结论。当然，这是一百年前的事。验证最新的科学成果要麻烦得多，但是这种原则一点都没有改变。科学和人类其他事业完全不同，它是一种平等的事业。真正的科学没有在中国诞生，这是有原因的。这是因为中国的文化传统里没有平等：从打孔孟到如今，讲的全是尊卑有序。上面说了，拿煤球炉子可以炼钢，你敢说要做实验验证吗？你不敢。炼出牛屎一样的东西，也得闭着眼说是好钢。在这种框架之下，根本就不可能有科学。

科学的美好，还在于它是种自由的事业。它有点像它的一个产物互联网（Internet）——谁都没有想建造这样一个全球性的电脑网络，大家只是把各自的网络连通，不知不觉就把它造成了。科学也是这样的，世界上各地的人把自己的发明贡献给了科学，它就诞生了。这就是科学的实质。还有一样东西也是这么诞生的，那就是市场经济。做生意的方法，你发明一些，我发明一些，慢慢地形成了现在这个东西，你看它不怎么样，但它还无可替代。一种自由发展而成的事业，总是比个人能想出来的强大得多。参与自由的事业，像做自由的人一样，令人神往。当然，扯到这里就离了题。现在总听到有人说，要有个某某学，或者说，我们要创建有民族风格的某某学，仿佛经他这么一规划、一呼吁，在他画出的框子里就会冒出一种真正的科学。老母鸡"咯咯"地叫一阵，挣红了脸，就能生一个蛋，但科学不会这样产生。人会情绪激动，又会爱慕虚荣。科学没有这些毛病，对人的这些毛病，它也不予回应。最重要的是：科学就是它自己，不在任何人的管辖之内。

对于科学的好处，我已经费尽心机阐述了一番，当然不可能说得全面。其实我最想说的是：科学是人创造的事业，但它比人类本身更为美好。我的老师说过，科学对中国人来说，是种外来的东西，所以我们对它的理解，有过种种偏差：始则惊为洪水猛兽，继而当巫术去理解，再后来把它看作一种宗教，拜倒在它的面前。他说这些理解都是不对的，科学是个不断学习的过程。我老师说得很对。我能补充的只是：除了学习科学已有的内容，还要学习它所有、我们所无的素质。我现在不学科学了，但我始终在学习这些素质。这就是说，人要爱平等、爱自由，人类开创的一切事业中，科学最有成就，就是因为有这两样做根基。对个人而言，没有这两样东西，不仅谈不上成就，而且会活得像一只猪。比这还重要的只有一样，就是要爱智慧。无论是个人，还是民族，做聪明人才有前途，当笨蛋肯定是要倒霉。大概是在一年多以前吧，我写了篇小文章讨论这个问题，论证人爱智慧比当笨蛋好些。结果冒出一位先生把我臭骂一顿，还说我不爱国——真是好没来由！我只是论证一番，又没强逼着你当聪明人。你爱当笨蛋就去当吧，你有这个权利。

（本篇最初发表于1997年第一期《金秋科苑》杂志，发表时题目为“向科学学习什么”）

皇帝做习题

明末清初，有批洋人传教士来到中国，后来在朝廷里做了官。其中有人留下了一本日记，后来在中国出版了。里面记载了一些有趣的事，包括他们怎么给中国皇帝讲解欧氏几何学：首先，传教士呈上课本、绘图和测绘的仪器，然后给皇上讲一些定理，最后还给皇上留了几道习题。等到下一讲，首先讲解上次的习题——《张诚日记》里就是这么记载的，但这些题皇上做了没有，就没有记载。我猜他是做了的，人家给你出了题目，会不会的总要试一试。假如皇上不是这样的人，也不会请人来讲几何学。这样一猜之后，我对这位皇上马上就有了亲近之感：他和我有共同的经历，虽然他是个鞑子，又是皇帝，但我还是觉得他比古代汉族的读书人亲近。孔孟程朱就不必说了，康梁也好，张之洞也罢，跟我们都隔得很远。我们没有死背过《三字经》、“四书”，他们没有挖空心思去解过一道几何题。虽然近代中国有些读书人有点新思想，提出新口号曰：“中学为体，西学为用”，但我恐怕什么叫作“西学”，还是鞑子皇帝知道得更多些。

我相信，读者诸君里有不少解过几何题。解几何题和干别的事不同，要是解对了，自己能够知道，而且会很高兴。要是解得不对，自己也知道没解出来，而且会郁郁寡欢。一个人解对了一道几何题，他的智慧就取得了一点实在的成就，虽然这种成就可能是微不足道的，但对于个人来说，这些成就绝不会毫无意义。比尔·盖茨可能没解过几何题，他小时候在忙另一件事：鼓捣计算机。《未来之路》里说，他读书的中学里有台小型计算机，但它名不副实，是个像供电用的变压器似的大家伙。有些家长凑钱买下一点机时给孩子们用，所以他有机会接触这台机器，然后就对它着了迷。据他说，计算机有种奇妙之处：你编的程序正确，它绝不会说你错。你编的程序有误，它也绝不会说你对——当然，这台机器必须是好的，要是台坏机器就没有这种好处了。

如你所知，给计算机编程和解几何题有共通之处：对了马上能知道对，错了也马上知道错，干干脆脆。你用不着像孟夫子那样，养吾浩然正气，然后觉得自己事事都对。当然，不能说西学都是这样的，但是有些学问的确有这种好处，所以就能成事。成了事就让人羡慕，所以就想以自己为体去用人家——我总觉得这是单相思。学过两天理科的人都知道这不对，但谁都不敢讲。这道理很明白：以其昏昏，使人昭昭，这怎么成呢。

解几何题和编程序都是对自己智力的考验。通过了考验（解对了一道题或者编对一段程序），有种大便通畅似的畅快之感。我很希望中国的皇帝解过习题，而且还解对了几道。假如是这样，皇帝和我们就有了共同的体验，可以沟通了。编程也好，解几何题也罢，一开始时，你总是很笨的。不用蒙师来打手板，也不用学官来打屁股，你自己心里知道：程序死在机器里，题也做不出来，不笨还能说是很聪明的吗？后来程序能走通，题目也能做出来，不光有大便通畅之感，还感觉自己正在变得聪明——人活在世界上，需要这样的经历：做成了一件事，又做成一件事，逐渐地对自己要做的事有了把握。从书上看到，有很多大学问家都有这样的心路历程。

但是还有些大学问家有着另外一种经历：他大概没有做对过什么习题，也没有编对过什么程序，只是忽然间想通了一个大道理，觉得自己都对，凡不同意自己的都是禽兽之类。这种豁然贯通之感把他自己都感动了，以至于他觉得自己用不着什么证明，必定是很聪明。以后要做的事情只是要养吾浩然正气——换言之，保持自己对自己的感动，这就是他总是有理的原因。这种学问家在我们中国挺多的，名气也很大。但不管怎么说吧，比之浩然正气，我还是更相信“共同体验”。

历史不是我的本行，但它是我胡思乱想的领域——谁都知道近代中国少了一次变法。但我总觉得康梁也好，六君子也罢，倡导变法够分量，真要领导着把法变成，恐怕还是不行的。要建成一个近代国家，有很多技术性的工作要做，迂夫子是做不来的。要是康熙皇帝来领导，希望还大些——当然，这是假设皇上做过习题。

（本篇最初发表于1997年3月28日《南方周末》，发表时题目为“共同体验”）

弗洛伊德和受虐狂

我说过，以后写杂文要斯文一些，引经据典。今天要引的经典是弗洛伊德。他老人家说过：从某种意义上说，我们每个人都有点歇斯底里——这真是至理名言！所谓歇斯底里，就是按不下心头一股无明火，行为失范。谁都有这种时候，但自打十年前我把《弗洛伊德全集》通读了一遍之后，自觉脾气好多了。古人有首咏雪的打油诗曰：夜来北风寒，老天大吐痰。一轮红日出，便是止痰丸——有些人的痰气简直比雪天的老天爷还大。谁能当这枚止痰丸呢？只有弗洛伊德。

年轻时，我在街道工厂当工人。有位师傅常跑到班长那里去说病了，要请假。班长问他有何症状，他说他看天是蓝色，看地是土色，蹲在厕所里任什么都不想吃。当然，他是在装膘靴子。看天土色看地蓝色，蹲在臭烘烘茅坑上食欲大开，那才叫作有病——在这些小问题上，很容易取得共识，但大问题就很难说了。举例来说，法国人在《马赛曲》里唱道：不自由毋宁死。这话有人是不同意的。不信你就找本辜鸿铭的书来看看，里面大谈所谓良民宗教，简直就是在高唱：若自由毋宁死。《独立宣言》里说：我们认为，人人生而平等。这话是讲给英国皇上听的，表明了平民的尊严。这话孟夫子一定反对，他说过：无君无父，是禽兽也——这又简直是宣布说，平民不该有自己的尊严。总而言之，个人的体面与尊严、平等、自由等概念，中国的传统文化里是没有的，有的全是些相反的东西。我是很爱国的，这体现在：我希望伏尔泰、杰斐逊的文章能归到辜鸿铭的名下，而把辜鸿铭的文章栽给洋鬼子。假如这是事实的话，我会感到幸福得多。

有时候我想：假如“大跃进”“文化大革命”这些事，不是发生在中国，而是发生在外国，该有多好。这些想法很不体面，但还不能说是有痰气。有些坏事发生在了中国，我们就说它好，有些鬼话是中国人说的，我们就说它有理，这种做法就叫作有痰气。有些年轻人把这些有痰气的想法写成书，他本人倒不见得是真有痰气，不过是哗众取宠罢了。一种普遍存在的事态比这要命得多。举例来说，很多中年人因为“文革”中上山下乡虚耗了青春，这本是种巨大的痛苦，但他们却觉得很幸福，还说：青春无悔！再比方说，古往今来的中国人总在权势面前屈膝，毁掉了自己的尊严，也毁掉了自己的聪明才智。这本是种痛苦，但又有人说：这很幸福！久而久之，搞到了是非难辨，香臭不知的地步……这就是我们嗓子里噎着的痰。扯完了这些，就可以来谈谈我的典故。

众所周知，有一种人，起码是在表面上，不喜欢快乐，而喜欢痛苦，不喜欢体面和尊严，喜欢奴役与屈辱，这就是受虐狂。弗洛伊德对受虐狂的成因有这样一种解释：人若落入一种无法摆脱的痛苦之中，到了难以承受的地步，就会把这种痛苦看作是幸福，用这种方式来寻求解脱——这样一来，他的价值观就被逆转过来了。当然，这种过程因人而异。有些人是不会被逆转的。比方说我吧，在痛苦的重压下，会有些不体面的想法，但还不会被逆转。另有一些人不仅被逆转，而且还有了痰气，一听到别人说自由、体面、尊严等是好的，马上就怒火万丈，这就有点不对头了，世界上哪有这样气焰万丈的受虐狂？你就是真有这种毛病，也不要这个样子嘛。

（本篇最初发表于1997年第四期《华人文化世界》，发表时题目为“引证弗洛伊德”）

肚子里的战争

我年轻时，有一回得了病，住进了医院。当时医院里没有大夫，都是工农兵出身的卫生员——真正的大夫全都下到各队去接受贫下中农再教育去了。话虽如此说，穿着白大褂的，不叫他大夫又能叫什么呢。我入院第一天，大夫来查房，看过我的化验单，又拿听诊器把我上下听了一遍，最后还是开口来问：你得了什么病。原来那张化验单他没看懂。其实不用化验单也能看出我的病来：我浑身上下像隔夜的茶水一样的颜色，正在闹黄疸。我告诉他，据我自己的估计，大概是得了肝炎。这事发生在二十多年前，当时还没听说有乙肝，更没有听说丙肝丁肝和戊肝，只有一种传染性肝炎。据说这一种肝炎中国原来也没有，还是三年困难时吃伊拉克蜜枣吃出来的——叫作蜜枣，其实是椰枣。我虽没吃椰枣，也得了这种病。大夫问我该怎么办，我说你给我点维生素吧——我的病就是这么治的。说句实在话，住院对我的病情毫无帮助。

但我自己觉得还是住在医院里好些，住在队里会传染别人。

在医院里没有别的消遣，只有看大夫们给人开刀。这一刀总是开向阑尾——应该说他们心里还有点数，知道别的手术做不了。我说看开刀可不是瞎说的，当地经常没有电，有电时电压也极不稳，手术室是四面全是玻璃窗的房子，下午两点钟阳光最好，就是那时动手术——全院的病人都在外面看着，互相打赌说几个小时找到阑尾。后来我和学医的朋友说起此事，他们都不信，说阑尾手术还能动几个钟头？不管你信也好，不信也罢，我看到的几个手术没有一次在一小时之内找着阑尾的。做手术的都说，人的盲肠太难找——他们中间有好几位是部队骡马卫生员出身，参加过给军马的手术，马的盲肠就很大，骡子的盲肠也不小，哪个的盲肠都比人的大，就是把人个子小考虑在内之后，他的盲肠还是太小。闲着没事聊天时，我对他们说：你们对人的下水不熟悉，就别给人开刀了。你猜他们怎么说？“越是不熟就越是要动——在战争中学习战争！”现在的年轻人可能不知道，这后半句是毛主席语录。人的肠子和战争不是一码事，但这话就没人说了。我觉得有件事情最可恶：每次手术他们都让个生手来做，以便大家都有机会学习战争，所以阑尾总是找不着。刀口开在什么部位，开多大也完全凭个人的兴趣。但我必须说他们一句好话：虽然有些刀口偏左，有些刀口偏右，还有一些开在中央，但所有的刀口都开在了肚子上，这实属难能可贵。

我在医院里遇上一个哥们儿，他犯了阑尾炎，大夫动员他开刀。我劝他千万别开刀——万一非开不可，就要求让我给他开。虽然我也没学过医，但修好过一个闹钟，还修好了队里一台手摇电话机。就凭这两样，怎么也比医院里这些大夫强。但他还是让别人给开了，主要是因为别人要在战争里学习战争，怎么能不答应。也是他倒霉，打开肚子以后，找了三个小时也没找到阑尾，急得主刀大夫把他的肠子都拿了出来，上下一通紧捯。小时候我家附近有家小饭铺，卖炒肝、烩肠，清晨时分厨师在门外洗猪大肠，就是这么一种景象。眼看天色越来越暗，别人也动手来找，就有点七手八脚。我的哥们儿被人找得不耐烦，撩开了中间的白布帘子，也去帮着找。最后终于在太阳下山以前找到，把它割下来，天也就黑了，要是再迟一步，天黑了看不见，就得开着膛晾一宿。原来我最爱吃猪大肠，自从看过这个手术，再也不想吃了。

时隔近三十年，忽然间我想起了住院看别人手术的事，主要是有感于当时的人浑浑噩噩，简直是在发疯。谁知道呢，也许再过三十年，再看今天的人和事，也会发现有些人也是在发疯。如此看来，我们的理性每隔三十年就有一次质的飞跃——但我怀疑这么理解是不对的。理性可以这样飞越，等于说当初的人根本没有理性。就说三十年前的事吧，那位主刀的大叔用漆黑的大手捏着活人的肠子上下倒腾时，虽然他说自己在学习战争，但我就不信他不知道自己是在胡闹。由此就得到一个结论：一切人间的荒唐事，整个社会的环境虽是一个原因，但不主要。主要的是：那个闹事的人是在借酒撒疯。这就是说，他明知道自己在胡闹，但还要闹下去，主要是因为胡闹很开心。

我们还可以得到进一步的推论：不管社会怎样，个人要为自己的行为负责——但作为杂文的作者，把推论都写了出来，未免有直露之嫌，所以到此打住。住医院的事我还没写完呢：我在医院里住着，肝炎一点都不见好，脸色越来越黄；我的哥们儿动了手术，刀口也总是长不上，人也越来越瘦。后来我们就结伴回北京来看病。我一回来病就好了，我的哥们儿却进了医院，又开了一次刀。北京的大夫说，上一次虽把阑尾割掉了，但肠子没有缝住，粘到刀口上成了一个瘘，肠子里的东西顺着刀口往外冒，所以刀口老不好。大夫还说，冒到外面还是万分幸运，冒到肚子里面，人就完蛋了。我哥们儿倒不觉得有什么幸运，他只是说：妈的，怪不得总吃不饱，原来都漏掉了。这位兄弟是个很豪迈的人，如果不是这样，也不会拿自己的内脏给别人学习战争。

（本篇最初发表于1997年第九期《三联生活周刊》杂志）

高考经历

一九七八年我去考大学。在此之前，我只上过一年中学，还是十二年前上的，中学的功课或者没有学，或者全忘光。家里人劝我说：你毫无基础，最好还是考文科，免得考不上。但我就是不听，去考了理科，结果考上了。家里人还说，你记忆力好，考文科比较有把握。我的记忆力是不错，一本很厚的书看过以后，里面每个细节都能记得，但是书里的人名、地名、年代等，差不多全都记不得。

我对事情实际的一面比较感兴趣：如果你说的是种状态，我马上就能明白是怎样一种情形；如果你说的是种过程，我也马上能理解照你说的，前因如何，后果则会如何。不但能理解，而且能记住。因此，数理化对我来说，还是相对好懂的。最要命的是这类问题：一件事，它有什么样的名分，应该怎样把它纳入名义的体系——或者说，对它该用什么样的提法。众所周知，提法总是要背的。我怕的就是这个。文科的鼻祖孔老夫子说，必也正名乎。我也知道正名重要。但我老觉得把一件事搞懂更重要——我就怕名也正了，言也顺了，事也成了，最后成的是什么事情倒不大明白。我层次很低，也就配去学学理科。

当然，理科也要考一门需要背的课程，这门课几乎要了我的命。我记得当年准备了一道题，叫作十次路线斗争，它完全是我的噩梦。每次斗争都有正确的一方和错误的一方，正确的一方不难回答，错误的一方的代表人物是谁就需要记了。你去问一个基督徒：谁是你的救主？他马上就能答上来：他是我主耶稣啊！我的情况也是这样，这说明我是个好人。若问：请答出著名的十大魔鬼是谁？基督徒未必都能答上来——好人记魔鬼的名字干什么。我也记不住错误路线代表人物的名字，这是因为我不想犯路线错误。但我既然想上大学，就得把这些名字记住。“十次路线斗争”比这里解释的还要难些，因为每次斗争都分别是反左或反右，需要一一记清，弄得我头大如斗。坦白说，临考前一天，我整天举着双手，对着十个手指一一默诵着，总算是记住了所有的左和右。但我光顾了记题上的左右，把真正的左右都忘了，以后总也想不起来。后来在美国开车，我老婆在旁边说：往右拐，或者往左拐。我马上就想到了陈独秀或者王明，弯却拐不过来，把车开到了马路牙子上，把保险杠撞坏。后来改为揪耳朵，情况才有好转，保险杠也不坏了——可恨的是，这道题还没考。一门课就把我考成了这样，假如门门都是这样，肯定能把我考得连自己是谁都忘掉。现在回想起来，幸亏我没去考文科——幸亏我还有这么点自知之明。如果考了的话，要么考不上，要么被考傻掉。

我当年的“考友”里，有志文科的背功都相当了得。有位仁兄准备功课时是这样的：十冬腊月，他穿着件小棉袄，笼着手在外面溜达，弓着个腰，嘴里念念叨叨，看上去像个跳大神的老太婆。你从旁边经过时，叫住他说：来，考你一考。他才把手从袖子里掏出来，袖子里还有高考复习材料，他把这东西递给你。不管你问哪道题，他先告诉你答案在第几页，第几自然段，然后就像炒豆一样背起来，在句尾断下来，告诉你这里是逗号还是句号。当然，他背的一个字都不错，连标点都不会错。这位仁兄最后以优异的成绩考进了一所著名的文科大学——对这种背功，我是真心羡慕的。至于我自己，一背东西就困，那种感觉和煤气中毒以后差不太多。跑到外面去挨冻倒是不困，清水鼻涕却要像开闸一样往下流，看起来甚不雅。我觉得去啃几道数学题倒会好过些。

说到数学，这可是我最没把握的一门课，因为没有学过。其实哪门功课我都没学过，全靠自己瞎琢磨。物理化学还好琢磨，数学可是不能乱猜的。我觉得自己的数学肯定要砸，谁知最后居然还及了格。听说那一年发生了一件怪事：京郊某中学毕业班的学生，数学有人教的，可考试成绩通通是零蛋，连个得零点五分的都没有。把卷子调出来一看，都答得满满的，不是白卷。学生说，这门课听不大懂，老师让他们死记硬背来的。不管怎么说吧，也不该都是零分。后来发现，他们的数学老师也在考大学，数学得分也是零。别人知道了这件事都说：这班学生的背功真是了得。不是吹牛，要是我在那个班里，数学肯定得不了零分——老师让我背的东西，我肯定记不住。既然记不住，一分两分总能得到。

（本篇最初发表于1997年第十一期《三联生活周刊》杂志）

人性的逆转

一

有位西方的发展学者说：贫穷是一种生活方式。言下之意是说，有些人受穷，是因为他不想富裕。这句话是作为一种惊世骇俗的观点提出的，但我狭隘的人生经历却证明此话大有道理。对于这句话还可以充分地推广：贫困是一种生活方式，富裕是另一种生活方式；追求聪明是一种人生的态度，追求愚蠢则是另一种生活态度。在这个世界上，有一些人在追求快乐，另一些人在追求痛苦；有些人在追求聪明，另一些人在追求愚蠢。这种情形常常能把人彻底搞糊涂。

洛克先生以为，人人都追求快乐，这是不言自明的。以此为基础，他建立了自己的哲学大厦。斯宾诺莎也说，人类行为的原动力是自我保存。作为一个非专业的读者，我认为这是同一类的东西，认为人趋利而避害，趋乐而避苦，这是伦理学的根基。以此为基础，一切都很明白。相比之下，我们民族的文化传统大不相同，认为礼高于利，义又高于生，这样就创造了一种比较复杂的伦理学。由此产生了一个矛盾，到底该从利害的角度来定义崇高，还是另有一种先验的东西，叫作崇高——举例来说，孟子认为，人皆有恻隐之心，这是人先天的良知良能，这就是崇高的根基。我也不怕人说我是民族虚无主义，反正我以为前一种想法更对。从前一种想法里产生富裕，从后一种想法里产生贫困；从前一种想法里产生的总是快乐，从后一种想法里产生的总是痛苦。我坚定不移地认为，前一种想法就叫作聪明，后一种想法就叫作愚蠢。笔者在大学里学的是理科，凭这样的学问底子，自然难以和专业哲学家理论，但我还是以为，这些话不能不说。

对于人人都追求快乐这个不言自明的道理罗素却以为不尽然，他举受虐狂作为反例。当然，受虐狂在人口中只占极少数。但是受虐却不是罕见的品行。七十年代，笔者在农村插队，在学大寨的口号鞭策下，劳动的强度早已超过了人力所能忍受的极限，但那些工作却是一点价值也没有的。对于这些活计，老乡们概括得最对：没别的，就是要给人找些罪来受。但队干部和积极分子们却乐此不疲，干得起码是不比别人少。学大寨的结果是使大家变得更加贫穷。道理很简单：人干了艰苦的工作之后，就变得很能吃，而地里又没有多长出任何可吃的东西。这个例子说明，人人都有所追求，这个道理是不错的，但追求的却可以是任何东西：你总不好说任何东西都是快乐吧。

人应该追求智慧，这对西方人来说是很容易接受的道理；苏格拉底甚至把求知和行善画上了等号。但是中国人却说“难得糊涂”，仿佛是希望自己变得笨一点。在我身上，追求智慧的冲动比追求快乐的冲动还要强烈，因为这个缘故，在我年轻时，总是个问题青年、思想改造的重点对象。我是这么理解这件事的：别人希望我变得笨一些。谢天谢地，他们没有成功。人应该改变自己，变成某种样子，这大概是没有疑问的。有疑问的只是应该变聪明还是变笨。像这样的问题还能举出一大堆，比方说，人（尤其是女人）应该更漂亮、更性感一些，还是更难看、让人倒胃一些；对别人应该更粗暴、更野蛮一些，还是更有礼貌一些；等等。假如你经历过中国的七十年代，就会明白，在生活的每一个方面，都有不同的答案。你也许会说，每个国家都有自己的国情，每个时代都有自己的风尚，但我对这种话从来就不信。我更相信乔治·奥威尔的话：一切的关键就在于必须承认一加一等于二；弄明白了这一点，其他一切全会迎刃而解。

二

我相信洛克的理论。人活在世上，趋利趋乐暂且不说，首先是应该避苦避害。这种信念来自我的人生经验：我年轻时在插队，南方北方都插过。谁要是有同样的经历就会同意，为了谋生，人所面临的最大任务是必须搬动大量沉重的物质：这些物质有时是水，有时是粪土，有时是建筑材料，等等。到七十年代中期为止，在中国南方，解决前述问题的基本答案是：一根扁担。在中国的北方则是一辆小车。我本人以为，这两个方案都愚不可及。在前一个方案之下，自肩膀至脚跟，你的每一寸肌肉、每一寸骨骼都在百十公斤重物的压迫之下，会给你带来腰疼病、腿疼病。后一种方案比前种方案强点儿不多，虽然车轮承担了重负，但车上的重物也因此更多。假如是往山上推的话，比挑着还要命。西方早就有人在解决这类问题，先有阿基米德，后有牛顿、卡特，所以在一二百年前就把这问题解决了。而在我们中国，到现在也没解决。你或者会以为，西方文明有这么一点小长处，善于解决这种问题，但我以为这是不对的。主要的因素是感情问题。西方人以为，人的主要情感源于自身，所以就重视解决肉体的痛苦。中国人以为，人的主要情感是亲亲敬长，就不重视这种问题。这两种想法哪种更对？当然是前者。现在还有人说，西方人纲常败坏，过着痛苦的生活——这种说法是昧良心的。西方生活我见过，东方的生活我也见过。西方人儿女可能会吸毒，婚姻可能会破裂，总不会早上吃两片白薯干，中午吃两片白薯干，晚上再吃两片白薯干，就去挑一天担子，推一天的重车！从孔孟到如今，中国的哲学家从来不挑担、不推车。所以他们的智慧从不考虑降低肉体的痛苦，专门营造站着说话不腰疼的理论。

三

在西方人看来，人所受的苦和累可以减少，这是一切的基础。假设某人做出一份牺牲，可以给自己或他人带来很多幸福，这就是崇高——洛克就是这么说的。孟子不是这么说，他的崇高另有根基，远不像洛克的理论那么能服人。据我所知，孟子远不是个笨蛋。除了良知良能，他还另有说法。他说反对他意见的人（杨朱、墨子）都是禽兽。由此得出了崇高的定义：有种东西，我们说它是崇高，是因为反对它的人都不崇高。这个定义一直沿用到了如今。细想起来，我觉得这是一种模糊不清的浑蛋逻辑，还不如直说凡不同意我意见者都是王八蛋为好。总而言之，这种古怪的论证方式时常可以碰到。

在七十年代，发生了这样一件事：河里发大水，冲走了一根国家的电线杆。有位知青下水去追，电杆没捞上来，人也淹死了。这位知青受到表彰，成了革命烈士。这件事引起了一点小小的困惑：我们知青的一条命，到底抵不抵得上一根木头？结果是困惑的人惨遭批判，结论是：国家的一根稻草落下水也要去追。至于说知青的命比不上一根稻草，人家也没这么说。他们只说，算计自己的命值点什么，这种想法本身就不崇高。坦白地说，我就是困惑者之一。现在有种说法，以为民族的和传统的就是崇高的。我知道它的论据：因为反民族和反传统的人很不崇高。但这种论点吓不倒我。

四

过去欧洲有个小岛，岛上是苦役犯服刑之处。犯人每天的工作是从岛东面挑起满满的一挑水，走过崎岖的山道，到岛西面倒掉。这岛的东面是地中海，水从地中海里汲来。西面也是地中海，这担水还要倒回地中海去。既然都是地中海，所以是通着的。我想，倒在西面的水最终还要流回东面去。无价值的吃苦和无代价的牺牲大体就是这样的事。有人会说，这种劳动并非毫无意义，可以陶冶犯人的情操、提升犯人的灵魂；而有些人会立刻表示赞成，这些人就是那些岛上的犯人——我听说这岛上的看守手里拿着鞭子，很会打人。

根据我对人性的理解，就是离开了那座岛屿，也有人会保持这种观点。假如不是这样，劳动改造就没有收到效果。在这种情况下，人性就被逆转了。

从这个例子来看，要逆转人性，必须有两个因素：无价值的劳动和暴力的威胁，两个因素缺一不可。人性被逆转之后，他也就糊涂了。费这么大劲把人搞糊涂有什么好处，我就不知道，但想必是有的，否则不会有这么个岛。细想起来，我们民族的传统文化里就包含了这种东西。举个例子来说，朝廷的礼节。见皇上要三磕九叩、扬尘舞蹈，这套把戏耍起来很吃力，而且不会带来任何收益，显然是种无代价的劳动。但皇上可以廷杖臣子，不老实的马上拉下去打板子。有了这两个因素，这套把戏就可以耍下去，把封建士大夫的脑子搞得很糊涂。回想七十年代，当时学大寨和抓阶级斗争总是一块搞的，这样两个因素就凑齐了。我下乡时，和父老乡亲们在一起。我很爱他们，但也不能不说：他们早就被逆转了。我经历了这一切，脑子还是不糊涂，还知道一加一等于二，这只说明一件事：要逆转人性，还要有第三个因素，那就是人性的脆弱。

五

我认为七十年代是我们宝贵的精神财富，这个看法和一些同龄人是一样的。七十年代的青年和现在的青年很不一样，更热情、更单纯、更守纪律、对生活的要求更低，而且更加倒霉。成为这些人中的一员，是一种极难得的际遇，这些感受和别人是一样的。有些人认为这种经历是一种崇高的感受，我就断然反对，而且认为这种想法是病态的。让我们像奥威尔一样，想想什么是一加一等于二，七十年代对于大多数中国人来说，是个极痛苦的年代。很多年轻人做出了巨大的自我牺牲，而且这种牺牲毫无价值。想清楚了这些事，我们再来谈谈崇高的问题。就七十年代这个例子来说，我认为崇高有两种：一种是当时的崇高，领导上号召我们到农村去吃苦，说这是一种光荣。还有一种崇高是现在的崇高，忍受了这些痛苦、做出了自我牺牲之后，我们自己觉得这是崇高的。我觉得这后一种崇高比较容易讲清楚。弗洛伊德对受虐狂有如下的解释：假如人生活在一种无力改变的痛苦之中，就会转而爱上这种痛苦，把它视为一种快乐，以便使自己好过一些。对这个道理稍加推广，就会想到：人是一种会自己骗自己的动物。我们吃了很多无益的苦，虚掷了不少年华，所以有人就想说，这种经历是崇高的。这种想法可以使他自己好过一些，所以它有些好作用。很不幸的是它还有些坏作用：有些人就据此认为，人必须吃一些无益的苦、虚掷一些年华，用这种方法来达到崇高。这种想法不仅有害，而且是有病。

说到吃苦、牺牲，我认为它是负面的事件。吃苦必须有收益，牺牲必须有代价，这些都属一加一等于二的范畴。我个人认为，我在七十年代吃的苦、做出的牺牲是无价值的，所以这种经历谈不上崇高。这不是为了贬低自己，而是为了对现在和未来发生的事件有个清醒的评价。逻辑学家指出，从正确的前提能够推导出正确的结论，但从一个错误的前提就什么都能够推导出来。把无价值的牺牲看作崇高，也就是接受了一个错误的前提。此后你就会什么鬼话都能说出口来，什么不可信的事都肯信——这种状态正确的称呼叫作“糊涂”。人的本性是不喜欢犯错误的，所以想把他搞糊涂，就必须让他吃很多的苦——所以糊涂也很难得呀。因为人性不总是那么脆弱，所以糊涂才难得。经过了七十年代，有些人对人世间的把戏看得更清楚，他就是变得更聪明。有些人对人世间的把戏更看不懂了，他就是变得更糊涂。不管发生了哪种情况，七十年代都是我们的宝贵财富。

我要说出我的结论，中国人一直生活在一种有害哲学的影响之下，孔孟程朱编出了这套东西，完全是因为他们在社会的上层生活。假如从整个人类来考虑问题，早就会发现，趋利避害，直截了当地解决实际问题最重要——说实话，中国人在这方面已经很不像样了——这不是什么哲学的思辨，而是我的生活经验。我们的社会里，必须有改变物质生活的原动力，这样才能把未来的命脉握在自己的手里。

理想国与哲人王

罗素先生评价柏拉图的《理想国》时说，这篇作品有一个蓝本，是斯巴达和它的立法者莱库格斯。我以为，对于柏拉图来说，这是一道绝命杀手。假如《理想国》没有蓝本，起码柏拉图的想象力值得佩服。现在我们只好去佩服莱库格斯，但他是个传说人物，真有假有尚存疑问。由此所得的结论是：《理想国》和它的作者都不值得佩服。当然，到底罗素先生有没有这样阴毒，还可以存疑。罗素又说，无数青年读了这类著作，燃烧起雄心，要做一个莱库格斯或者哲人王。只可惜，对权势的爱好，使人一再误入歧途。顺便说一句，在理想国里，是由哲学家来治国的。倘若是巫师来治国，那些青年就要想做巫师王了。我很喜欢这个论点。我哥哥有一位同学，他在“文化大革命”里读了几本哲学书，就穿上了一件蓝布大褂，手里掂着红蓝铅笔，在屋里踱来踱去，看着墙上一幅世界地图，考虑起世界革命的战略问题了。这位兄长大概是想要做世界的哲人王，很显然，他是误入歧途了，因为没听说有哪个中国人做了全世界的哲人王。

自柏拉图以降，即便不提哲人王，起码也有不少西方知识分子想当莱库格斯。这就是说，想要设计一整套制度、价值观、生活方式，让大家在其中幸福地生活；其中最有名的设计，大概要算摩尔爵士的《乌托邦》。罗素先生对《乌托邦》的评价也很低，主要是讨厌那些繁琐的规定。罗素以为参差多态是幸福的本源，把什么都规定了就无幸福可言。作为经历了某种“乌托邦”的人，我认为这个罪状太过轻微。因为在乌托邦内，对什么是幸福都有规定，比如：“以苦为乐，以苦为荣”“宁要社会主义的草，不要资本主义的苗”之类。在乌托邦里，很难找到感觉自己不幸福的人，大伙只是傻愣愣的，感觉不大自在。以我个人为例，假如在七十年代，我能说出罗素先生那样充满了智慧的话语，那我对自己的智力状况就很满意，不再抱怨什么。实际上，我除了活着怪没劲之外，什么都说不出来。

本文的主旨不是劝人不要做莱库格斯或哲人王。照我看，这是个兴趣问题，劝也是没有用的。有些人喜欢这种角色，比如说，我哥哥的那位同学；有人不喜欢这种角色，比如说，我。这是两种不同的人。这两类人凑在一起时，就会起一种很特别的分歧。据说，人脖子上有一道纹路，旧时刽子手砍人，就从这里下刀，可以干净利索地切下脑袋。出于职业习惯，刽子手遇到不认识的人，就要打量他脖子上的纹，想象这个活怎么来做；而被打量的人总是觉得不舒服。我认为，对于敬业的刽子手，提倡出门时戴个墨镜是恰当的，但这已是题外之语。想象几个刽子手在一起互相打量，虽然是很有趣的图景，但不大可能发生，因为谢天谢地，干这行的人绝不会有这么多。我想用刽子手比喻喜欢，并且想当哲人王的人，用被打量的人比喻不喜欢而且反对哲人王的人。这个例子虽然有点不合适，但我也想不到更好的例子。另外，我是写小说的，我的风格是黑色幽默，所以我不觉得举这个例子很不恰当。举这个例子不是想表示我对哲人王深恶痛绝，而是想说明一下“被打量着”是一种什么样的感觉。

众所周知，哲人王降临人世，是要带来一套新的价值观、伦理准则和生活方式。假如他来了的话，我就没有理由想象自己可以置身于事外。这就意味着我要发生一种脱胎换骨的变化，而要变成个什么，自己却一无所知。如果说还有比死更可怕的事，恐怕就是这个。因为这个缘故，知道有人想当哲人王，我就觉得自己被打量着。

我知道，这哲人王也不是谁想当就能当，他必须是品格高洁之士，而且才高八斗，学富五车。在此我举中国古代的哲人王为例——这只是为了举例方便，毫无影射之意——

孔子是圣人，也很有学问。夏礼、周礼他老人家都能言之。但假如他来打量我，我就要抱怨说：甭管您会什么礼，千万别来打量我。再举孟子为例，他老人家善养浩然之气，显然是品行高洁，但我也要抱怨道：您养正气是您的事，打量我干什么？这两位老人家的学养再好，总不能构成侵犯我的理由。特别是，假如学养的目的是要打量人的话，我对这种学养的性质是很有看法的。比方说，朱熹老夫子格物、致知，最后是为了齐家、治国、平天下。因为本人不姓朱，还可以免于被齐，被治和被平总是免不了的。假如这个逻辑可以成立，生活就是很不安全的。很可能在我不知道的地方，有一位我全然不认识的先生在努力地格、致，只要他功夫到家，不管我乐意不乐意，也不管他打算怎样下手，我都要被治和平，而且根本不知自己会被修理成什么模样。

就我所知，哲人王对人类的打算都在伦理道德方面。倘若他能在物质生活方面替我们打算周到，我倒会更喜欢他。假如能做到，他也不会被称为哲人王，而会被称为科学狂人。实际上，自从有了真正的科学，科学家表现得非常本分。这主要是因为科学就是教人本分的学问，所以根本就没出过这种狂人。至于中国的传统学术，我就不敢这么说。起码我听到过一种说法，叫作“学而优则仕”，当然，若说学了它就会打量人，可能有点过分；但一听说它又出现了新的变种，我就有点紧张。国学主张学以致用，用在谁身上，可以不问自明——当然，这又是题外之语。

至于题内之语，还是我们为什么要怕哲人王的打量。照我看来，此君的可怕之处首先在于他的宏伟志向：人家考虑的问题是人类的未来，而我们只是人类的几十亿分之一，几乎可以说是不存在。《水浒传》的牢头禁子常对管下人犯说：你这厮只是俺手上的一个行货……一想到哲人王，我心中难免有种行货感。顺便说一句，有些话只有哲人才能说得出来，比如尼采说：到女人那里去不要忘了带上鞭子。我要替女人说上一句：我们招谁惹谁了。至于这类疯话气派很大，我倒是承认的。总的来说，哲人王藐视人类，比牢头禁子有过之无不及。主张信任哲人王的人会说：只有藐视人类的人才能给人类带来更大利益。我又要说：只有这种人才能给人类带来最大的祸害。从常理来说，倘若有人把你当作了nothing，你又怎能信任他们？

哲人王的又一可怕之处，在于他的学问。在现代社会里，人人都有不懂的学问，科学上的结论不足以使人恐惧，因为这种结论是有证据和推导过程的，对于有理性的人，这些说法是你迟早会同意的那一种。而哲学上的结论就大不相同，有的结论你抵死也不会同意，因为既没有证据也没有推导，哲人王本人就是证明，而结论本身又往往非常地严重。举例来说，尼采先生的结论对一切非受虐狂的女性就很严重。就这句话而论，我倒希望他能活过来，说一句“我是开个玩笑”，然后再死掉。当然，我也盼着中国古代的圣人活过来，把存天理灭人欲、饿死事小失节事大之类的话收回一些。

我说哲人王的学问可怕，丝毫也不意味着对哲学的不敬。哲学不独有趣，还足以启迪智慧，“文化大革命”里工农兵学哲学时说：哲学就是聪明学。我以为并不过分。若以为哲学里种种结论可以搬到生活里使用，恐怕就不尽然。下乡时常听老乡抱怨说：学了聪明学反而更笨，连地都不会种了。至于可以使人成王的哲学，我认为它可以使王者更聪明，老百姓更笨。罗素是个哲学家，他说：真正的伦理准则把人人同等看待。很显然，他的哲学不能使人成王。孔子说：民可使由之，不可使知之。像这样的哲学就能使人（首先是自己）成王。孔丘先生被封为大成至圣先师，子子孙孙都是衍圣公，他老人家果然成了个哲人王。

时值今日，还有人盼着出个哲人王，给他设计一种理想的生活方式，好到其中去生活；因此就有人乐于做哲人王，只可惜这些现代的哲人王多半不是什么好东西，人民圣殿教的故事就是一例。不但对权势的爱好可以使人误入歧途，服从权势的欲望也可以使人误入歧途。至于我自己，总觉得生活的准则、伦理的基础，都该是些可以自明的东西。假如有未明之处，我也盼望学者贤明的意见，只是这些学者应该像科学上的前辈那样以理服人，或者像苏格拉底那样，和我们进行平等的对话。假如像某些哲人那样讲出些晦涩、偏执的怪理，或者指天画地、口沫飞溅地做出若干武断的规定，那还不如让我自己多想想的好。不管怎么说，我不想把自己的未来交给任何人，尤其是哲人王。

对中国文化的布罗代尔式考证

萧伯纳是个爱尔兰人，有一次，人家约他写个剧本来弘扬爱尔兰民族精神，他写了《英国佬的另一个岛》，有个剧中人对爱尔兰人的生活态度作了如下描述："一辈子都在弄他的那片土，那只猪，结果自己也变成了一块土，一只猪……"不知为什么，我看了这段话，脸上也有点热辣辣。这方面我也有些话要说，萧伯纳的态度很能壮我的胆。

一九七三年，我到山东老家去插队。有关这个小山村，从小我姥姥已经给我讲过很多，她说这是一个四十多户人家的小山村，全村有一百多条驴。我姥姥还说，驴在当地很有用，因为那里地势崎岖不平，耕地多在山上，所以假如要往地里送点什么，或者从地里收获点什么，驴子都是最重要的帮手。但是我到村里时，发现情况有很大的变化，村里不是四十户人，而是一百多户人，驴子一条都不见了。村里人告诉我说，我姥姥讲的是二十年前的老皇历。这么多年以来，人一直在不停地生出来，至于驴子，在学大寨之前还有几条，后来就没有了。没有驴子以后，人就担负起往地里运输的任务，当然不是用背来驮，而是用小车来推。当地那种独轮车载重比小毛驴驮得还要多些，这样人就比驴有了优越性。在所有的任务里，最繁重的是要往地里送粪——其实那种粪里土的成分很大——一车粪大概有三百多斤到四百斤的样子，而地往往在比村子高出二三百米的地方。这就是说，要把二百公斤左右的东西送到八十层楼上，而且早上天刚亮到吃早饭之间就要往返十趟。说实在话，我对这任务的艰巨性估计不足。我以为自己长得人高马大，在此之前又插过三年队，别人能干的事，我也该能干，结果才推了几趟，我就满嘴是胆汁的味道。推了两天，我从城里带来的两双布鞋的后跟都被豁开了，而且小腿上的肌肉总在一刻不停的震颤之中。后来我只好很丢脸地接受了一点照顾，和一些身体不好的人一道在平地上干活。好在当地人没有因此看不起我，他们还说，像我这样初来乍到的人，能把这种工作坚持到三天之上，实在是不容易。就连他们这些干惯了的人都觉得这种工作太过辛苦，能够歇上一两天，都觉得是莫大的幸福。

时隔二十年，我把这件事仔细考虑了一遍，得到的一个结论是这样的：用人来取代驴子往地里送粪，其实很不上算。因为不管人也好，驴也罢，送粪所做的功都是一样多，我们（人和驴）都需要能量补充，人必须要吃粮食，而驴子可以吃草；草和粮食的价值大不相同。事实上，一个人在干推粪这种活和干别的活时相比，食量将有一个很可观的增长，这就导致了粮食不够吃，所以不得不吃下一大批白薯干。白薯干比之正经粮食便宜了很多，但在集市上也要卖到两毛钱一斤；而在集市上，最好的草（可以苫房顶）是三分钱一斤，一般做饲料的草顶多值两分钱。我不认为自己在吃下一斤白薯干之后，可以和吃了十斤干草的驴比赛负重，而且白薯干还异常难吃，噎人，难消化，容易导致胃溃疡；而驴在吃草时肯定不会遇到同样的困难。在此必须强调指出，此种白薯干是生着切片晾的，假设是煮熟了晾出的那种甜甜的东西，就绝不止两毛钱一斤。有关白薯干的情况，还可以补充几句，它一进到了食道里就会往上蹦，不管你把它做成发糕还是面条，只要不用大量的粮食来冲淡，都有同等的效果。因此我曾设想改进一下进食的方式，拿着大顶来吃饭，这样它往上一蹦就正好进到胃里，省得我痛苦地向下咽，但是我没有试验过，我怕被别人看到后难以解释。白薯干原来是猪的口粮，这种可怜的动物后来就改吃人屙的屎。据我在厕所兼猪圈里的观察，它们一遇到吃薯干屙出的屎，就表现出愤怒之状，这曾使我在出恭时良心大感痛苦——这个话题就说到这里为止。由此可见，我姥姥在村里时，四十户人家、一百多条驴是符合经济规律的。当然，我在村里时，一百多户人家没有驴，也符合经济规律。前者符合省钱的规律，后者符合就业的规律。只有“一百户人家加一百条驴”不符合经济规律，因为没有那么多的事可做。于是，驴子就消失了。有关这件事，可以举出一件恰当的反例：在英国产业革命前夕，有过一次圈地运动，英国农民认为这是“羊吃人”；而在我的老家则是人吃驴，而且是货真价实地吃。村里人说，有一阵子老是吃驴肉，但我去晚了没赶上，只赶上了吃白薯干。当然，在这场人和驴的生存竞争中，我当时坚定地站在人这一方，认为人有吃掉驴子的权利。

最近我读到布罗代尔先生的《十五至十八世纪的物质文明、经济和资本主义》，才发现这种生存竞争不光是在我老家存在，也不限于在人和驴之间，更不限于本世纪七十年代，它是一种广泛存在的历史事实。十六世纪到中国来的传教士就发现，与西欧相比，中国的役畜非常少，对水力和风力的利用也不充分。这就是说，此种生存竞争不光在人畜之间存在，还存在于人与浩浩荡荡的自然力之间。这次我就不能再站在人的立场上反对水和风了，因为这种对手过于低级，胜之不武。而且我以为，中国的文化传统里，大概是有点问题。众所周知，我们国家的传统文化是一种人本的文化，但是它和西方近代的人本主义完全不同。在我们的文化里，只认为生命是好的，却没把快乐啦、幸福啦、生存状态之类的事定义在内；故而就认为，只要大家都能活着就好，不管他们活得多么糟糕。由此导致了一种古怪的生存竞争，和风力、水力比赛推动磨盘，和牲口比赛运输——而且是比赛一种负面的能力，比赛谁更不知劳苦，更不贪图安逸！

中国史学界没有个年鉴学派，没有人考证一下历史上的物质生活，这实在是一种遗憾——布罗代尔对中国物质生活的描述还是不够详尽——这件事其实很有研究的必要。在中国人口稠密的地带，根本就见不到风车、水车，这种东西只在边远地方有。我们村里有盘碾子，原来是用驴子拉的，驴没了以后改用人来推。驴拉碾时需要把眼蒙住，以防它头晕。人推时不蒙眼，因为大家觉得这像一头驴，不好意思。其实人也会晕。我的切身体会是：人只有两条腿，因为这种令人遗憾的事实，所以晕起来站都站不住。我还听到过一个真实的故事，陈永贵大叔在大寨曾和一头驴子比赛负重，驴子摔倒，永贵大叔赢了。我认为，那头驴多半是个小毛驴，而非关中大叫驴。后一种驴子体态壮硕，恐非人类所能匹敌——不管是哪一种驴，这都是一个伟大的胜利，证明了就是不借助手推车，人也比驴强。我认识的一位中学老师曾经用客观的态度给学生讲过这个故事（未加褒贬），结果在“文化大革命”里被斗得要死。这最后一件事多少暗示出中国为什么没有年鉴学派。假如布罗代尔是中国人，写了一本有关中国农村物质生活的书，人和驴比赛负重的故事他是一定要引用的，白纸黑字写了出来，“文化大革命”这一关他绝过不去。虽然没有年鉴学派那样缜密的考证，但我也得出了结论：在现代物质文明的影响到来之前，在物质生活方面有这么一种倾向，不是人来驾驭自然力、兽力，而是以人力取代自然力、兽力；这就要求人能够吃苦、耐劳、本分。当然，这种要求和传统文化对人的教诲甚是合拍，不过孰因孰果很难说明白。我认为自己在插队时遭遇的一切，是传统社会物质文明发展规律走到极端所致。

在人与兽、人与自然力的竞争中，人这一方的先天条件并不好。如前所述，我们不像驴子那样有四条腿、可以吃草，也不像风和水那样浑然无觉，不知疲倦。好在人还有一种强大的武器，那就是他的智能、他的思索能力。假如把它对准自然界，也许人就能过得好一点。但是我们把枪口对准了自己，发明了种种消极的伦理道德，其中就包括了吃大苦、耐大劳，“存天理、灭人欲”；而苦和累这两种东西，正如莎翁笔下的爱情，你吃下的越多，它就越有，“所以两者都是无穷无尽的了”！（引自《罗密欧与朱丽叶》）

这篇文章写到了这里，到了得出结论的时候了。我认为中国文化对于物质生活的困苦，提倡了一种消极忍耐的态度，不提倡用脑子想，提倡用肩膀扛；结果不但是人，连驴和猪都深受其害。假设一切现实生活中的不满意、不方便，都能成为严重的问题，使大家十分关注，恐怕也不至于搞成这个样子，因为我们毕竟是些聪明人。虽然中国人是如此的聪明，但是布罗代尔对十七世纪中国的物质生活（包括北京城里有多少人靠捡破烂为生）作了一番描述之后下结论道：在这一切的背后，“潜在的贫困无处不在”。我们的祖先怎么感觉不出来？我的结论是：大概是觉得那么活着就不坏吧。

京片子与民族自信心

我生在北京西郊大学区里。长大以后，到美国留学，想要恭维港台来的同学，就说：你国语讲得不坏！他们也很识趣，马上恭维回来：不能和你比呀。北京乃是文化古都，历朝历代人文荟萃，语音也是所有中国话里最高尚的一种，海外华人佩服之至。我曾在美国华文报纸上读到一篇华裔教授的大陆游记，说到他遭服务小姐数落的情形：只听得一串京片子，又急又快，字字清楚，就想起了《老残游记》里大明湖上黑妞说书，不禁目瞪口呆，连人家说什么都没有去想——我们北京人的语音就有如此的魅力。当然，教授愣完了，开始想那些话，就臊得老脸通红。过去，我们北京的某些小姐（尤其是售票员）在粗话的词汇量方面，确实不亚于门头沟的老矿工——这不要紧，语音还是我们高贵。

但是，这已是明日黄花。今天你打开收音机或者电视机，就会听到一串“嗯嗯啊啊”的港台腔调。港台人把国语讲成这样也会害臊，大陆的广播员却不知道害臊。有一句鬼话，叫作“那么呢”，那么来那么去，显得很低智，但人人都说。我不知这是从哪儿学来的，但觉得该算到港台的账上。再发展下去，就要学台湾小朋友，说出“好可爱好高兴噢”这样的鬼话。台湾人造的新词新话，和他们的口音有关。国语口音纯正的人学起来很难听。

除了广播员，说话港台化最为厉害的，当数一些女歌星。李敖先生骂老K（国民党），说他们“手淫台湾，意淫大陆”，这个比方太过粗俗，但很有表现力。我们的一些时髦小姐糟蹋自己的语音，肯定是在意淫港币和新台币——这两个地方除了货币，再没什么格外让人动心的东西。港台人说国语，经常一顿一顿，你知道是为什么吗？他们在想这话汉语该怎么说啊。他们英语讲得太多，常把中国话忘了，所以是可以原谅的。我的亲侄子在美国上小学，回来讲汉语就犯这毛病。犯了我就打他屁股，打一下就好。中国的歌星又不讲英文，再犯这种毛病，显得活像是大头傻子。电台请歌星做节目，播音室里该预备几个乒乓球拍子。乒乓球拍子不管用，就用擀面杖。这样一级一级往上升，我估计用不到狼牙棒，就能把这种病治好。治好了广播员，治好了歌星，就可以治其他小姐的病。如今在饭店里，听见鼻腔里哼出一句港味的“先生”，我就起鸡皮疙瘩。北京的女孩子，干吗要用鼻甲来说话！

这篇文章一直在谈语音语调，但语音又不是我真正关心的问题。我关心的是，港台文化正在侵入内地。尤其是那些狗屎不如的电视连续剧，正在电视台上一集集地演着，演得中国人连中国话都说不好了。香港和台湾的确是富裕，但没有文化。咱们这里看上去没啥，但人家还是仰慕的。所谓文化，乃是历朝历代的积累。你把城墙拆了，把四合院扒了，它还在人身上保留着。除了语音，还有别的——就拿笔者来说，不过普普通通一个北方人，稍稍有点急公好义，仗义疏财，有那么一丁点燕赵古风，台湾来的教授见了就说：你们大陆同学，气概了不得……

我在海外的报刊上看到这样一则故事：有个前国军上校，和我们打了多年的内战，枪林弹雨都没把他打死。这一方面说明我们的火力还不够厉害，另一方面也说明这个老东西确实有两下子。改革开放之初，他巴巴地从美国跑了回来，在北京的饭店里被小姐骂了一顿，一口气上不来，脑子里崩了血筋，当场毙命。就是这样可怕的故事也挡不住他们回来，他们还觉得被正宗京片子给骂死，也算是死得其所。我认识几位华裔教授，常回大陆，再回到美利坚，说起大陆服务态度之坏，就扼腕叹息道：再也不回去了。隔了半年，又见他打点行装。问起来时，他却说：骂人的京片子也是很好听的呀！他们还说：骂人的小姐虽然粗鲁，人却不坏，既诚实又正直，不会看人下菜碟，专拍有钱人马屁——这倒不是谬奖。八十年代初的北京小姐，就是洛克菲勒冒犯到她，也是照骂不误：“别以为有几个臭钱就能在我这儿起腻，惹急了我他妈的拿大嘴巴子贴你！”断断不会见了港客就骨髓发酥非要嫁他不可——除非是领导上交代了任务，要把他争取过来。粗鲁虽然不好，民族自尊心却是好的，小姐遇上起腻者，用大嘴巴子去“贴”他，也算合理；总比用脸去贴好吧。这些事说起来也有十几年了。如今北京多了很多合资饭店，里面的小姐不骂人，这几位教授却不来了。我估计是听说这里满街的鸟语，觉着回来没意思。他们不来也不要紧，但我们总该留点东西，好让别人仰慕啊。

盛装舞步

初入大学的门槛，我发现有个同学和我很相像：我们俩都长得人高马大，都是一副睡不醒的样子，而且都能言善辩。后来发现，他不仅和我同班，而且同宿舍，于是感情就很好。每天吃完了晚饭，我要在校园里散步，他必在路边等我，伸出手臂说：年兄请——这家伙把我叫作年兄，好像我们是同科的进士或者举人。我也说：请。于是就手臂挽着手臂（有点像一对情人），在校园里遛起弯来，一路走，一路高谈阔论。像这个样子在美国是有危险的，有些心胸狭隘的家伙会拿枪来打我们。现在走在上海街头恐怕也不行，但是七十年代末、八十年代初，在北京的一所校园的角落里遛遛，还没什么大问题。当然，有时也有些人跟在我们身后，主要是因为这位年兄博古通今，满肚子都是典故；而我呢，如你所知，能胡编是我吃饭的本事，我们俩聊，听起来蛮有意思的。有些同班同学跟着我们，听我们胡扯——从纪晓岚一路扯到爱因斯坦，这些前辈在天之灵听到我们的谈话内容可能会不高兴。到了期中期末，功课繁忙，大家都去准备考试，没人来听我们胡扯，散步的就剩下我们两个人。

我们俩除了散步，有时还跳跳踢踏舞。严格地说，还不是踢踏舞。此事的起因是：这位年兄曾在内蒙古插队，对马儿极有感情，一看到电视上演马术比赛，尤其是盛装舞步，他马上就如痴如狂。我曾给他出过这样的主意：等放了暑假，你回插队的地方，弄匹马来练练好了。他却说，我们那里只有小个子蒙古马，骑上去它就差不多了，怎么忍心让它来跳舞——再说，贫下中牧也不会答应，他们常说：糟蹋马匹的人不得好死。然后，他忽然有了一个重要的发现：啊呀年兄，咱们俩合起来是四条腿，和马的腿一样多嘛！……他建议我们来练习盛装舞步，我也没有不同意见——反正吃饱了要消消食。两条大汉扣着膀子乱跳，是有点古怪，但我们又不是在大街上跳，而是在偏僻小路上跳，所以没有妨碍谁。再说，我们俩都是出了名的特立独行之士，无论是老师，还是学生干部，全都懒得来管我们。后来有一天，有个男同学经过我们练习舞步的地方——记得他是上海人，戴副小眼镜——他看了我们一阵，然后冲到我们面前来说，像你们俩这样可不行——不像话。说完就走了。

这位同学走了以后，我们停了一会儿。年兄问道：刚才那个人说了什么？我说：不知道。这个人好像有毛病——

咱们怎么办？年兄说：不理他，接着跳！直到操练完毕我们才回宿舍拿书，去阅览室晚自习。第二天傍晚，还在老地方，那位小眼镜又来了。他皱着眉头看了我们半天，忽然冲过来说：那件事还没公开化呢！说完就又走了。这回我们连停都懒得停，继续我们的把戏。但不要以为我们是傻子，我知道人家说的那件事是同性恋。很不巧的是，我们俩都是坚定的异性恋者，我的情况尚属一般，年兄不仅是坚定的异性恋，而且还有点骚——见了漂亮女生就两眼放光，口若悬河。当然，同样的话，年兄也可以用来说我。所以实际情况是：说我们俩是同性恋，不仅不正确，而且很离谱。那天晚上那位眼镜看到的，不是同性恋者快乐的舞蹈，而是一匹性情温良的骏马在表演左跨步……文化人类学指出，不同文化、不同价值观的人之间，会发生误解，明明你在做这样一件事，他偏觉得你在做另外的事，这就是件误解的例子。你若说，我们不该引起别人的误会，这也是对的。但我们躲到哪儿，他就追到哪儿，老在一边乱嘀咕。

我和年兄在校园里操练舞步，有人看了觉得很可耻，但我们不理睬他。我猜这个人会记恨我们，甚至在心里用孟夫子的话骂我们：“无耻之耻，无耻矣！”我们不理他，是因为他把我们想错了。顺便说一句，孟老夫子的基本方法是推己及人，这个方法是错误的。推己往往及不了人，不管从谁那儿推出我们是同性恋都不对，因为我们不是的。但这不是说，我们拒绝批评。批评只要稍微有点靠谱，我们就听。有一天，我们正在操练舞步，有个女同学从那儿经过，笑了笑说：狗撒尿。然后飘然而去。我们的步法和狗撒尿不完全一样，说实在的，要表演真正的狗撒尿步法，非职业舞蹈家不可，远非我二人的胯骨力所能及。但我们忽然认为，盛装舞步还是用马匹来表演为好。

我早就从大学毕业了，靠写点小文章过活，不幸的是，还是有人要误解我。比方说，我说人若追求智慧，就能从中得到快乐。就有人来说我是民族虚无主义者——他一点都不懂我在说什么。他还说理性已经崩溃了，一个伟大的、非理性的时代就要降临。如此看来，将来一定满世界都是疯子、傻子。我真是不明白，满世界都是疯子和傻子，这就是民族实在主义吗？既然谁都不明白谁在说些什么，就应该互不答理才对。我在这方面做得不错，我从来不看有痰气的思辨文章（除非点了我的名），以免误解。至于我写的这种幽默文章，也不希望它被有痰气的思辨学者看到。

科学与邪道

从历史书上看到，在三十年代末的德国，很多科学家开始在学校里讲授他们的德国化学、德国数学、德国物理学。有位德国物理学家指出："有人说科学现在和永远是有国际性的——这是不对的；科学和别的每一项人类创造的东西一样，是有种族性和以血统为条件的。"这话着实有意思。但不知是怎么个种族性法。化学和数学的种族性我没查到，有关物理学的种族性，人家是这么解释的，经典物理是由雅利安人创造的：牛顿、伽利略等，都是雅利安人，而且大多是北欧血统，所以这门科学是好的；至于现代物理学，都是犹太人搞出来的，所以是邪恶的，必须斩尽杀绝。爱因斯坦是犹太人，他和他的相对论是"德国物理"的死敌——纳粹物理学家宣称，谁要是称赞相对论，就是喜欢犹太人统治世界，并对"德国人永远沦为无生气的奴隶地位"表示高兴。可想而知，爱因斯坦要是落到德国人手里，肯定没有好。他也知道这一点，所以早早逃到美国去，保住了一条命。德国数学和化学的内容是什么，我不确切知道，但知道它肯定会让纳粹科学家特别开心，让犹太科学家特别不开心——因为一般来说，挨骂总是不开心的事情。

过去，在生物学领域里，遗传学曾被认为是资产阶级的邪说，所以就有种无产阶级的生物学——这就是李森科的神圣学派。这种学说我上学时听过一耳朵，好像还有些道理，但不知为什么一定要和遗传学过不去。这股邪风是从前苏联传过来的，老大哥教给我们些好的东西，也教了些邪的歪的。身在那个时代，不会遗传学的人会很高兴，但也有人不高兴，我有位老师，年轻时对现代语言学很有兴趣，常借些新的英文书刊来看。后来有人给他打个招呼说：你这样下去很危险，会滑进资产阶级的泥坑。我们的语言学要以一位前苏联伟人论语言学问题的小册子为神圣的根基——而你正在背离这个根基。我老师听了很害怕，后来就进了精神病院。他告诉我说，自己是装疯避祸，但我总觉得他是真被吓疯了，因为他讲起这件事来总带着一股胆战心惊的样子。这位老师后来贫困潦倒、提心吊胆，再后来虽然用不着提心吊胆，但大好年华已过。他对这些事当然很不开心。

我说的都是过去的事情，现在已经好多了。相对论、遗传学，还有社会学和人类学，都不再是邪恶的学问，我们可以放心地学习了。但有些事情我们还是不明白——如果只是外行来摧残科学，我们还可以理解，真正能在科学领域内兴风作浪的，都是懂点科学的人。那些德国和前苏联的学者们，干吗要分裂科学，把它搞褊狭呢？有些史实可以帮助解释这个疑问：从一九〇五年到一九三一年，有十位德国犹太人，因为在科学上做出贡献得到了诺贝尔奖金，这对某些以纯亚利安血统而自豪的德国科学家来说，未免太多了些。近现代科学取得了很多成就，这些成就大多不是诞生在俄国，难免让俄国科学家气不顺。因此就想把别人的成就贬低，甚至抹煞掉，对自己的成就则夸大，甚至无中生有，以此来证明种族或者这方土地有很大的优越性。中国血统的科学家成就也不少，诺贝尔物理奖、化学奖通通拿到了，虽然他们是美籍，但愿我们能以此为荣。有件事正在使我忧虑：中国人和德国人不同。中国人对证明自己的种族优越从来就不很在意的，他们真正在意的是想要证明自己传统文化的优越性。

最近我们听说，从儒家道家、阴阳五行、周易八卦等之中，即将产生震惊世界的科学成就，前不久我在电视上和一位作家辩论，他告诉我说，有位深谙此道的老者，不用抹胶水，脑门上能贴一摞子钢镚。这件事无论是爱因斯坦还是玻尔都做不到，看来我们的诺贝尔奖又有门了。但我想来想去，怎么也想象不出瑞典科学院的秘书会这样向世界宣布：女士们先生们，这位获奖的科学家能在脑门上贴一大摞钢镚。这是了不起的本领，但诺贝尔奖总不能奖给一个很黏糊的脑门吧。作家这样瞎说还不要紧，科学家也有信这个的。像这样的学问搞了出来，外国人不信怎么办呢？到那时又该说：科学和人类创造的一切东西一样，是以文化和生活方式特异性为基础的。以此为基础，划分出中国的科学，这是好的。还有外国的科学，那是邪恶的，通通都要批倒批臭。中国数学、中国物理和中国化学，都不用特别发明出来，老祖宗都替我们发明好了：中国物理是阴阳，中国化学是五行，中国数学是八卦。到了那时，我们又退回到中世纪去了。

有与无

我靠写作为生。有人对我说：像你这样写是不行的啊，你没有生活！我虽然长相一般，加上烟抽得多，觉睡得少，脸色也不大好看。但若说我已是个死尸，总觉得有点言过其实。人既没有死，怎么就没生活了呢？笔者过着知识分子的生活，如果说这种生活就叫作“没有”，则带有过时的意识形态气味——要知道，现在知识分子也有幸成为劳动人民之一种了。当然，我也可以不这样咬文嚼字，这样就可以泛泛地谈到什么样的生活叫作“有”，什么样的生活叫作“无”；换句话说，哪种生活是生活，哪种生活不叫生活。众所周知，有些作家常要跑到边远、偏僻的地方去“体验生活”——这话从字面上看，好像是说有些死人经常诈尸——我老婆也做过这样的事，因为她是社会学家，所以就不叫体验生活或者诈尸，而是叫作实地调查——field work。她当然有充分的理由做这件事，我却没有。

有一次，我老婆到一个南方小山村调查，因为村子不大，所以每个人都在别人眼皮底下生活。随便哪个人，都能把全村每个人数个遍，别人的家庭关系如何、经济状况如何，无不在别人的视野之中；岁数大的人还能记得你几岁出的麻疹。每个人都在数落别人，每个人也都在受数落，这种现象形成了一条非常粗的纽带，把所有的人捆在一起，婚丧嫁娶，无不要看别人的眼色，个人不可能做出自己的决定。她去调查时，当地人正给自己修坟，无论老少、健康状况如何，每个人都在修，把附近的山头都修满了椅子坟。因为这种坟异常地难看，当地的景色也异常地难看，好像一颗癞痢头。但当地人陷在这个套里，也就丧失了审美观。村里人觉得她还不错，就劝她也修一座——当然要她出些钱。但她没有修，堂堂一个社会学家，下去一个月，就在村里修了个椅子坟，这会是个大丑闻。这个村里的“文化”，或者叫作“规范”，是有些特异性的。从总体来说，可以说存在着一种集体的“生活”。但若说到属于个人的生活，可以说是没有的。这是因为村里每个成年人惦记的都是一模一样的事情：给自己修座椅子坟就是其中比较有趣的一件。至于为什么要这样生活，他们也说不出。

笔者曾在社会学研究所工作，知道有种东西叫作“norm”，可以译为“规范”，是指那些约定俗成，大家必须遵从的东西。它在不同的地方是不一样的，当然能起一些好作用，但有时也相当丑恶。人应该遵从所在社会的norm，这是不言而喻的。但除了遵从norm，还该不该干点别的，这就是问题。如果一个社会的norm很坏，就如纳粹德国或者“文革”初期的中国，人在其中循规蹈矩地过了一世，谁都知道不可取。但也存在了这样的可能，就是经过某些人的努力，建立了无懈可击的norm，人是不是只剩遵从一件事可干了呢？假如回答是肯定的，就难免让我联想到笼养的鸡和圈养的猪。我想任何一个农场主都会觉得自己猪场里的norm对猪来说是最好的——每只猪除了吃什么都不做，把自己养肥。这种最好的norm当然也包括这些不幸的动物必须在屠场里结束生命……但我猜测有些猪会觉得自己活得很没劲。

我老婆又在城里做一项研究，调查妇女的感情与性。有些女同志除了自己曾遵守norm就说不出什么，仿佛自己的婚姻是一片虚无。但也有些妇女完全不是这样，她们有自己的故事——爱情中每个事件，在这些故事里有特别的意义。这主要是因为，这些姐妹有属于自己的生活，和属于自己的价值观。“到岁数了，找合适的对象结婚，过正常的性生活”和“爱上某人”，是截然不同的事情。当然，假如你说，性爱只是生活的一隅，不是全体，我无条件地同意。但我还想指出，到岁数了，找合适的人，过正常的性生活，这些都是从norm的角度来判断的——属于个人的，只是一片虚无。

我总觉得，把不是生活的事叫作“生活”，这是在巧言掩饰。

现在可以说到我自己。我从小就想写小说，最后在将近四十岁时，终于开始写作——我做这件事，纯粹是因为，这是我爱的事业。是我要做，不是我必须做——这是一种本质的区别。我个人以为，做爱做的事才是“有”，做自己也不知为什么要做的事则是“无”。因为这个缘故，我的生活看似平淡，但也不能说是“无”。有一种说法是这样的：人在年轻时，心气总是很高的，最后总要向现实投降。我刚刚过了四十四岁生日，在这个年龄上给自己做结论似乎还为时过早。但我总觉得，我这一生绝不会向虚无投降。我会一直战斗到死。

虚伪与毫不利己

过去我有过这样的人生观：人应该为别人而活着，致力于他人的幸福，不考虑自己的幸福。这是因为人生苦短，仅为自己活着不太有意思。这是二十年前的事了，现在再说这话有沽名钓誉之嫌。当时我们都是马克思的信徒，并且坚信应该毫不利己，专门利人。我以为帮助别人比自己享受，不但更光荣，而且更幸福。假如人人都像我一样，就没有了争权夺利，岂不是天下太平？

后来有一天，我忽然发现一个悖论。倘有一天，人人像我一样高尚，都以帮助别人为幸福，那么谁来接受别人的帮助？帮助别人比自己享受幸福，谁乐意放弃更大的幸福呢？大家毫不利己，都要利人，利归何人？这就是我发现的礼让悖论。

设想有一个美好社会，里面住的都是狂热分子，如我之辈，肯定不会太平。你要为我我要为你，恐怕要争到互挥老拳，甚至拔刀玩命。其他民族咱说不准，我们中国人为了礼让打架，那是绝对可能的。再说，我们专门利人，人家专门利我，利就成了可疑的东西。利己很坏，受人利也难受。比如吃饭，只有人喂，我才能吃，白吃是不好的（一、利己，二、剥夺了别人利他的机会）；我们大家喂来喂去，都是 baby sitter。如此看来，我的生活目的，就是要把可疑的东西强加于人，因此也不能说是高尚。归根到底一句话，毫不利己必然包含虚伪，等到想通了这一点，我也不再持有这样的人生观。从那时到现在想的都是：希望我有些成就，为人所羡慕；有一些美德，为人所称道。但是为时已晚，大好年华已经空过。唉，蹉跎岁月，不说也罢！

中国知识分子与中古遗风

一、谁是知识分子

我到现在还不确切知道什么人算是知识分子，什么人不算。插队的时候，军代表就说过我是“小资产阶级知识分子”。那一年我只有十七岁，上过六年小学，粗识些文字，所以觉得“知识分子”这四个字受之有愧。顺便说一句，“小资产”这三个字也受之有愧，我们家里吃的是公家饭，连家具都是公家的，又没有在家门口摆摊卖香烟，何来“小资产”？至于说到我作为一个人，理应属于某一个阶级，我倒是不致反对，但到现在我也不知道“知识青年”算什么阶级。假如硬要比靠，我以为应当算是流氓无产者之类。这些已经扯得太远了。我们国家总以受过某种程度的教育为尺度来界定知识分子，外国人却不是这样想的。我在美国留学时，和老美交流过，他们认为工程师、牙医之类的人，只能算是专业人员，不算知识分子，知识分子应该是在大学或者研究部门供职，不坐班也不挣大钱的那些人。照这个标准，中国还算有些知识分子。《纽约时报》有一次对知识分子下了个定义，我不敢引述，因为那个标准说到了要“批判社会”，照此中国就没有或是几乎没有知识分子。还有一个定义是在消闲刊物上看来的，我也不大敢信。照那个标准，知识分子全都住在纽约的格林威治村，愤世嫉俗，行为古怪，并且每个人都以为自己是世界上最后一个知识分子。所以我们还是该以有一份闲差或教职为尺度来界定现在的知识分子，以便比较。

如果到历史上去找知识分子，先秦诸子和古希腊的哲学家当然是知识分子，但是距离太遥远。到了中古，我们找到的知识分子的对应物就该是这样的：在中国，是一些进了县学或者州学的读书人，在等着参加科举的时候，能领到些米或者柴火；学官不时来考较一下，实在不通的要打一顿；等到中了科举当了官，恐怕就不能算是知识分子；所研究的学问，属于伦理学或者道德哲学之类。而在欧洲，是些教士或修道士，通晓拉丁文，打一辈子光棍，万一打熬不住，搞了同性恋，要被火烧死，研究的学问是神学，一个针尖上能立几个天使之类。虽然生活清苦，两边的知识分子都有远大的理想。这边以天下为己任，不亦重乎？那边立志献身于上帝，不亦高尚乎？当然，两边都出了些好人物。咱们有关汉卿、曹雪芹，人家有哥白尼、布鲁诺，不说是平分秋色，起码是各有千秋。

所以在中古时中外知识分子很是相像。到了近代就不像了。

二、中国的知识分子的中古遗风

现代中国的知识分子，相比之下中古的遗风多些，首先表现在受约束上。试举一例，有一位柯老说过，知识分子两大特点，一是懒，二是贱……三天不打，尾巴就翘到天上去了。他老人家显出了学官的嘴脸。前几天我在电视剧《针眼儿胡同》里听见一位派出所所长也说了类似的话，此后我一直等待正式道歉，还没等到。顺便说说，当年军代表硬要拿我算个知识分子，也是要收拾我。此种事实说明，中国知识分子的屁股离学官的板子还不太远。而外国的例子是有一位赫赫有名的福柯，颇有古希腊的遗风，是公开的同性恋者，未听说法国人要拿他点天灯。

不管怎么说，中外知识分子还是做着一样的事，只是做法不同——否则也不能都被叫作知识分子——这就是做自己的学问和关注社会。做学问的方面，大家心里有数，我就不加评论了。至于关注社会，简直是一目了然——关心的方式大不相同。中国知识分子关注社会的伦理道德，经常赤膊上阵，论说是非；而外国的知识分子则是以科学为基点，关注人类的未来；就是讨论道德问题，也是以理性为基础来讨论。弗洛姆、马尔库塞的书，国内都有译本，大家看看就明白了。人家那里热衷于伦理道德的，主要是些教士，还有一些是家庭妇女（我听说美国一些抵制色情协会都是家庭妇女在牵头——可能有以偏概全之处）。我敢说大学教授站在讲坛上，断断不会这样说：你们这些罪人，快忏悔吧……这与身份不符。因为口沫飞溅，对别人大作价值评判，层次很低。教皇本人都不这样，我在电视上看到过他，笑眯眯的，说话很和气，遇到难以教化的人，就说：我为你祷告，求上帝启示于你——比之我国某位作家动不动就“警告 ×××”，真有天壤之别。据我所知，教皇博学多识，我真想把他也算个知识分子，就怕他不乐意当。

我国知识分子在讨论社会问题时，常说的一件事就是别人太无知。举例言之，我在海外求学时，在《人民日报》（海外版）上看到了一篇文章，说现在大学生水平太低，连“郭鲁茅巴”都不知道，我登时就如吃了一闷棍。我想这是个蒙古人，不知为什么我该知道他。想到了半夜才想出来，原来他是郭沫若、鲁迅、茅盾、巴金四位先生。一般来说，知识的多寡是个客观的标准，但把自编的黑话也列入知识的范畴，就难说有多客观了。现在中学生不知道李远哲也是个罪名——据我所知，学化学的研究生也未必能学到李先生的理论；他们还有个罪名是“追星族”，鬼迷心窍，连杨振宁、李政道、李四光是谁都不知道。据我所知，这三位先生的学问实在高深，中学生根本不该懂，不知道学问，死记些名字，有何必要？更何况记下这些名字之后屈指一算，多一半都入了美国籍，这是给孩子灌输些什么？还有一个爱说的话题就是别人“格调低下”，我以为这句话的意思是说：“见弟我格调甚高，不是俗人！”我在一篇匈牙利小说里看到过这种腔调，小说的题目叫《会说话的猪》。总的来说，这类文章的要点是说别人都不够好，最后呼吁要大大提高全社会的道德水平，否则就要国将不国。这种挑别人毛病的文章，国外的报刊上也有。只是挑出的毛病比较靠谱，而且没有借着贬别人来抬自己。如果把道德伦理的功能概括为批判和建设两个方面，以上所说的属于批判方面。我不认为这是批判社会——这是批判人。知识分子的批判火力对两类人最为猛烈：一类是在校学生，尤其是中学生；另一类是踩着地雷断了腿的同类。这道理很明白——别人咱也惹不起。

现在该说说建设的方面了。这些年来，大家蜂拥而上赞美过的正面形象，也就是电视剧《渴望》里面的一位妇女。该妇女除了长得漂亮之外，还像是封建时期一个完美的小媳妇。当然，大伙是从后一个方面，而不是前一个方面来赞美她；这也是中古的遗风。不过，要旌表一个戏中人，这可太古怪了。我们知识分子的正面形象则是：谢绝了国外的高薪聘请，回国服务。想要崇高，首先要搞到一份高薪聘请，以便拒绝掉，这也太难为人了；在知识分子里也没有普遍意义。

所以，除了树立形象，还该树立个森严的道德体系，把大家都纳入体系。从道德上说事，就人人都能被说着了。

所谓道德体系，是价值观念里跟人有关的部分。有人说它森严点好，有人说它松散点好，我都没有意见。主要的问题是，价值观念不是某个人能造出来的（人类学上有些说法，难以一一引述），道德体系也不是说立哪个就能立起哪个。就说儒家的道德体系吧，虽然是孔孟把它造了出来，要不是大一统的中央帝国拿它有用，恐怕早被人忘掉了。现在的知识分子想造道德体系，关上门就可以造。造出来人家用不用，那就是另一回事了，我们当然可以潜心于伦理学、道德哲学，营造一批道德体系，供社会挑选，或是向社会推荐——但是这件事也没见有人干。当年冯定老先生就栽在这上面，所以现在的知识分子都学乖了，只管呼吁不管干，并且善用一种无主句“要如何如何”。此种句式来源于《圣经·创世纪》：“上帝说，要有光，于是有了光。”真是气魄宏伟。上帝的句式，首长用用还差不多。咱们用也就是跟着起哄罢了。

现在可以说说中国现代知识分子的中古遗风是什么了。他既不像远古的中国知识分子（如孔孟、杨朱、墨子）那样建立道德体系，也不像现代欧美知识分子跨价值观的立论（价值中立）。最爱干的事是拿着已有的道德体系说别人，如前所述，这正是中古的遗风。倒霉的是，在社会转型时期，已有的道德体系不完备，自己都说不清；于是就哀叹：人心不古，世道浇漓，道德武器船不坚、炮不利，造新船新炮又不敢。其实可以把开船打炮的事交给别人干——但咱们又怕失业。当然，知识分子也是社会的一分子，也该有公民热情，针砭时弊也是知识分子该干的事；不过出于公民热情去做事时，是以公民的身份，而非知识分子的身份，和大家完全平等。这个地位咱们又接受不了，非要有点知识分子特色不可。照我看这个特色就是中古特色。

三、中国知识分子该不该放弃中古遗风

现在中国知识分子在关注社会时，批判找不着目标，颂扬也找不着目标，只一件事找得着目标：呼吁速将大任降给我们，这大任乃是我们维护价值体系的责任，没有它我们就丧失了存在的意义。要论价值体系的形成，从自然地理到生活方式都有一份作用，其功能也是关系到每一个人，维护也好，变革也罢，总不能光知识分子说了算哪。要社会把这份责任全交给你，得有个理由。总不能说我除了这件事之外旁的干不来吧？凭我妙笔生花，词儿多？那就是把别人当傻子了。凭我是个好人？这话人人会说，故而不能认真对待。我知道有人很想说，历史上就是我们负这责任。这不是个道理，历史上男子可以三妻四妾，妇女还裹脚哪，咱们可别讲

出这种糊涂油蒙了心的话来找挨骂。再说，拉着历史车轮逆转，咱们这些人是拉不动的。说来说去，只能说凭我清楚明白。那么我只能凭思维能力来负这份责任，说那些说得清的事；把那些说不清的事，交付给公论。现代的欧美知识分子就是这么讨论社会问题：从人类的立场，从科学的立场，从理性的立场，把价值的立场剩给别人。咱们能不能学会？

最后说说中国知识分子的传统。当然，他有“士”的传统。有人说，他先天下之忧而忧，后天下之乐而乐（悲观主义者？），有人说，他以天下为己任（国际主义者？），我看都不典型。最典型的是他自以为道德清高（士有百行），地位崇高（四民之首），有资格教训别人（教化于民）。这就是说，我们是这样看自己的。问题是别人怎样看我们。我所见到的事，实属可怜，“脱裤子割尾巴”地混了这么多年，才混到工人阶级队伍里，可谓“心比天高，命比纸薄”！在这种情况下，我建议咱们把“士”的传统忘掉为好，因为不肯忘就是做白日梦了。如果我们讨论社会问题，就讲硬道理：有什么事，我知道，别人还不知道；或者有什么复杂的问题，我想通了，别人想不通；也就是说，按现代的标准来表现知识分子的能力。这样虽然缺少了中国特色，但也未见得不好。

（本篇最初发表于1994年第三期《东方》杂志，发表时题目为“中国知识分子该不该放弃中古遗风”）

道德堕落与知识分子

看到《东方》杂志一期上王力雄先生的大作《渴望堕落》，觉得很有趣。我同意王先生的一些论点，但是在本质上，我站在王先生的对立面上，持反对王先生的态度。我喜欢王先生直言不讳的文风，只可惜那种严肃的笔调是我学不来的。

一、知识分子的罪名之一：亵渎神圣

如王先生所言，现在一些知识分子放弃了道德职守，摆脱了传统价值观念的束缚，正在“痞”下去，具体的表现是言语粗俗，放弃理想，厚颜无耻，亵渎神圣。我认为，知识分子的语言的确应当斯文些，关心的事情也该和大众有些区别。不过这些事对于知识分子只是末节，他真正的职责在于对科学和文化有所贡献；而这种贡献不是仅从道德上可以评判的，甚至可以说，它和道德根本就不搭界。举例来说，达尔文先生在基督教社会里提出了进化论，所以有好多人说他不道德。我们作为旁观者，当然可以说：一个科学理论，你只能说它对不对，不能拿道德来评说。但假若你是个教士，必然要说达尔文亵渎神圣。鉴于这个情况，我认为满脑子神圣教条的人只宜做教士，不适于做知识分子，最起码不适于当一流的知识分子。

倘若有人说，对于科学家来说，科学就是神圣的，我也不同意。我的一位老师说过，中国人对于科学的认识，经历过若干个阶段。首先，视科学如洪水猛兽，故而砍电杆，毁铁路（义和团的作为）；继而视科学如巫术，以为学会几个法门，就可以船坚炮利；后来就视科学为神圣的宗教，拜倒在它面前。他老人家成为一位有成就的历史学家后，才体会到科学是个不断学习的过程。我认为他最后的体会是对的，对于每个知识分子而言，他毕生从事的事业，只能是个不断学习的过程，而不是顶礼膜拜。爱因斯坦身为物理学家，却不认为牛顿力学神圣，所以才有了相对论。这个例子说明，对于知识分子来说，知识不神圣——我们用的字眼是：真实、可信、完美，到此为止。而不是知识的东西更不神圣。所以，对一位知识分子的工作而言，亵渎神圣本身不是罪名，要看他有没有理由这样做。

二、知识分子罪名之二：厚颜无耻

另一个问题是知识分子应不应该比别人更知耻。过去在西方社会里，身为一个同性恋者是很可耻的，计算机科学的奠基人图灵先生就是个同性恋者，败露后自杀了，死时正是有作为的年龄。据说柴可夫斯基也是这样死的。按王先生的标准，这该算知耻近勇吧。但我要是生于这两位先生的年代，并且认识他们，就会劝他们“无耻”地活下去。我这样做，是出于对科学和音乐的热爱。

在一个社会里，大众所信奉的价值观，是不是该成为知识分子的金科玉律呢？我认为这是可以存疑的。当年罗素先生在纽约教书，有学生问他对同性恋有何看法。他用他那颗伟大学者的头脑考虑后，回答了。这回答流传了出去，招来一个没甚文化的老太太告了他一状，说他诲盗诲淫，害得他老人家失了教席，灰头土脸地回英格兰去。这个故事说明的是：不能强求知识分子与一般人在价值观方面一致，这是向下拉齐。除了价值观的基本方面，知识分子的价值体系应该有点独特的地方。举例来说，画家画裸体模特，和小流氓趴女浴室窗户不可以等量齐观，虽然在表面上这两种行为有点像。

三、知识分子的其他罪名

王先生所举知识分子的罪名，多是从价值观或者道德方面来说的。我觉得多少带点宋明理学或者宗教的气味。至于说知识分子言语粗俗，举的例子是电视片中的人物，或者电影明星。我以为这些人物不典型，是不是知识分子都有疑问。假如有老外问我，中国哪些人学识渊博、有独立见解，我说出影星、歌星的名字来，那我喝的肯定是不止二两啦。

现在有些知识分子下了海，引起了王先生很大的忧虑。其实下了海就不是知识分子了，还说人家干什么。我觉得知识分子就该是喜欢弄点学问的人，为此不得不受点穷，而非特意地喜欢熬穷。假如说安于清贫、安于住筒子楼、安于营养不良是好品格，恐怕是有点变态。所谓身体发肤，受之父母，和自己过不去，就是和爹娘过不去。再说，咱们还有妻子儿女。

王先生文章里提到的人物主要是作家，我举这些例子净是科学家，或许显得有点文不对题。作家也是知识分子，但是他们的事业透明度更大：字人人识，话人人懂（虽然意思未必懂），所以格外倒霉。我认为，在知识分子大家庭里，他们最值得同情，也最需要大家帮助。我听说有位老先生对贾平凹先生的《废都》有如下评价："国家将亡，必有妖孽。"不管贾先生这本书如何，老先生言重了。真正的妖孽是康生、姚文元之辈，只不过他们猖狂时来头甚大，谁也惹不起。将来咱们国家再出妖孽（我希望不要再出了），大概还是那种人物。像这样的话我们该攒着，见到那种人再说。

科学家维纳认为，人在做两种不同性质的事，一类如棋手，成败由他的最坏状态决定，也就是说，一局里只要犯了错误就全完了。还有一类如发明家，只要有一天状态好，做成了发明，就成功了，在此之前犯多少次糊涂都可以。贾先生从事的是后一类工作，就算《废都》没写好，将来还可以写出好书。这样看问题，才是知识分子对待知识分子的态度。王先生说，知识分子会腐化社会，我认为是对的，姚文元也算个知识分子，却喜欢咬别的知识分子，带动了大家互相咬，弄得大家都像野狗。他就是这样腐化了社会。

四、知识分子的真实罪孽

如果让我来说中国知识分子的罪状，我也能举出一堆：同类相残（文人相轻），内心压抑，口是心非……不过这样说话是不对的。首先，不该对别人滥作价值判断。其次，说话要有凭据。所以，我不能说这样的话。我认为中国的知识分子只在一个方面有欠缺：他们的工作缺少成绩，尤其是缺少一流的成果。以人口比例来算，现代一切科学文化的成果，就该有四分之一出在中国。实际上远达不到这个比例。学术界就是这样的局面，所以我们劝年轻人从事学术时总要说：要耐得住寂寞！好像劝寡妇守空房一样。除了家徒四壁，还有头脑里空空如也，这让人怎么个熬法嘛。

在文学方面，我同意王先生所说的，中国作家已经痞掉了，从语言到思想，不比大众高明。但说大家的人品有问题，我认为是不对的。没有杜拉斯，没有昆德拉，只有王朔的调侃小说。顺便说一句，我认为王朔的小说挺好看，但要说那就是 modern classic，则是我万难接受、万难领会的。痞是不好的，但其根源不在道德上。真正的原因是贫乏。没有感性的天才，就不会有杜拉斯《情人》那样的杰作；没有犀利的解析，也就没有昆德拉。作家想要写出不同流俗之作，自己的头脑就要在感性和理性两方面再丰富些，而不是故作清高就能解决问题的。我国的作家朋友只要提高文学修养，还大有机会。就算遇到了挫折，还可以从头开始嘛。

五、知识分子该干什么？

王先生的文章里，我最不能同意的就是结尾的一段。他说，中国社会的精神结构已经千疮百孔，知识分子应司重建之责。这个结构是指道德体系吧。我还真没看见疮在哪里、孔在哪里。有些知识分子下了海，不过是挣几个小钱而已，还没创建“王安”“苹果”那样的大公司呢，王先生就说我们“投机逐利”。文章没怎么写，就“厚颜无耻”。还有丧失人格、渴望堕落、出卖原则、亵渎神圣（这句话最怪，不知王先生信什么教）、藐视理想。倘若这些罪名一齐成立，也别等红卫兵、褐衫队来动手，大伙就一齐吊死了吧，别活着现眼。但是我相信，王先生只是顺嘴说说，并没把咱们看得那么坏。

最后说说知识分子该干什么。在我看来，知识分子可以干两件事：其一，创造精神财富；其二，不让别人创造精神财富。中国的知识分子后一样向来比较出色，我倒希望大伙在前一样上也较出色。“重建精神结构”是好事，可别建出个大笼子把大家关进去，再造出些大棍子，把大家揍一顿。我们这个国家最敬重读书人，可是读书人总是不见太平。大家可以静下心来想想原因。

论战与道德

知识分子搞学问，除了闭门造车之外，与人讨论问题也常常是免不了的。在讨论时应该取何种态度，是个蛮有意义的问题。在这方面我有些见闻，虽然还不够广博，但已足够有趣。先父是位逻辑学家，在五十年代曾参加过“逻辑问题大讨论”，所以我虽然对逻辑所知不多，也把当年的论文集找出来细读了一番。对于当年的论争各方谁对谁错，我没有什么意见，但是对论战的态度却很有看法。众所周知，逻辑是一门严谨的科学，只要能争出个对错即可；可实际情况却不是那样，论战的双方都在努力证明对方是“资产阶级”，持有“唯心主义”或“形而上学”的思想方法。相形之下，自己是无产阶级，持有辩证唯物主义的思想方法。在我看来，逻辑问题是对错真伪的问题，扯上这么多，实属冗余；而且在五十年代被判定为一名资产阶级分子之后，一个人的生活肯定不是很愉快的。此种论战的方式有恫吓、威胁之意。一般认为，五十年代的逻辑大讨论还算是一次比较平和的讨论，论战各方都没有因为论点前往北大荒，这是必须肯定的。但要说大家表现了多少君子风度，恐怕就说不上了。

我们这个社会里的论战大多要从平等的讨论转为一方对另一方的批判，这是因讨论的方式决定的。根据我的观察，这些讨论里不是争谁对谁错，而是争谁好谁坏。一旦争出了结果，一方的好人身份既定，另一方是坏蛋就昭然若揭；好人方对坏蛋方当然还有些话要说，不但要批判，还要揭发。根据文献，反右斗争后期，主要是研究右派分子在旧社会的作为，女右派结交男朋友的方式，男右派偷窥女浴室的问题。当然，这个阶段发生的事已经不属讨论的范畴，但还属论战的延续。再以后就是组织处理等，更不属讨论的范围，但是它和讨论有异常显著的因果关系。

“文化大革命”里，我是个小孩子，我住的地方有两派，他们中间的争论不管有没有意义，毕竟是一种论争。我记得有一阵子两派的广播都在朗诵毛主席的光辉著作《将革命进行到底》。倘若你以为双方都在表示自己将革命进行到底的决心，那就错了。大家感兴趣的只是该文中毛主席痛斥反动派是毒蛇的一段——化成美女的蛇和露出毒牙的蛇，它们虽然已经感到冬天的威胁，但还没有冻僵呢——朗诵这篇文章，当然是希望对方领会到自己是条毒蛇这一事实，并且感到不寒而栗。据我所见，这个希望落空了。后来双方都朗诵另一篇光辉著作《敦促杜聿明等投降书》，这显然是把对方看成了反动派，准备接受他们的投降，但是对方又没有这种自觉性。最后的结果当然是刀兵相见，打了起来。这以后的事虽然有趣，但已出了本文的范围。

“文化大革命”里的两派之争，有一个阶段，虽不属论战，但也非常有趣，那就是两派都想证明对方成分不纯或者道德败坏，要么发现对方庇护了大叛徒、走资派，要么逮住他们干了有亏德行的事。在后一个方面，只要有某派的一对青年男女待在一个屋子里，对立面必派出一支精悍队伍埋伏在外面，觉得里面火候差不多了，就踹门进去。我住的地方知识分子成堆，而这些事又都是知识分子所为。从表面上看，双方都是斯文人，其实凶蛮得很。这使我感到，仅用言辞来证明自己比对方道德优越，实在是件不容易的事。因此有时候人们的确很难抑制自己的行动欲望。

现在，任何一个有理智的人都不会认为，讨论问题的正当方式是把对方说成反动派、毒蛇，并且设法去捉他们的奸。然而，假如是有关谁好谁坏的争论，假如不是因外力而中止，就会得到这种结果。因为你觉得自己是好的，对方是坏的，而对方持有相反的看法，每一句辩驳都会加深恶意。恶意到了一定程度，就会诉诸行动：假设你有权力，就给对方组织处理；有武力，就让对方头破血流；什么都没有的也会恫吓检举。一般来说，真理是越辩越明，但以这种方式争论，总是越辩越不明，你在哪个领域争论，哪个领域就遭到损害。争论的结果既然是有人好，有人坏；那么好人该有好报，坏人该有坏下场，当然是不言自明。前苏联曾在遗传学方面展开了这种争论，给生物学和生物学家带来了很大的损害。我国在文化领域里有过好多次这种论争，得到了什么结果，也很容易看出来。

现在我已是个中年人，我们社会里新的轰轰烈烈的文化事件也很少发生了，但我发现人们的论战方式并没有大的改变，还是要争谁好谁坏。很难听的话是不说了，但是骂人也可以不带脏字。现在最大规模的文化事件就是上演了一部新的电视剧或是电影，到底该为此表示悲哀，还是为之庆幸，我还拿不准，但是围绕着这种文化事件发生的争论之中，还有让人大吃一惊的言论。举例来说，前不久上演了一部电视剧《唐明皇》，有一部分人说不好看，剧组的成员和一部分记者就开了个研讨会，会议纪要登在《中国电视报》上。我记得制片人的发言探讨了反对《唐》剧者的民族精神、国学修为、道德水准诸方面，甚至认为那些朋友的智商都不高；唯一令人庆幸的是，还没有探讨那些朋友的先人祖宗。从此之后，我再不敢去看任何一部国产电视剧，我怕我白发苍苍的老母亲忽然知道自己生了个傻儿子而伤心——因为学习成绩好，我妈一直以为我很聪明。去看电影，尤其是国产电影，也有类似的危险。这种危险表现在两个方面：看了好电影不觉得好，你就不够好；看了坏电影不觉得坏，你就成了坏蛋。有一些电影在国际上得了奖，我看了以后也觉得不坏，但有些评论者说，这些电影简直是在卖国，如此说来，我也有背叛祖国的情绪了——谁敢拿自己的人品去冒这种风险？

我现在既不看国产电影，也不看国产电视剧，而且不看中国当代作家的小说。比方说，贾平凹先生的《废都》，我就坚决不肯看，生怕看了以后会喜欢——虽然我在性道德上是无懈可击的，但我深知，不是每个人都像我老婆那样了解我。事实上，你只要关心文化领域的事，就可能介入了论战的某一方，自身也不得清白，这种事最好还是避免。假如人人都像我这样，我国的文化事业前景堪虞，不过我也管不了这么多。不管影视也好，文学也罢，倘若属于艺术的范畴，人就可以放心大胆地去欣赏，至不济落个欣赏水平低的评价；一扯到道德问题，就让人裹足不前了。这种怯懦并不是因为我们不重视道德问题，而恰恰是因为我们很重视道德问题。假如我干了不道德的事，我乐于受到指责，并且负起责任；但这种不道德绝不能是喜欢或不喜欢某个电影。

假如我不看电影，不看小说，还可以关心一下正经学问，读点理论文章、学术论文。文科的文章往往要说，作者以马列主义为指南，以辩证唯物主义为指导思想，为了什么什么等。一篇文章我往往只敢看到这里，因为我害怕看完后不能同意作者的观点，就要冒反对马列主义的危险。诚然，我可以努力证明作者口称赞同马列主义，实质上在反对马列，但我又于心不忍，我和任何人都没有这么大的仇恨。

其实，不光是理论文章，就是电视剧、小说作者也会把自己的动机神圣化，然后把自己的作品神圣化，最后把自己也神圣化；这样一来，他就像天兄下凡时的杨秀清。我对这些人原本有一些敬意，直到去年秋天在北方一小城市里遇到了一批耍猴子的人。他们也用杨秀清的口吻说：为了繁荣社会主义文化，满足大家的精神需求，等等，现在给大家耍场猴戏。我听了以后几乎要气死——猴戏我当然没看。我怕看到猴子翻跟头不喜欢，就背上了反对繁荣社会主义文化的罪名；而且我也希望有人把这些顺嘴就圣化自己的人管一管——电影、电视、小说、理论文章都可以强我喜欢（只要你不强我去看，我可以喜欢），连猴戏也要强我喜欢，实在太过分了——我最讨厌的动物就是猴子，尤其是见不得它做鬼脸。

现在有很多文人下了海，不再从事文化事业。不管在商界、产业界还是科技界，人们以聪明才智、辛勤劳动来进行竞争。唯独在文化界，赌的是人品、爱国心、羞耻心。照我看来，这有点像赌命，甚至比赌命还严重。这种危险的游戏有何奖品？只是一点小小的文名。所以，你不要怪文人下海。

假设文化领域里的一切论争都是道德之争、神圣之争，那么争论的结果就该是出人命，重大的论争就该有重大的结果，但这实在令人伤心。假若重大的论争没有重大的结果，那就更让人伤心——一些人不道德、没廉耻，还那么正常地活着，正如孟子所说：无耻之耻，无耻矣！我实在不敢相信，文化界还有这么多二皮脸之人。除了这两种结果，还有第三种结果，那就是大家急赤白脸地争论道德、廉耻，争完了就忘了；这就是说，从起头上就没把廉耻当廉耻，道德当道德。像这样的道德标准，绝不是像我这样的人能接受的。

我认为像我这样的人不在少数：我们热爱艺术、热爱科学，认为它们是崇高的事业，但是不希望这些领域里的事同我为人处世的态度、我对别人的责任、我的爱憎感情发生关系，更不愿因此触犯社会的禁忌。这是因为，这两个方面不在一个论域里，而且后一个论域比前者要严重。打个比方，我像本世纪初年的一个爪哇土著人，此种人生来勇敢，不畏惧战争，但是更重视清洁。换言之，生死和清洁两个领域里，他们更看重后者；因为这个缘故，他们敢于面对枪林弹雨猛冲，却不敢朝着秽物冲杀。荷兰殖民军和他们作战时，就把屎橛子劈面掷去，使他们望风而逃。当我和别人讨论文化问题时，我以为自己的审美情趣、文化修养在经受挑战，这方面的反对意见就如飞来的子弹，不能使我惧怕；而道德方面的非难就如飞来的粪便那样使我胆寒。我的意思当然不是说现在文化的领域是个屎橛纷飞的场所，臭气熏天——绝不是的；我只是说，它还有让我胆寒的气味。所以，假如有人以这种态度论争，我要做的第一件事，就是逃到安全距离之外，然后再好言相劝：算了吧，何必呢？

（本篇最初发表于 1994 年第四期《东方》杂志）

道德保守主义及其他

为《东方》的“社会伦理漫谈”专栏写文章时，我怀有一种特殊的责任感，期待自己的工作能为提高社会的道德水平做出一点贡献。然而作为中国的知识分子，随时保持内省的状态是我们的传统，不能丢掉。

我记得在我之前写这个专栏的何怀宏先生，写过一篇讨论全社会的道德水平能否随经济发展提高的文章，得出了“可以存疑”的结论。对于某些人来说，何先生的结论不能令人满意。结论似乎应当是可以提高而且必须提高。如果是这样，那篇文章就和大多数文章一样，得到一种号召积极行动的结论。

号召积极行动的结论虽好，但不一定合理。再说，一篇文章还没有读，结论就已知道，也不大有趣。我认为，目前文化界存在着一种“道德保守主义”，其表现之一就是多数文章都会得到这种结论。

在道德这个论域，假如不持保守的立场，就不会一味地鼓吹提高全社会的道德水平。举例言之，假如你持宋儒的观点，就会认为，全社会没有了再醮的寡妇，所有的女孩子都躲在家里等待“父母之命、媒妁之言”，道德水平就是很高的，应该马上朝这个方向努力；而假设你是“五四”之后的文化人，就会认为这种做法道德水平有多高是有问题的，也就不急于朝那个方面努力。这个例子想要说明的是，当你急于提高全社会道德水平时，也许已经忽略了社会伦理方面发生的变革；而且这种变革往往受到了别的因素的影响，实际上是不可避免的。事实上，因为我们国家很大一部分人的生活方式正在改变，这种变革也正在发生，所以如何去提高道德水平是个最复杂的问题；而当我们这样提出问题时，也就丧失了提高道德水平的急迫感。

前年夏天，我到外地开一个会——在此声明，我很少去开会，这个会议的伙食标准也不高——看到一位男会友穿了一件文化衫，上面用龙飞凤舞的笔迹写着一串英文：OK，let’s pee！总的来说，这个口号让人振奋，因为它带有积极、振奋的语调，这正是我们都想听到的。但是这个 pee 是什么意思不大明白，我觉得这个字念起来不大对头。回来一查，果不出我所料，是尿尿的意思。搞明白了全句的意思，我就觉得这话不那么激动人心了。众所周知，我们已过了要人催尿的年龄，在小便这件事上无须别人的鼓励。

我提到这件事，不是要讨论如何小便的问题，而是想指出，在做一件事之前，首先要弄明白是在干什么，然后再决定是不是需要积极和振奋。

这只是我个人的意见，当然，有些人在这类事情上一向以为，无论干的是什么，积极和振奋总是好的。假如倒回几年，到了“文化大革命”里，连我也是这样的人。当年我坚信，一切方向问题都已解决，只剩下一件事，“毛主席挥手我前进”，所以在回忆年轻时代的所作所为之时，唯一可以感到自豪的事就是：那段时间我一直积极而振奋，其他的事都只能令我伤心。

我个人认为，一个社会的道德水准取决于两个方面，一是价值取向，二是在这些取向上取得的成就。很显然，第一个方面是根本。倘若取向都变了，成就也就说不上，而且还会适得其反。因此，要提高社会的道德水准就要解决两方面的问题：一、弄清哪一种价值取向比较可取；二、以积极进取的态度来推进它。坦白地说，我只关心第一个问题。换言之，我最关心pee是要干什么，在搞明白它是什么意思之前，对OK，let’s中包含的强烈语气无动于衷。我知道自己是个挺极端的例子；另一种极端的例子是对干什么毫不关心，只关心积极进取，狂热推动。我觉得自己所处的这个极端比较符合知识分子的身份，并为处于另一极端的朋友捏一把冷汗。假如他们凑巧持一种有益无害的价值取向，行为就会很好；假如不那么凑巧，就要成为一种很大的祸害。因为这个缘故，他们的一生是否能于社会有益、于人类有益，就不再取决于自己，而是取决于机遇。正因为有这样的人存在，思考何种社会伦理可取的人的责任就更重大了。

我本人关心社会伦理问题，是从研究同性恋始。我做社会学研究，但是这样一个研究题目当然和社会伦理问题有关系。现在有人说，同性恋是一种社会丑恶现象，我反对这种说法，但不想在此详加讨论——我的看法是，同性恋是指一些人和他们的生活，说人家是种社会现象很不郑重。我要是说女人是种社会现象，大家以为如何？——我只想转述一位万事通先生在澡堂里对这个问题发表的宏论，他说："同性恋那是外国的高级玩意儿，我们这里有些人就会赶时髦……这艾滋病也不是谁想得就配得的！"在他说这些话时，我的一位调查对象就在一边坐着。后者告诉我说，他的同性恋倾向是与生俱来的。他既不是想赶时髦，也不是想得艾滋病。他还认为，生为一个同性恋者，是世间最沉重的事。我想，假如这位万事通先生知道这一切，也不会对同性恋做出轻浮、赶时髦这样的价值评判，除非他对自己说出的话是对是错也不关心。我举这个例子是想说明：伦理道德的论域也和其他论域一样，你也需要先明白有关事实才能下结论，而并非像某些人想象的那样，只要你是个好人，或者说，站对了立场，一切都可以不言自明。不管你学物理也好，学数学也罢，都得想破了脑袋，才能得到一点成绩；假设有一个领域，你在其中想都不用想就能得到大批的成绩，那倒是很开心的事。不过，假如我有了这样的感觉，一定要先去看看心理医生。

在本文开始的时候，提出了“道德保守主义”这样一种说法。我以为“道德保守主义”和不问价值取向是否合理、只求积极进取的倾向，在现象上是一回事，虽然它们在逻辑上没有什么联系。这主要是因为假如你不考虑价值取向这样一个主要问题（换言之，你以为旧有的价值取向都是对的，无须为之动脑子），就会节省大量的精力，干起呼吁、提倡这类事情时，当然精力充沛，无人能比。

举例来说，有关传统道德里让寡妇守节，我们知道，有人说过饿死事小，失节事大；又有人说过饿死事极小，失节事极大。这些先生没有仔细考虑过让寡妇守节是否合理，此种伦理是否有必要变革，所以才能如此轻松地得出要丧偶女士饿死这样一个可怕的结论。

喜欢萧伯纳的朋友一定记得，在《巴巴拉少校》一剧里，安德谢夫先生见到了平时很少见到的儿子斯泰芬。老先生要考较一下儿子，就问他能干点什么。他答道：干什么都不行，我的特长在于明辨是非。假如我理解得对，斯泰芬先生是说他在伦理道德方面有与生俱来的能力。安德谢夫把斯泰芬狠狠损了一顿，说道：你说的那件事，其实是世界上最难的事。

当然，这位老爷子不是在玩深沉，他的意思是说，你要明辨是非，就要把与此有关的一切事都搞清。这是最高的智慧，绝不是最低的一种。这件事绝不轻松，是与非并不是不言自明的。

在伦理道德的论域里，有两种不同的态度：一种认为，只有详细地考虑有关证据，经过痛苦的思索过程，才能搞清什么是对，什么是错——我就是这样考虑伦理问题的；另一种认为，什么是对什么是错根本无须考虑，只剩下了如何行动的问题——我嫉妒这种立论的方式，这实在太省心。假设有位女子风华绝代，那么她可以认为，每个男人都会爱上她，而且这么想是有理由的。但我很难想象，什么样的人才有资格相信自己一拍脑袋想出来的东西就是对的；现在能想出的唯一例子就是圣灵充满的耶稣基督。我这辈子也不会自大到这种程度。还有一种东西可以拯救我们，那就是相信有一种东西绝对是对的，比如一个传统，一本小红书，你和它融为一体时，也就达到了圣灵充满的境界。

在这种状态下，你会感到一切价值取向上的是与非都一目了然，你会看到那些没有被“充满”的人都是那么堕落，因而充满了道德上的紧迫感。也许有一天，我会向这种诱惑屈服，但现在还不肯。

（本篇最初发表于 1994 年第五期《东方》杂志）

跳出手掌心

近来读了 C. P. 斯诺的《两种文化》。这本书里谈到的事倒是不新鲜，比方说，斯诺先生把知识分子分成了科学知识分子和文学（人文）知识分子两类，而且说，有两种文化，一种是科学文化，一种是文学（人文）文化。现在的每个知识分子，他的事业必定在其中一种之中。

我要谈到的事，其实与斯诺先生的书只有一点关系，那就是，我以为，把两种文化合在一起，就是人类前途所系。这么说还不大准确，实际上，是创造了这两种文化的活动——人类的思索，才真正是人类前途之所系。尤瑟纳尔女士借哈德里安之口云，当一个人写作或计算时，就超越了性别，甚至超越了人类——当你写作和计算时，就是在思索。思索是人类的前途所系，故此，思索的人，超越了现世的人类。这句话讲得是非常之好的，只是讲得过于简单。实际上，并不是每一种写作或计算都可以超越人类。这种情况并不多见，但是非常地重要。

现在我又想起了另一件事，乍看上去离题甚远：八十年代，美国通过了一个计划，拨出几百亿美元的资金，要在最短时间之内攻克癌症，结果却不令人满意。有些人甚至说该计划贻人笑柄，因为花了那么多钱，也没找出一种特效疗法。这件事说明，有了使不尽的钱，也不见得能做出突破性的发现。实际上，人类历史上任何一种天才的发现都不是金钱直接作用的结果。金钱、权力，这在现世上是最重要的东西，是人类生活的一面，但还有另一面。说到天才的发现，我们就要谈到天才、灵感、福至心灵、灵机一动等，绝不会说它们是某些人有了钱、升了官，一高兴想出来的。我要说的就是：沉默地思索，是人类生活的另外一面。就以攻克癌症为例，科学家默默地想科学、做科学，不定哪一天就做出一个发现，彻底解决了这个问题。但是，如果要约定一个期限，则不管你给多少钱也未必能成功。对于现代科技来说，资金设备等固然重要，但天才的思想依然是最主要的动力。一种发现或发明可以赚到很多钱，但有了钱也未必能造出所要的发明。思索是一道大门，通向现世上没有的东西，通到现在人类想不到的地方。以科学为例，这个道理就是明明白白的。

科学知识分子很容易把自己的工作看作超越人类的事业，但人文知识分子就很难想到这一点。就以文学艺术为例，我们这里要求它面向社会、面向生活，甚至要求它对现世的人有益，弘扬民族文化，等等，这样就越说越小了。诚然，文学艺术等，要为现世的人所欣赏，但也不仅限于此。莎士比亚的戏现在还在演，将来也要演。你从莎翁在世时的英国的角度出发，绝想象不到会有这样的事。自然科学的成果，有一些现在的人类已经用上了，但据我所知，没用上的还很多。倘若你把没用上的通通取消，科学就不成其为科学。我上大学时，有一次我的数学教授在课堂上讲到：我现在所教的数学，你们也许一生都用不到，但我还要教，因为这些知识是好的，应该让你们知道。这位老师的胸襟之高远，使我终生佩服。我还要说，像这样的胸襟，在中国人文知识分子中间很少见到。

倘若我说，科学知识分子比人文知识分子人品高尚，肯定是不对的。科学知识分子里也有卑鄙之徒，比方说，前苏联的李森科。但我未听到谁对他的学说说过什么太难听的话，更没有听到谁做过这样细致的分析：李森科学说中某个谬误，和他的卑鄙内心的某一块是紧密相连的。倘若李森科不值得尊敬，李森科所从事的事业——生物学——依旧值得尊重。在科学上，有错误的学说，没有卑鄙的学说；就是李森科这样卑鄙的人为生物学所做的工作也不能说是卑鄙的行径。这样的道德标准显然不能适用于现在中国的艺术论坛，不信你就看看别人是怎样评论贾平凹先生的《废都》的。很显然，现在在中国，文学不是一种超越现世、超越人类的事业。我们评论它的标准，和三姑六婆评价身边发生的琐事的标准，没有什么不同。贾先生写了一部《废都》，就如某位大嫂穿了旗袍出门，我们不但要说衣服不好看，还要想想她的动机是什么，是不是想要勾引谁。另外哪位先生或女士写了什么好书，称赞他的话必是功在世道人心，就如称赞哪位女士相夫教子、孝敬公婆是一样的。当然，假如我说现在中国对文艺只有这样一种标准，那就是恶毒的诽谤。杜拉斯的《情人》问世不久，一下就出了四种译本（包括台湾的译本），电影《辛德勒的名单》国内尚未见到，好评就不绝于耳。我们说，这些将是传世之作，那就不是用现世的标准、道德的标准来评判的。这种标准从来不用之于中国人。由此得到一个结论，那就是在文学艺术的领域，外国人可以做超越人类的事业，中国人却不能。

在文学艺术及其他人文的领域之内，国人的确是在使用一种双重标准，那就是对外国人的作品，用艺术或科学的标准来审评；而对中国人的作品，则用道德的标准来审评。这种想法的背后，是把外国人当成另外一个物种，这样对他们的成就就能客观地评价；对本国人则当作同种，只有主观的评价，因此我们的文化事业最主要的内容不是它的成就，而是它的界限；此种界限为大家所认同，谁敢越界就要被群起而攻之。当年孟子如此来评价杨朱和墨子：“无君无父，是禽兽也。”现在我们则如此地评价《废都》和一些在国外获奖的电影。这些作品好不好可以另论，总不能说人家的工作是“禽兽行”，或者是“崇洋媚外”。身为一个中国人，最大的痛苦是忍受别人“推己及人”的次数，比世界上任何地方的人都要多。我要说的不是自己不喜欢做中国人（这是我最喜欢的事），我要说的是，这对文化事业的发展很是不利。

我认为，当我们认真地评价艺术时，所用的标准和科学上的标准有共通之处，那就是不依据现世的利害得失，只论其对不对（科学）、美不美（艺术）。此种标准我称为智慧的标准。假设有一种人类之外的智能生物，我们当然期望它们除了理解人类在科学上的成就之外，还能理解人类在艺术上的成就，故此，智慧就超越了人类。有些人会以为人类之外的东西能欣赏人类的艺术是不可能的，那么我敢和你打赌，此种生物在读到尤瑟纳尔女士的书时，读到某一句必会击节赞赏，对人类拥有的胸襟给予肯定；至于它能不能欣赏《红楼梦》，我倒不敢赌。但我敢断言，这种标准是存在的。从这种标准来看，人类侥幸拥有了智慧，就该善用它，成就种种事业，其中就包括了文学艺术在内。用这样的标准来度量，小说家力图写出一本前所未有的书，正如科学家力图做出发现，是值得赞美的事。当然，还有别的标准，那就是念念不忘自己是个人，家住某某胡同某某号，周围有三姑六婆，应该循规蹈矩地过一生，倘有余力，就该发大财，当大官，让别人说你好。这后一种标准是个人幸福之所系，自然不可忘记，但作为一个现代知识分子，前一种标准也该记住一些。

一个知识分子在面对文化遗产时，必定会觉得它浩浩洋洋，仰之弥高。这些东西是数千年来人类智慧的积累，当然是值得尊重的。不过，我以为它的来源更值得尊重，那就是活着的人们所拥有的智慧。这种东西就如一汪活水，所有的文化遗产都是它的沉积物。这些活水之中的一小份可以存在于你我的脑子里，照我看来，这是世界上最美好的事情。保存在文化遗产里的智慧让人尊敬，而活人头脑里的智慧更让人抱有无限的期望。我喜欢看到人们取得各种成就，尤其是喜欢看到现在的中国人取得任何一种成就。智慧永远指向虚无之境，从虚无中生出知识和美；而不是死死盯住现时、现事和现在的人。我认为，把智慧的范围限定在某个小圈子里，换言之，限定在一时、一地、一些人、一种文化传统这样一种界限之内是不对的；因为假如智慧是为了产生、生产或发现现在没有的东西，那么前述的界限就不应当存在。不幸的是，中国最重大的文化遗产，正是这样一种界限，就像如来佛的手掌一样，谁也跳不出来；而现代的主流文化却诞生在西方。

在中国做知识分子，有一种传统的模式，可能是孔孟，也可能是程朱传下来的，那就是自己先去做个循规蹈矩的人，做出了模样，做出了乐趣，再去管别人。我小的时候，从小学到中学，班上都有这样的好同学，背着手听讲，当上了小班长，再去管别人。现在也是这样，先是好好地求学，当了知名理论家、批评家，再去匡正世道人心。当然，这是做人的诀窍。做个知识分子，似乎稍嫌不够；除了把世道和人心匡得正正的，还该干点别的。由这样的模式，自然会产生一种学堂式的气氛，先是求学，受教，攒到了一定程度，就来教别人，管别人。如此一种学堂开办数千年来，总是同一些知识在其中循环，并未产生一种面向未来、超越人类的文化——谁要骂我是民族虚无主义，就骂好了，反正我从小就不是好同学——只产生了一个极沉重的传统，无数的聪明才智被白白消磨掉。倘若说到世道人心，我承认没有比中国文化更好的传统——所以我们这里就永远只有世道人心，有不了别的。

总之，说到知识分子的职责，我认为还有一种传统可循：那就是面向未来，取得成就。古往今来的一切大智者无不是这样做的。这两种知识分子的形象可以这样分界，前一种一世的修为，是要做个如来佛，让别人永世跳不出他的手掌心；后一种是想在一生一世之中，只要能跳出别人的手掌心就满意了。我想说的就是，希望大家都做后一种知识分子，因为不管是谁的手掌心，都太小了。

（本篇最初发表于 1994 年第六期《东方》杂志）

花剌子模信使问题

据野史记载，中亚古国花剌子模有一古怪的风俗，凡是给君王带来好消息的信使，就会得到提升，给君王带来坏消息的人则会被送去喂老虎。于是将帅出征在外，凡麾下将士有功，就派他们给君王送好消息，以使他们得到提升；有罪，则派去送坏消息，顺便给国王的老虎送去食物。花剌子模是否真有这种风俗并不重要，重要的是这个故事所具有的说明意义，对它可以举一反三。敏锐的读者马上就能发现，花剌子模的君王有一种近似天真的品性，以为奖励带来好消息的人，就能鼓励好消息的到来，处死带来坏消息的人，就能根绝坏消息。另外，假设我们生活在花剌子模，是一名敬业的信使，倘若有一天到了老虎笼子里，就可以反省到自己的不幸是因为传输了坏消息。最后，你会想到，我讲出这样一个古怪故事，必定别有用心。对于这最后一点，必须首先承认。

从某种意义上说，学者的形象和花剌子模信使有相像处，但这不是说他有被吃掉的危险。首先，他针对研究对象，得出有关的结论，这时还不像信使；然后，把所得的结论报告给公众，包括当权者，这时他就像个信使；最后，他从别人的反应中体会到自己的结论是否受欢迎，这时候他就像个花剌子模的信使。中国的近现代学者里，做“好消息信使”的人很多，尤其是人文学者。比方说，现在大家发现了中华文化是最好的文化，世界的前途倚赖东方文明。不过也有“坏消息信使”，此人叫作马寅初。五十年代初，马寅初提出了新人口论。当时以为，只要把马老臭批一顿，就可以根绝中国的人口问题，后来才发现，问题不是这么简单。

假如学者能知道自己报告的是好消息还是坏消息，这问题也就简单了。这方面有一个例子是我亲身所历。我和李银河从一九八九年开始一项社会学研究，首次发现了中国存在着广泛的同性恋人群，并且有同性恋文化。当时以为这个发现很有意义，就把它报道出来，结果不但自己倒了霉，还带累得一家社会学专业刊物受到本市有关部门的警告。这还不算，还惊动了该刊一位顾问（八十多岁的老先生），连夜表示要不当顾问。此时我们才体会到这个发现是不受欢迎的，读者可以体会到我们此时是多么地惭愧和内疚。假设禁止我们出书，封闭有关社会学杂志，就可以使中国不再出现同性恋问题，这些措施就有道理。但同性恋倾向是遗传的，封刊物解决不了问题，所以这些措施一点道理都没有。值得庆幸的是，北京动物园的老虎当时不缺肉吃。由此得出花剌子模信使问题第一个结论是：对于学者来说，研究的结论会不会累及自身，是个带有根本性的问题。这主要取决于在学者周围有没有花剌子模君王类的人。

假设可以对花剌子模君王讲道理，就可以说，首先有了不幸的事实，然后才有不幸的信息，信使是信息的中介，尤其无辜。假如要反对不幸，应该直接反对不幸的事实，此后才能减少不幸的信息。但是这个道理有一定的复杂性，不是君王所能理解。再说，假如能和他讲理，他就不是君王。君王总是对的，臣民总是不对。君王的品性不可更改，臣民就得适应这种现实。假如花剌子模的信使里有些狡猾之徒，递送坏消息时就会隐瞒不报，甚至滥加篡改。鲁迅先生有篇杂文，谈到聪明人和傻子的不同遭遇，讨论的就是此类现象。据我所知，学者没有狡猾到这种程度，他们只是仔细提防着自己，不要得出不受欢迎的结论来。由于日夜提防，就进入了一种迷迷糊糊的心态，乃是深度压抑所致。与此同时，人人都渴望得到受欢迎的结论，因此连做人都不够自然。现在人们所说的人文科学的危机，我以为主要起因于此。还有一个原因在经济方面——挣钱太少。假定可以痛快淋漓地做学问，再挣很多的钱，那就什么危机都没有了。

我个人认为，获得受欢迎的信息有三种方法：其一，从真实中索取、筛选；其二，对现有的信息加以改造；其三，凭空捏造。第一种最困难。第三种最为便利，在这方面，学者有巨大的不利之处，那就是凭空捏造不如奸佞之徒。假定有君王专心要听好消息，与其养学者，不如养一帮无耻小人。在中国历史上，儒士的死敌就是宦官。假如学者下海去改造、捏造信息，对于学术来说，是一种自杀之道。因此学者往往在求真实和受欢迎之中，苦苦求索一条两全之路，文史学者尤其如此。我上大学时，老师教诲我们说，搞现代史要牢记两个原则，一是治史的原则，二是党性的原则。这就是说，让历史事实按党性的原则来发生。凭良心说，这节课我没听懂。在文史方面，我搞不清的东西还很多。不过我也能体会到学者的苦心。

在中国历史上，每一位学者都力求证明自己的学说有巨大经济效益、社会效益。孟子当年鼓吹自己的学说，提出“仁者无敌”之说，有了军事效益，和林彪的“精神原子弹”之说有异曲同工之妙。学术必须有效益，这就构成了另一种花刺子模。学术可以有实在的效益，不过来得极慢，起码没有嘴头上编出来的效益快；何况对于君主来说，“效益”就是一些消息而已。最好的效益就是马上能听见的好消息。因为这个原因，学者们承受着一种压力，要和骗子竞赛语惊四座，看着别人的脸色做学问，你要什么我做什么。必须说明的是，学者并没有完全变狡猾，这一点我还有把握。

假如把世界上所有的学者对本学科用途的说明作一比

较，就可发现大致可以分为两种，一种说：科学可以解决问题，但就如中药铺里的药材可以给人治病一样，首先要知识完备，然后才能按方抓药，治人的病。照这种观点，我们现在所治之学，只是完备药店的药材，对它能治什么病不做保证。另一种说道，本人所治之学对于现在人类所遇到的问题马上就有答案，这就如卖大力丸的，这种丸药百病通治，吃下去有病治病，无病强身。中国的学者素来有卖大力丸的传统，喜欢作妙语以动天听。这就造成了一种气氛，除了大力丸式的学问，旁的都不是学问。在这种压力之下，我们有时也想作几句惊人之语，但又痛感缺少想象力。

我记得冯友兰先生曾提出要修改自己的《中国哲学史》，以便迎合时尚和领袖，这是变狡猾的例子——罗素先生曾写了一本《西方哲学史》，从未提出为别人作修改，所以冯先生比罗素狡猾——但是再滑也滑不过佞人。从学问的角度来看，冯先生已作了最大的牺牲，但上面也没看在眼里。佞人不做学问，你要什么我编什么，比之学人利索了很多——不说是天壤之别，起码也有五十步与百步之分。二三十年前，一场红海洋把文史哲经通通淹没。要和林彪比滑头，大伙都比不过，人文学科的危机实质上在那时就已发生了。

罗素先生修西方哲学史，指出很多伟大的学者都有狡猾的一面（比如说，莱布尼茨），我仔细回味了一下，也发现了一些事例，比如牛顿提出了三大定理之后，为什么要说上帝是万物运动的第一推动力？显然也是朝上帝买个好。万一他真的存在，死后见了面也好说话。按这种标准我国的圣贤滑头的事例更多，处处在拍君王的马屁，仔细搜集可写本《中国狡猾史》。中国古代的统治者都带点花剌子模君王气质。我国的文化传统里有“文死谏”之说，这就是说，中国常常就是花剌子模，这种传统就是号召大家做敬业的信使，拿着屁股和脑壳往君王的刀子板子上撞。很显然，只要不是悲观厌世，谁也不喜欢牺牲自己的脑袋和屁股。所以这种号召也是出于滑头分子之口，变着法说君王有理，这样号召只会起反作用。对于我国的传统文化、现代文化，只从诚实的一面理解是不够的，还要从狡猾的一面来理解。扯到这里，就该得出第二个结论：花剌子模的信使早晚要变得滑头起来，这是因为人对自己的处境有适应能力。以我和李银河为例，现在就再不研究同性恋问题了。

实际上，不但是学者，所有的文化人都是信使，因为他们产出信息，而且都不承认这些信息是自己随口编造的，以此和佞人有所区别。大家都说这些信息另有所本，有人说是学术，有人说是艺术，还有人说自己传播的是新闻。总之，面对公众和领导时，大家都是信使，而且都要耍点滑头：拣好听的说或许不至于，起码都在提防着自己不要讲出难听的来——假如混得不好，就该检讨一下自己的嘴是不是不够甜。有关信使，我们就讲这么多。至于君主，我以为可以分为两种，一种是粗暴型的君主，听到不顺耳的消息就拿信使喂老虎；另一种是温柔型，到处做信使们的思想工作，使之自觉自愿地只报来受欢迎的消息。这样他所管理的文化园地里，就全是使人喜闻乐见的东西了。这后一种君主至今是我们怀念的对象。凭良心说，我觉得这种怀念有点肉麻，不过我也承认，忍受思想工作，即便是耐心细致的思想工作，也比喂老虎好过得多。

在得出第三个结论之前，还有一点要补充的——有句老话叫作“久居鲍鱼之肆不闻其臭”，这就是说，人不知自己是不是身在花剌子模，因此搞不清自己是不是有点滑头，更搞不清自己以为是学术、艺术的那些东西到底是真是假。不过，我知道假如一个人发现自己进了老虎笼子，那么就可以断言，他是个真正的信使。这就是第三个结论。余生也晚，赶不上用这句话去安慰马寅初先生，也赶不上去安慰火刑架上的布鲁诺，不过这话留着总有它的用处。

现在我要得出最后一个结论，那就是说，假设有真的学术和艺术存在的话，在人变得滑头时它会离人世远去，等到过了那一阵子，人们又可以把它召唤回来——此种事件叫作“文艺复兴”。我们现在就有召唤的冲动，但我很想打听一下召唤什么。如果是召唤古希腊，我就赞成，如果是召唤花剌子模，我就反对。我相信马寅初这样的人喜欢古希腊，假如他是个希腊公民，就会在城邦里走动，到处告诉大家：

现在人口太多，希望朋友们节制一下。要是滑头分子，就喜欢花剌子模，在那里他营造出了好消息，更容易找到买主。恕我说得难听，现在的人文知识分子在诚恳方面没几个能和马老相比。所以他们召唤的东西是什么，我连打听都不敢打听。

（本篇最初发表于 1995 年第三期《读书》杂志）

知识分子的不幸

乔叟《坎特伯雷故事集》里，有这样一个故事，有位武士犯了重罪，国王把他交给王后处置。王后命他回答一个问题：什么是女人最大的心愿？这位武士当场答不上来，王后给了他一个期限，到期再答不上来，就砍他的脑袋。于是，这位武士走遍天涯去寻求答案。最后终于找到了，保住了自己的头；假如找不到，也就不成其为故事。据说这个答案经全体贵妇讨论，一致认为正确，就是："女人最大的心愿就是有人爱她。"要是在今天，女权主义者可能会有不同看法，但在中世纪，这答案就可以得满分啦。

我也有一个问题，是这样的：什么是知识分子最害怕的事？而且我也有答案，自以为经得起全球知识分子的质疑，那就是："知识分子最怕活在不理智的年代。"所谓不理智的年代，就是伽利略低头认罪，承认地球不转的年代，也是拉瓦锡上断头台的年代；是茨威格服毒自杀的年代，也是老舍跳进太平湖的年代。我认为，知识分子的长处只是会以理服人，假如不讲理，他就没有长处，只有短处，活着没意思，不如死掉。丹麦王子哈姆雷特说：活着呢，还是死去，这是问题。但知识分子赶上这么个年代，死活不是问题。最大的问题是：这个倒霉的年头何时过去。假如能赶上这年头过去，就活着；赶不上了就犯不着再拖下去。老舍先生自杀的年代，我已经懂事了，认识不少知识分子。虽然我当时是个孩子，但嘴很严，所以也是他们谈话的对象。就我所知，他们最关心的正是赶得上赶不上的问题。在那年头死掉的知识分子，只要不是被杀，准是觉得赶不上好年头了。而活下来的准觉得自己还能赶上——当然，被改造好了、不再是知识分子的人不在此列。因此我对自己的答案颇有信心，敢拿这事和天下人打赌，知识分子最大的不幸，就是这种不理智。

下一个问题是：我们所说的不理智，到底是因何而起？对此我有个答案，但不愿为此打赌，主要是怕对方输了赖账，此种不理智，总是起源于价值观或信仰的领域。不很久以前，有位外国小说家还因作品冒犯了某种信仰，被下了绝杀令，只好隐姓埋名躲起来。不管此种宗教的信仰者怎么看，我总以为，因为某人写小说就杀了他是不理智的。所幸这道命令已被取消，这位小说家又可以出来角逐布克奖了。对于这世界上的各种信仰，我并无偏见，对有坚定信仰的人我还很佩服，但我不得不指出，狂信会导致偏执和不理智。有一篇歌词，很有点说明意义：

跨过大海，尸浮海面，
跨过高山，尸横遍野，
为天皇捐躯，
视死如归。

这是一首日本军歌的歌词，从中不难看出，对天皇的狂信导致了最不理智的死亡欲望。一位知识分子对歌中唱到的风景，除了痛心疾首，不应再有其他评价。还有一支出于狂信的歌曲，歌词如下：

无产阶级文化大革命，
就是好！
就是好来就是好啊，
就是好！……

这四个“就是好”，无疑根绝了讲任何道理的可能性。因为狂信，人就不想讲理。我个人以为，无理可讲比尸横遍野更糟；而且，只要到了无理可讲的地步，肯定也要尸横遍野。“文化大革命”里就死人不少，还造成了全民知识水平的大倒退。

当然，信仰并不是总要导致狂信，它也不总是导致不理智。全无信仰的人往往不堪信任，在我们现在的社会里，无信仰无价值的人正给社会制造麻烦，谁也不能视而不见。十年前，我在美国，和我的老师讨论这个问题，他说：对一般人来说，有信仰比无信仰要好。起初我不赞成，后来还是被他说服了。

十年前我在美国，适逢里根政府要通过一个法案，要求所有的中小学在课间安排一段时间，让所有的孩子在教师的带领下一起祷告。因为想起了“文化大革命”里的早请示，我听了就摇头，险些把脑袋摇了下来。我老师说：这件事你可以不同意，但不要这样嗤之以鼻——没你想的那么糟。政府没有强求大家祈祷新教的上帝。佛教孩子可以念阿弥陀佛，伊斯兰教的孩子可以祷告真主，中国孩子也可以想想天地祖宗——各自向自己的神祈祷，这没什么不好。但我还是要摇头。我老师又说：不要光想你自己！十几岁的孩子总不会是知识分子吧。就算他是无神论者，也可以在祷告时间反省一下自己的所作所为。这种道理说服了我，止住了我的摇头疯：不管是信神，还是自珍自重，人活在世界上总得有点信念才成。就我个人而言，虽是无神论者，对于无限广阔的未知世界，多少还有点猜测；我也有个人的操守，从不逾矩，其依据也不是人人都能接受的，所以也是一种信念。从这个意义上说，我理应不反对别人信神、信祖宗，或者信天命——只要信得不过分。在学校里安排段祈祷的时间，让小孩子保持虔诚的心境，这的确不是坏主意——当时我是这样想，现在我又改主意了。

时隔十年，再来考虑信仰问题，我忽然发现，任何一种信仰，包括我的信仰在内，如果被滥用，都可以成为打人的棍子、迫害别人的工具。渎神是罪名，反民族、反传统、目无祖宗都是罪名。只要你能举出一种可以狂信而无丧失理智危险的信仰，无须再说它有其他的好处，我马上就皈依它——这种好处比其他所有好处加起来，都要大得多啊。

现在，有这样一种信仰摆在了我们面前。请相信，对于它的全部说明，我都考虑过了。它有很多好处：它是民族的、传统的、中庸的、自然的、先进的、唯一可行的；论说都很充分。但我不以为它可以保证自己不是打人的棍子，理由很简单，它本身就包括了很多大帽子，其分量足以使人颈骨折断：反民族、反传统、反中庸、反自然……尤其是头两顶帽子，分量简直是一目了然的。就连当初提倡它的余英时先生，看到我们这里附和者日众，也犯起嘀咕来了。最近他在《二十一世纪》杂志上著文，提出了反对煽动民族狂热的问题。在我看来，就是因为看到了第一顶帽子的分量。金庸先生小说里曾言：“武林至尊，宝刀屠龙；号令天下，莫敢不从！”民族狂热就是把屠龙刀啊。余先生不肯铸出宝刀，再倒持太阿，以柄授人——这证明了我对海外华人学者一贯的看法：人家不但学术上有长处，对于切身利害也很惊警，借用打麻将的术语，叫作“门儿清”！

至于国内的学者，门儿清就不是他们的长处。有学者说，我们搞的是学术研究，不是搞意识形态——嘿，这由得了你吗？有朝一日它成了意识形态，你的话就是罪状：胆敢把我们民族伟大的精神遗产扣押在书斋里，不让它和广大群众见面！我敢打赌，甚至敢赌十块钱，到了这有朝一日，整他准比整我还厉害。

说到信仰，我和我老师有种本质的不同。他老人家是基督徒，又对儒学击节赞赏；他告诉我说，只要身体条件许可，他每年都要去趟以色列——他对犹太教也有兴趣；至于割没割包皮，因为没有和他老人家同浴的机会，我不知道。但我知道，他是一个信仰的爱好者。我相信他对我的看法是：可恨的无神论者，马基雅维利分子。我并不以此为耻。说到马基雅弗利，一般人都急于和他划清界限，因为他胆敢把道义、信仰全抛开，赤裸裸地谈到利害；但是真正的知识分子对他的评价不低，赤裸裸地谈利害，就接近于理智。但我还是不当马基雅维利分子——我是墨子的门徒，这样把自己划在本民族的圈子里面，主要是想防个万一。顺便说一句，我老师学问很大，但很天真；我学问很小，但老奸巨猾。对于这一点，他也佩服。用他的原话来说，是这样的：你们大陆来的同学，经历这一条，别人没法比啊。

我对墨子的崇拜有两大原因：其一，他思路缜密，有人说他发现了小孔成像——假如是真的，那就是发现了光的直线传播，比朱子只知阴阳二气强了一百多倍，只可惜没有完备的实验记录来证明。另外，他用微积分里较老的一种方法来论证无穷（实际是论兼爱是可能的。这种方法叫德尔塔—依伏赛语言），高明无比；在这方面，把孔孟程朱捆在一起都不是他的个儿。其二，他敢赤裸裸地谈利害。我最佩服他这后一点。但我不崇拜他兼爱无等差的思想，以为有滥情之嫌。不管怎么说，墨子很能壮我的胆。有了他，我也敢说自己是中华民族的赤诚分子，不怕国学家说我是全盘西化了。

作为墨子门徒，我认为理智是伦理的第一准则，理由是：它是一切知识分子的生命线。出于利害，它只能放到第一。当然，我对理智的定义是：它是对知识分子有益，而绝不是有害的性质。——当然还可以有别的定义，但那些定义里定要把我的定义包括在内。在古希腊，人最大的罪恶是在战争中砍倒橄榄树。在现代，知识分子最大的罪恶是建造关押自己的思想监狱。砍倒橄榄树是灭绝大地的丰饶，营造意识形态则是灭绝思想的丰饶；我觉得后一种罪过更大——没了橄榄油，顶多不吃色拉；没有思想人就要死了。信仰是重要的，但要从属于理性——如果这是不许可的，起码也该是鼎立之势。要是再不许可，还可以退而求其次——你搞你的意识形态，我不说话总是可以的吧。最糟的是某种偏激之见主宰了理性，聪明人想法子自己来害自己。我们所说的不幸，就从这里开始了。

中国的人文知识分子，有种以天下为己任的使命感，总觉得自己该搞出些给老百姓当信仰的东西。这种想法的古怪之处在于，他们不仅是想当牧师、想当神学家，还想当上帝（中国话不叫上帝，叫“圣人”）。可惜的是，老百姓该信什么，信到哪种程度，你说了并不算哪，这是令人遗憾的。还有一条不令人遗憾，但却要命：你自己也是老百姓；所以弄得不好，就会自己屙屎自己吃。中国的知识分子在这一节上从来就不明白，所以常常会害到自己。在这方面我有个例子，只是想形象说明一下什么叫自己屙屎自己吃，没有其他寓意：我有位世伯，“文革”前是工读学校的校长，总拿二十四孝为教本，教学生说，百善孝为先，从老莱娱亲、郭解埋儿，一路讲到卧冰求鱼。学生听得毛骨悚然，他还自以为得计。忽一日，来了“文化大革命”，学生把他驱到冰上，说道：我们打听清楚了，你爸今儿病了，要吃鱼——脱了衣服，趴下吧，给我们表演一下卧冰求鱼——我世伯就此落下病根，健康全毁了。当然，学生都是浑蛋，但我世伯也懊悔当初讲得太肉麻。假如不讲那些肉麻故事，挨揍也是免不了，但学生怎么也想不出这么绝的方法来作践他。他倒愿意在头上挨皮带，但岂可得乎……我总是说笑话来安慰他：你没给他们讲“割股疗亲”，就该说是不幸之中的大幸，要不然，学生片了你，岂不更坏？但他听了不觉得可笑。时至今日，一听到二十四孝，他就浑身起鸡皮疙瘩。

我对国学的看法是：这种东西实在厉害。最可怕之处就在那个“国”字。顶着这个字，谁还敢有不同意见？这种套子套上脖子，想把它再扯下来是枉然的；否则也不至于套了好几千年。它的诱人之处也在这个“国”字，抢到这个制高点，就可以压制一切不同意见；所以它对一切想在思想领域里巧取豪夺的不良分子都有莫大的诱惑力。你说它是史学也好，哲学也罢，我都不反对——倘若此文对正经史学家哲学家有了得罪之处，我深表歉意——但你不该否认它有成为棍子的潜力。想当年，像姚文元之类的思想流氓拿阶级斗争当棍子，打死打伤了无数人。现在有人又在造一根漂亮棍子。它实在太漂亮了，简直是完美无缺。我怀疑除了落进思想流氓手中变成一种凶器之外，它还能有什么用场。鉴于有这种危险，我建议大家都不要做上帝梦，也别做圣人梦，以免头上鲜血淋漓。

对于什么叫美好道德、什么叫善良，我有个最本分的考虑：认真地思索，真诚地明辨是非，有这种态度，大概就可算是善良吧。说具体些，如罗素所说，不计成败利钝地追求客观真理，这该是种美德吧？知识本身该算一种善吧？科学知识分子说这就够了，人文知识分子却来扳杠。他们说，这种朴素的善恶观，造成了多少罪孽！现代的科技文明使人类迷失了方向，科学又造出了毁灭世界的武器。好吧，这些说法也对。可是翻过来看看，人文知识分子又给思想流氓们造了多少凶器、多少混淆是非的烟幕弹！翻过来倒过去，没有一种知识分子是清白无辜的。所以我建议把看不清楚的事撇开，就从知识分子本身的利害来考虑问题——从这种利害出发，考虑我们该有何种道德、何种信念。至于该给老百姓（包括我们自己在内）灌输些什么，最好让领导上去考虑。我觉得领导上办这些事能行，用不着别人帮忙。

作为一个知识分子，我对信念的看法是：人活在世上，自会形成信念。对我本人来说，学习自然科学、阅读文学作品、看人文科学的书籍，乃至旅行、恋爱，无不有助于形成我的信念，构造我的价值观。一种学问、一本书，假如不对我的价值观发生作用（姑不论其大小，我要求它是有作用的），就不值得一学，不值得一看。有一个公开的秘密就是：任何一个知识分子，只要他有了成就，就会形成自己的哲学、自己的信念。托尔斯泰是这样，维纳也是这样。到目前为止，我还看不出自己有要死的迹象，所以不想最终皈依什么——这块地方我给自己留着，它将是我一生事业的终结之处，我的精神墓地。不断地学习和追求，这可是人生在世最有趣的事啊，要把这件趣事从生活中去掉，倒不如把我给阉了……你有种美好的信念，我很尊重，但要硬塞给我，我就不那么乐意。打个粗俗的比方，你的爸爸不能代替我的爸爸，更不能代替天下人的爸爸啊。这种看法会遭到反对，你会说：有些人就是笨，老也形不成信念，也管不了自己，就这么浑浑噩噩地活着，简直是种灾难！所以，必须有种普遍适用的信念，我们给它加点压力，灌到他们脑子里！你倒说说看，这再不叫意识形态，什么叫意识形态？假如你像我老师那么门儿清，我也不至于把脑袋摇掉，但还是要说：不是所有的人都那么笨，总要留点余地呀。再说，到底要灌谁？用多大压力？只灌别人，还是连你在内？灌来灌去，可别都灌傻了呀。在科技发达的二十一世纪，你给咱们闹出一窝十几亿傻人，怎么个过法嘛……

（本篇最初发表于 1996 年第二期《东方》杂志）

我看文化热

我们已经有了好几次文化热：第一次好像是在八五年，我正在海外留学，有朋友告诉我说，国内正在热着。到八八年我回国时，又赶上了第二次热。这两年又来了一次文化批评热，又名“人文精神的讨论”。看来文化热这种现象，和流行性感冒有某种近似之处。前两次热还有点正经，起码介绍了些国外社会科学的成果，最近这次很不行，主要是在发些牢骚：说社会对人文知识分子的态度不端正，知识分子自己也不端正；夫子曰，君子喻于义，小人喻于利，我们要向君子看齐——可能还说了些别的。但我以为，以上所述，就是文化批评热衷多数议论的要点。在文化批评热里王朔被人臭骂，正如《水浒传》里郓城县都头插翅虎雷横在勾栏里遭人奚落：你这厮若识得子弟门庭时，狗头上生角！文化就是这种子弟门庭，绝不容痞子插足。如此看来，文化是一种以自我为中心的价值观，还有点党同伐异的意思；但我不愿把别人想得太坏，所以就说，这次热的文化，乃是一种操守，要求大家洁身自好，不要受物欲的玷污。我们文化人就如唐僧，俗世的物欲就如一个母蝎子精，我们可不要受她的勾引，和那个妖女睡觉，丧了元阳，走了真精，此后不再是童男子，不配前往西天礼佛——这样胡扯下去，别人就会不承认我是文化人，取消我讨论文化问题的权利。我想要说的是，像这样热下去，我就要不知道文化是什么了。

我知道一种文化的定义是这样的：文化是一个社会里精神财富的积累，通过物质媒介（书籍、艺术品等）传诸后世或向周围传播。根据这种观点，文化是创造性劳动的成果。现在正热着的观点却说，文化是种操守，是端正的态度，属伦理学范畴。我也不便说哪种观点更对。但就现在人们呼吁的“人文精神的回归”，我倒知道一个例子：文艺复兴。这虽是个历史时期，但现在还看得见、摸得着。为此我们可以前往佛罗伦萨，那里满街都是文艺复兴时期的建筑，这种建筑是种人文的成果。佛罗伦萨还有无数的画廊、博物馆，走进去就可以看见当时的作品——精妙绝伦，前无古人。由于这些人文的成果，才可以说有人文精神。倘若没有这些成果，佛罗伦萨的人空口说白话道：“我们这里有过一种人文精神”，别人不但不信，还要说他们是骗子。总而言之，所谓人文精神，应当是对某个时期全部人文成果的概括。

现在可以回过头去看看，为什么在中国，一说到文化，人们就往伦理道德方面去理解。我以为这是种历史的误会。众所周知，中国文化的最大成就，乃是孔孟开创的伦理学、道德哲学。这当然是种了不得的大成果，如其不然，别人也不会承认有我们这种文化。很不幸的是，这又造成了一种误会，以为文化即伦理道德，根本就忘了文化应该是多方面的成果——这是个很大的错误。不管怎么说，只有这么一种成果，文化显得单薄乏味。打个比方来说，文化好比是蔬菜，伦理道德是胡萝卜。说胡萝卜是蔬菜没错，说蔬菜是胡萝卜就有点不对头——这次文化热正说到这个地步，下一次就要说蔬菜是胡萝卜缨子，让我们彻底没菜吃。所以，我希望别再热了。

（本篇最初发表于 1996 年 7 月 12 日《南方周末》）

救世情结与白日梦

现在有一种“中华文明将拯救世界”的说法正在一些文化人中悄然兴起，这使我想起了我们年轻时的豪言壮语：我们要解放天下三分之二的受苦人，进而解放全人类。对于多数人来说，不过是说说而已，我倒有过实践这种豪言壮语的机会。一九七〇年，我在云南插队，离边境只有一步之遥，对面就是缅甸，只消步行半天，就可以过去参加缅共游击队。有不少同学已经过去了——我有个同班的女同学就过去了，这对我是个很大的刺激——我也考虑自己要不要过去。过去以后可以解放缅甸的受苦人，然后再去解放三分之二的其他部分；但我又觉得这件事有点不对头。有一夜，我抽了半条春城牌香烟，来考虑要不要过去，最后得出的结论是：不能去。理由是：我不认识这些受苦人，不知道他们在受何种苦，所以就不知道他们是否需要我的解救。尤其重要的是：人家并没有要求我去解放，这样贸然过去，未免自作多情。这样一来，我的理智就战胜了我的感情，没干这件傻事。

对我年轻时的品行，我的小学老师有句评价：蔫坏。这个“坏”字我是不承认的，但是“蔫”却是无可否认。我在课堂上从来一言不发，要是提问我，我就翻一阵白眼。像我这样的蔫人都有如此强烈的救世情结，别人就更不必说了。有一些同学到内蒙古去插队，一心要把阶级斗争盖子揭开，解放当地在“内人党”迫害下的人民，搞得老百姓鸡犬不宁。其结果正如我一位同学说的：我们“非常招人恨”。至于到缅甸打仗的女同学，她最不愿提起这件事，一说到缅甸，她就说：不说这个好吗？看来她在缅甸也没解放了谁。看来，不切实际的救世情结对别人毫无益处，但对自己还有点用——有消愁解闷之用。“文化大革命”里流传着一首红卫兵诗歌《献给第三次世界大战的勇士》，写两个红卫兵为了解放全世界，打到了美国，“战友”为了掩护“我”，牺牲在“白宫华丽的台阶上”。这当然是瞎浪漫，不能当真：这样随便去攻打人家的总统官邸，势必要遭到美国人民的反对。由此可以得出这样的结论：解放的欲望可以分两种，一种是真解放，比如曼德拉、圣雄甘地、我国的革命先烈，他们是真正为了解放自己的人民而斗争。还有一种假解放，主要是想满足自己的情绪，硬要去解救一些人。这种解放我叫它瞎浪漫。

对于瞎浪漫，我还能提供一个例子，是我十三岁时的事。

当时我堕入了一阵哲学的思辨之中，开始考虑整个宇宙的前途，以及人生的意义，所以就变得木木痴痴；虽然功课还好，但这样子很不讨人喜欢。老师见我这样子，就批评我；见我又不像在听，就掐我几把。这位老师是女的，二十多岁，长得又漂亮，是我单恋的对象，但她又的确掐疼了我。这就使我陷入了爱恨交集之中，于是我就常做种古怪的白日梦，一会儿想象她掉进水里，被我救了出来；一会儿想象她掉到火里，又被我救了出来。我想这梦的前一半说明我恨她，后一半说明我爱她。我想老师还能原谅我的不敬：无论在哪个梦里，她都没被水呛了肺，也没被火烤煳，被我及时地抢救出来了——但我老师本人一定不乐意落入这些危险的境界。为了这种白日梦，我又被她多掐了很多下。我想这是应该的：瞎浪漫的解救，是一种意淫。学生对老师动这种念头，就该掐。针对个人的意淫虽然不雅，但像一回事。针对全世界的意淫，就不知让人说什么好了。

中国的儒士从来就以解天下于倒悬为己任，也不知是真想解救还是瞎浪漫。五十多年前，梁任公说，整个世界都要靠中国文化的精神去拯救，现在又有人旧话重提。这话和红卫兵的想法其实很相通。只是红卫兵只想动武，所以浪漫起来就冲到白宫门前，读书人有文化，就想到将来全世界变得无序，要靠中华文化来重建全球新秩序。诚然，这世界是有某种可能变得无序——它还有可能被某个小行星撞了呢——

然后要靠东方文化来拯救。哪一种可能都是存在的，但是你总想让别人倒霉干啥？无非是要满足你的救世情结嘛。假如天下真的在“倒悬”中，你去解救，是好样的；现在还是正着的，非要在想象中把人家倒挂起来，以便解救之，这就是意淫。我不尊重这种想法。我只尊敬像已故的陈景润前辈那样的人。陈前辈只以解开哥德巴赫猜想为己任，虽然没有最后解决这个问题，但好歹做成了一些事。我自己的理想也就是写些好的小说，这件事我一直在做。李敖先生骂国民党，说他们手淫台湾，意淫大陆，这话我想借用一下，不管这件事我做成做不成，总比终日手淫中华文化，意淫全世界好得多吧。

（本篇最初发表于 1996 年 8 月 23 日《南方周末》）

“行货感”与文化相对主义

《水浒传》上写到，宋江犯了法，被刺配江州，归戴宗管。按理他该给戴宗些好处，但他就是不给。于是，戴宗就来要。宋江还是不给他，还问他：我有什么短处在你手里，你凭什么要我的好处？戴宗大怒道：还敢问我凭什么？你犯在我的手里，轻咳嗽都是罪名！你这厮，只是俺手里的一个行货！行货是劣等货物，戴宗说，宋江是一件降价处理品，而他自己则以货主自居。我看到这则故事时，只有十二岁，从此就有了一种根深蒂固的行货感，这是一种很悲惨的感觉。在我所处的这个东方社会里，没有什么能冲淡我的这种感觉——这种感觉中最悲惨的，并不是自己被降价处理，而是成为货物这一不幸的事实。最能说明你是一件货物的事就是：人家拿你干了什么或对你有任何一种评价，都无须向你解释或征得你的同意。我个人有过这种经历，在我十七岁时，忽然就被装上了火车，经长途运输运往云南，身上别了一个标签：

屯垦戍边。对此我没有什么怨言，只有一股油然而生的行货感。对于这件事，在中国的文化传统里早有解释：普天之下，莫非王土；率土之滨，莫非王臣；……是啊，普天之下，莫非王土，我不是王；率土之滨，莫非王臣，我又不是王。我总觉得这种解释还不如说我是个行货更直接些。

古埃及的人以为，地球是圆的——如你所知，这是事实；古希腊的人却以为，地是一块平板，放在了大鲸鱼的背上，鲸鱼漂在海里，鲸鱼背上一痒，就要乱蹭，然后就闹地震——这就不是事实。罗素先生说，不能因此认为埃及人聪明，希腊人笨。埃及人住在空旷的地方，往四周一看，圆圆一圈地平线，得出正确的结论不难。希腊人住在多山、多地震的滨海地区，难怪要想到大海、鲸鱼。同样是人，生在旷野和生在山区，就有不同的见识。假若有人生为行货，见识一定和生为货主大有不同。后一方面的例子有美国《独立宣言》，这是两百年前一批北美的种植园主起草的文件，照我们这里的标准，通篇都是大逆不道的语言。至于前一方面例子，中国的典籍里多的是，从孔孟以降，讲的全是行货言论，尤其是和《独立宣言》对照着读，更是这样。我对这种言论很不满，打算加以批判。但要有个立脚点：我必须证明自己不是行货——身为货物，批判货主是不对的。

这些年来，文化热长盛不衰，西方的学术思潮一波波涌进了中国。有一些源于西方的学术思想正是我的噩梦——

这些学术思想里包括文化相对主义、功能学派，等等。说什么文化是生活的工具（马林诺夫斯基的功能论），没有一种文化是低等的（文化相对主义），这些思想就是我的噩梦。从道理上讲，这些观点是对的，但要看怎么个用法；遇上歪缠的人，什么好观点都要完蛋。举例来说，江州大牢里的宋江，他生活在一种独特的文化之中（我们可以叫它宋朝的牢狱文化），按照这种文化的定义，他是戴宗手里的行货，他应该给戴宗送好处。他若对戴宗说，人人生而平等，我也是一个人，凭什么说我是宗货物？咱们这种文化是有毛病的。戴宗就可以说：宋公明，根据文化相对主义的原理，没有一种文化有毛病，咱们这种文化很好，你还是安心当我的行货吧。宋江若说：虽然这种文化很好，但你向我要好处是敲诈我，我不能给。戴宗又可以说：文化是生活的工具，既然在我们的文化里你得给我好处，这件事自有它的功能，你还是给了吧。如果不给，我就要按咱这种文化的惯例，用棍子来打你了——你先不要不满意，打你也有打你的功能。这个例子可以说明文化人类学的观点经不住戴宗的歪曲、滥用。实际上，没有一种科学能经得起歪曲、滥用。但有一些学者学习西方的科学，就是为了用东方的传统观念来歪曲的。从文化相对主义，就能歪曲出一种我们都是行货的道理来。

我们知道，非洲有些地方有对女孩行割礼的习惯，这是对妇女身心的极大摧残。一些非洲妇女已经起而斗争，反对这种陋习。假如非洲有些食洋不化的人说：这是我们的文化，万万动不得，甚至搬出文化相对主义来，他肯定是在胡扯。文化相对主义是人类学家对待外文化的态度，可不是让宋公明当行货，也不是让非洲的女孩子任人宰割。人生活在一种文化的影响之中，他就有批判这种文化的权利。我对自己所在的文化有所批评，这是因为我生活在此地，我在这种文化的影响之下，所以有批判它的权利。假设我拿了绿卡，住在外国，你说我没有这种权利，我倒无话可说。这是因为，人该是自己生活的主宰，不是别人手里的行货。假如连这一点都不懂，他就是行尸走肉，而行尸走肉是不配谈论科学的。

（本篇最初发表于1996年第十九期《三联生活周刊》杂志，发表时题目为“有关文化相对主义”）

文化之争

罗素先生在《权力论》一书里，提到有一种僧侣的权力，过去掌握在教士们手里。他还说，在西方，知识分子是教士的后裔。另外，罗素又说，中国的儒学也拥有僧侣的权力。这就使人想到，中国知识分子是儒士的后裔。教士和儒士拥有的知识来自一些圣书，《圣经》或者《论语》之类。而近代知识分子，即便不是全部，起码也是一部分人，手里并没有圣书。他们令人信服，全凭知识；这种知识本身就可以取信于人。奇怪的是，这后一种知识并不能带来权力。

把儒学和宗教并列，肯定会招来一些反对。儒学没有凭借神的名义，更没有用天堂和地狱来吓唬人。但它也编造了一个神话，就是假如你把它排除在外，任何人都无法统治，天下就会乱作一团，什么秩序、伦理、道德都不会有。这个神话唬住了一代又一代的中国人，直到现在还有人相信。罗素说，对学者的尊敬从来就不是出于真知，而是因为想象中他具有的魔力。我认为，儒学的魔力就是统治神话的魔力。当然，就所论及的内容来说，儒学是一种哲学，但是圣人说的那些话都是些断语，既没有什么证据，也没有什么逻辑。假如不把统治的魔力估计在内，很难相信大家会坚信不移。

罗素所说的“真知”是指科学。这种知识，一个心智正常的人，只要肯花工夫，就能学会。众所周知，科学不能解决一切问题，特别是在价值的领域。因此有人说它浅薄。不过，假如你真的花了些时间去学，就会发现，它和儒学有很大的不同。

我们知道，儒士的基本功是要背书，把圣人说过的每一句话都牢牢地记住。我相信，假如孔子或者孟子死而复生，看到后世的儒生总在重复他们说过的只言片语，一定会感到诧异。当然，也不能说这些儒生只是些留声机。因为他们在圣人之言前面都加上了前缀“夫子曰”。此种怪诞的情形提示了儒学的精神：让儒士成为圣人的精神复制品。按我的理解，这种复制是通过背诵来完成的。从另一个方面来说，背诵对儒士也是有利可图的。我们知道，有些人用背诵《韦氏大字典》的方式来学习英文。与过去背圣人书可以得到的利益相比，学会英文的利益实在太小。假设你真的成为圣人的精神复制品，就掌握了统治的魔力，可以学而优则仕，当个官老爷；而会背诵字典的人只能去当翻译，拿千字二十元的稿酬。这两种背诵真不可同日而语。

现在我们来看看科学。如果不提它的复杂性，它是一些你知道了就会同意的东西。它和“君君、臣臣、父父、子子”不同，和“天人合一”也不同。这后两句话我知道了很多年，至今还没有同意。更重要的是，科学并不提倡学者成为某种精神的复制品，也不自称有某种魔力。因为西方知识分子搞出了这种东西，所以不再受人尊重。假如我们相信罗素先生的说法，西方知识分子就是这样拆了自己的台。可恨的是，他们不但拆了自己的台，还要来拆中国知识分子的台。更可恨的是，有些中国知识分子也要来拆自己的台——晚生正是其中的一人。

自从近代以来，就有一种关于传统文化的争论。我们知道，文化是人类的生活方式，它有很多方面。而此种争论总是集中在如何对待传统哲学之上，所以叫作“文化之争”多少有点名不副实。在争论之中，总要提到中外有别，中国有独特的国情。照我看，争论中有一方总在暗示着传统学术统治的魔力，并且说，在中国这个地方，离开了这种魔力是不行的。假如我理解得不错，说中国离开了传统学术独特的魔力就不行，不是一个问题，而是两个问题。其一是说，作为儒学传统嫡系子孙的那些人离开了这种魔力就不成。其二是说，整个中国的芸芸众生离开了这种魔力就不行。把这两件事伙在一起来说，显然是很不恰当。如果分开来说，第一个问题就很是明白。儒学的嫡系子孙们丧失了统治的魔力之后，就沦为雇员，就算当了教授、研究员，地位也不可与祖先相比。对于这种状况，罗素先生有个说明：“知识分子发现他们的威信因自己的活动而丧失，就对当代世界感到不满。”他说的是西方的情形。在中国，这句话应该改为：某些中国知识分子发现自己的权威因为西方知识分子的活动而丧失，所以仇恨西洋学术和外国人。至于第二个问题，却是越说越暧昧难明。我总是在怀疑，有些人心里想着第一个问题，嘴上说着第二个问题。凭良心说，我很希望自己怀疑错。

我们知道，优秀的统帅总是选择于己有利的战场来决战。军事家有谋略是件好事，学者有谋略好不好就值得怀疑。赞成传统文化的人现在有一种说法，以为任何民族都要尊重自己的文化传统，否则就没有前途。晚生以为，这种说法有选择战场的嫌疑。在传统这个战场上，儒士比别人有利。不是儒士的人有理由拒绝这种挑战。前不久晚生参与了一种论战，在论战中，有些男士以为现在应当回到传统，让男主外女主内；有些女士则表示反对。很显然，在传统这个战场上，男人比女人有利。我虽是男人，却站到了女人一方；因为我讨厌这种阴谋诡计。

现在让我们回到正题。罗素先生曾说，他赞成人人平等。但很遗憾的是，事实却不是这样。人和人是不平等的，其中最重要的，是人与人有知识的差异。这就提示说，由知识的差异可以产生权力。让我们假设世界上的人都很无知，唯有某个人全知全能，那么此人就可能掌握权力。中国古代的圣贤和现代的科学家相比，寻求知识的热情有过之而无不及。在圣贤中，特别要提出朱熹，就我所知，他的求知热情是古往今来的第一人。科学家和圣贤的区别在于，前者不但寻求知识，还寻求知识的证明。不幸的是，证明使知识人人可懂，他们就因此丧失了权力。相比之下，圣贤就要高明很多。因此，他们很快就达到了全知全觉的水平，换言之，达到了“内圣”的境界；只是这些知和觉可靠不可靠却大成问题。我们知道，内圣和外王总是联系在一起的。假如我们说，圣贤急于内圣，是为了外王，就犯了无凭据地猜度别人内心世界的错误。好在还有朱熹的话来作为佐证：他也承认，自己格物致知，是为了齐家治国平天下。

现在，假如我说儒家的道德哲学和伦理学是全然错误的，也没有凭据。我甚至不能说这些东西是令人羞愧的知识。不过，这些知识里的确有令人羞愧的成分，因为这种知识的追随者，的确用它攫取了僧侣的权力。至于这种知识的发明人，我是指孔子、孟子，不包括朱熹，他们是无辜的。因为他们没有想获得、更没有享受到这种权力。倘若今日仍有人试图通过复兴这种知识来获得这种权力，就可以用孟子的话来说他们：“无耻之耻，无耻矣。”当然，有人会说，我要复兴国学，只是为了救民于水火，振兴民族的自尊心。这就等于说，他在道德上高人一等，并且以天下为己任。我只能说，这样赤裸裸地宣扬自己过于直露，不是我的风格；同时感到，僧侣的权力又在叩门。僧侣的权力比赤裸裸的暴虐要好得多，这我是承认的。虚伪从来就比暴力好得多。但我又想，生活在二十世纪末，我们有理由盼望好一点的东西。当然，对我这种盼望，又可以反驳说，身为一个中国人，你也配！——此后我除了向隅而泣，就想不到别的了。

海明威的《老人与海》

老人驾着船去出海，带回来的却是一副大得不可思议的鱼骨。在海明威的《老人与海》中，我读到了一个英雄的故事。

在这本书里，只有一个简单到不能再简单的故事和纯洁到如同两滴清水的人物。然而，它却那么清楚而有力地揭示出人性中强悍的一面。在我看来，再没有什么故事能比这样的故事更动人，再没有什么搏斗能比这样的搏斗更壮丽了。

我不相信人会有所谓“命运”，但是我相信对于任何人来说，“限度”总是存在的。再聪明再强悍的人，能够做到的事情也是有限度的。老人圣地亚哥不是无能之辈，然而，尽管他是最好的渔夫，也不能让那些鱼来上他的钩。他遇到他的限度了，就像最好的农民遇上了大旱，最好的猎手久久碰不到猎物一般。每一个人都会遇到这样的限度，仿佛是命运在向你发出停止前行的命令。

可是老人没有沮丧，没有倦怠，他继续出海，向限度挑战。他终于钓到了一条鱼。如同那老人是人中的英雄一样，这条鱼也是鱼中的英雄。鱼把他拖到海上去，把他拖到远离陆地的地方，在海上与老人决战。在这场鱼与人的恶战中，鱼也有获胜的机会。鱼在水下坚持了几天几夜，使老人不能休息，穷于应付，它用苦行来折磨他，把他弄得双手血肉模糊。这时，只要老人割断钓绳，就能使自己摆脱困境，得到解放，但这也意味着宣告自己是失败者。老人没有做这样的选择，甚至没有产生过放弃战斗的念头。他把那大鱼当作一个可与之交战的敌手，一次又一次地做着限度之外的战斗，他战胜了。

老人载着他的鱼回家去，鲨鱼在路上抢劫他的猎物。他杀死一条来袭的鲨鱼，但是折断了他的鱼叉。于是他用刀子绑在棍子上做武器。到刀子又折断的时候，似乎这场战斗已经结束了。他失去了继续战斗的武器，他又遇到了他的限度。这时，他又进行了限度之外的战斗：当夜幕降临，更多的鲨鱼包围了他的小船，他用木棍、用桨，甚至用舵和鲨鱼搏斗，直到他要保卫的东西失去了保卫的价值，直到这场搏斗已经变得毫无意义的时候他才住手。

老人回到岸边，只带回了一条白骨，只带回了残破不堪的小船和耗尽了精力的躯体。人们怎样看待这场斗争呢？

有人说老人圣地亚哥是一个失败了的英雄。尽管他是条硬汉，但还是失败了。

什么叫失败？也许可以说，人去做一件事情，没有达到预期的目的，这就是失败。

但是，那些与命运斗争的人，那些做接近自己限度的斗争的人，却天生地接近这种失败。老人到海上去，不能期望天天有鱼来咬他的钩，于是他常常失败。一个常常在进行着接近自己限度的斗争的人总是会常常失败的，一个想探索自然奥秘的人也会常常失败，一个想改革社会的人更是会常常失败。只有那些安于自己限度之内的生活的人才总是“胜利”，这种“胜利者”之所以常胜不败，只是因为他的对手是早已降伏的，或者说，他根本没有投入斗争。

在人生的道路上，“失败”这个词还有另外的含义，即是指人失去了继续斗争的信心，放下了手中的武器。人类向限度屈服，这才是真正的失败。而没有放下手中武器，还在继续斗争，继续向限度挑战的人并没有失败。如此看来，老人没有失败。老人从未放下武器，只不过是丧失了武器。老人没有失去信心，因此不应当说他是“失败了的英雄”。

那么，什么也没有得到的老人竟是胜利的么？我确是这样看的。我认为，胜利就是战斗到最后的时刻。老人总怀着无比的勇气走向莫测的大海，他的信心是不可战胜的。

他和其他很多人一样，是强悍的人类的一员。我喜欢这样的人，也喜欢这样的人性。我发现，人们常常把这样的事情当作人性最可贵的表露：七尺男子汉坐在厨房里和三姑六婆磨嘴皮子，或者衣装笔挺的男女们坐在海滨，谈论着高尚的、别人不能理解的感情。我不喜欢人们像这样沉溺在人性软弱的部分之中，更不喜欢人们总是这样描写人性。

正像老人每天走向大海一样，很多人每天也走向与他们的限度斗争的战场，仿佛他们要与命运一比高低似的。他们是人中的强者。

人类本身也有自己的限度，但是当人们一再把手伸到限度之外，这个限度就一天一天地扩大了。人类在与限度的斗争中成长。他们把飞船送上太空，他们也用简陋的渔具在加勒比海捕捉巨大的马林鱼。这些事情是同样伟大的。做这样不可思议的事情的人都是英雄。而那些永远不肯或不能越出自己限度的人是平庸的人。

在人类前进的道路上，强者与弱者的命运是不同的。弱者不羡慕强者的命运，强者也讨厌弱者的命运。强者带有人性中强悍的一面，弱者带有人性中软弱的一面。强者为弱者开辟道路，但是强者往往为弱者所奴役，就像老人是为大腹便便的游客打鱼一样。

《老人与海》讲了一个老渔夫的故事，但是在这个故事里却揭示了人类共同的命运。我佩服老人的勇气，佩服他不屈不挠的斗争精神，也佩服海明威。

（本篇最初发表于1981年第一期《读书》杂志，发表时题目为“我喜欢这个向‘限度’挑战的强者”，署名晓波）

《私人生活》与女性文学

李静让我谈谈对女性文学的看法。我读过一些女作家的作品，但不幸的是，这些作品不是中国女性文学中的代表作品，真正的代表作一时又找不到，于是她给我拿来一本陈染的《私人生活》。据说这本书卖得虽好，还算不上女性文学的代表作。虽然不是代表作，毕竟还是女性文学。看过这本书之后，忽然想到前几天在报上看到一篇评女性文学的作品，说是这类作品无他，不过是披露个人的隐私，招人窥视。女性文学该如何评价暂且不论，这种批评本身是没有道理的。明明你窥视了别人，却说是人家招的，这是一种假道学。如果不用窥视的眼光来看，就该说它是本小说，按这种标准来评价。

《私人生活》是本有趣的书，讲述了一个女人成长的经历。假如我理解得不错，主要是讲她的性别意识形成的过程。类似题材的书，我以前只看过闵安琪用英文写的《红杜鹃》，这也是本有趣的书。相比之下，我更喜欢《红杜鹃》，因为它的时代背景是“文化大革命”，和我的生活经历比较接近。因为同样的理由，年轻人会更喜欢《私人生活》。《红杜鹃》是用英文写的，国内看不到，其中也写到了性别意识的形成，甚至也有女同性恋，不知这是不是女性文学的特征。这两本书有趣归有趣，恐怕还不能说是好小说。

《私人生活》的前半部比后面写得好：主人公童年的经历讲得有条有理，和T老师爱恨交集的感情纠葛交代得也算清楚。因为这个缘故，我说它是有趣的。书的后半部陷入了严重的混乱，主人公甚至进了精神病院——一部以第一人称写成的书出现这样的情节，应该说是失败的。听了一个故事，后来发现讲故事的人头脑有问题，这肯定不是个意外的惊喜。一般情况下，听众会感到后悔，觉得不该一本正经地听了很多疯话。所幸故事结束时，主人公的神智又恢复了，给读者一点安慰。总的来说，我不赞成这样写小说——这样对待读者是不严肃的：假如作者的态度不严肃，读者又怎能认真地对待你的作品呢？照我看这是全书最大的败笔。作为小说，《私人生活》不够好。假如《私人生活》是男作家写的书，我对自己的看法就有十分的把握。现在的问题是：这是女性文学。人家可以说，这是男性中心主义的批评，还可以说，我没读懂女性文学。所以我对自己的意见也没有把握了。

《私人生活》写了主人公的性经历，我觉得也没有写好。场面的描写本身就有问题（那些描写完全没达到陈染的水平），感情的脉络也不清楚。全书结束时，写到主人公在浴缸里审视自己，恢复了平静，我的理解是：主人公感情的主线是自恋。再翻回去看前面那些吃力的煽情描写，觉得言不由衷——和自恋的感觉很矛盾。我觉得把这些描写通通删掉会好一些。当然，都删了就会不好卖了。但想写好小说，就不能管它好卖不好卖。

《私人生活》写了女同性恋。《红杜鹃》里也写到了同性恋，女主人公和一位女指导员爱得发昏，想要做爱，又不知怎么下手，就说："让我们在战争中学习战争吧"——当时人们疯不疯傻不傻的劲头全都跃然纸上，这一笔很成功。相比之下，《私人生活》中禾寡妇和倪拗拗搞的那些事，倒让人看不懂了。拙劣的场面描写夹杂着一些没来由的感慨，倒像出自中学生的手笔。而《私人生活》中异性恋比同性恋写得还坏，举例来说，主人公倪拗拗和 T 老师初次发生性关系，是在一个叫作"阴阳洞"的地方，这个地名叫人想起了地摊上署名"黑松林"的下流读物。这地方看上去像个墓穴，实际上却是个餐厅；在干那件事之前，先吃了十道大菜，其中包括猴子的腿……干完之后，又来上一段哲学思辨。我不知别人感觉如何，反正我没猜出这么写用意何在。

就小说而论，我以为《私人生活》写简明些好。主人公倪拗拗是个自恋倾向很重的人，似应着重写她的内心世界，她的感觉，写她无法实现的想入非非。小说里有一笔写她单恋尼克松，就比较自然，一直这样写就好了。而把所有女人的性别意识都套在她一个人头上，当然无法收拾。主人公进了精神病院，这是感情逻辑的破产。一个感情不能自圆其说，非进精神病院不可的人物，叫人无法认真对待；这主要是因为我扪心自问，觉得自己还没有疯。

其实，我对此书的附录——陈染的访谈录——更感兴趣。这篇短文比整本小说都好读。陈染对小说的很多看法我都赞成，只有对卡夫卡的看法例外。陈染说，她觉得和卡夫卡气质相近，我觉得不然。卡夫卡虽然抑郁，但他的抑郁里没有自恋的成分——他说，每个障碍都能克服我。他的问题是悲观绝望。这种情绪和过度自恋造成的抑郁不是一回事——不能把所有的气质都往自己身上扯。在访谈结束时，谈到了女性写作的文化角度。我对这个问题很有兴趣：这主要是因为，一种文化人类学的观点正在泛滥，一直蔓延到了文学的领域。

文化人类学有种文化相对主义的观点，主张尊重各种文化特异性。假如真有一种女性的文化角度，我们也该尊重它的特异性。如陈染所说，女作家可以在男人性别停止之处开始思索，假如这是真的，我们就有指望读到些独特的好作品。但就《私人生活》而论，我有理由说，我的指望落空了。现在我觉得《私人生活》不好，陈染会说，这是男性中心的偏见。假如我说这书好看之极，她就不会在意我是个男性。这样等于立起了个单向的闸门：颂扬的话能通过，批评的话就通不过。任何人都能看出这件事的不合理之处：女作家的作品，男人只能赞美，这种赞美就没了意义。假如女性文学意味着对文学作这样的分割，那就没什么意思。文化相对主义的观点，在文学领域也不可滥用，它会把文学割碎。当然，对于女性文学，我也不是完全的取消派。女作家写性别意识，只要能写好，我就赞成。

另外一方面，作者写出文学未曾表现的一种文化特异性，会是有趣的，但又不一定会好。举例来说，假设有种肉冻似的海洋生物有思维的能力，在大海中漂浮了亿万年。我们把它们中的一个捞了出来，放进鱼缸，给它一支笔，可以想见，它能写出些有趣的东西，但未见得好，虽然它们在陆生动物停止的地方开始思考，也不见得是好小说家。除非它对文学有些了解，有一些写作的经验——假如我们承认有好和坏，那么就必须承认在文化的特异性之外，还有一个统一的文学标准，由这个标准来决定作品的好和坏。我对女权主义的理论和文化人类学还有些了解，我的看法是：这些学问不能教给我们如何写作。通过写作可以改变自我，这就是说，真正能教我们如何写作的，却是写作自身。

（本篇最初发表于1996年第一期《北京文学》杂志）

从《赤彤丹朱》想到的

翻开张抗抗的《赤彤丹朱》，马上就想到了尤瑟纳尔的《虔诚的回忆》和《北方档案》。这几本书大体是同一个路数。我虽然是尤瑟纳尔赤诚的崇拜者，对《北方档案》却一点都不喜欢——我喜欢尤瑟纳尔的《一弹解千愁》《东方奇观》；假如尤瑟纳尔没写过《虔诚的回忆》《北方档案》，我的感觉能好一些。这主要是因为我觉得尤瑟纳尔是位小说家，我更希望她写小说，而不希望她写史或纪实一类的东西。当然，我对写史和纪实也无偏见，只要它写得好。张抗抗的书以前没有读过，对她并无这种先入之见。但不管怎么说吧，照我的个人判断，《赤彤丹朱》不属小说一类。

在此谈谈我对小说的看法，也许不是多余的。本世纪四十年代，茨威格就抱怨说，以往的小说不够精当。我对他的抱怨是赞成的，但以为他自己的小说也不够精当。以后就出现了很多可称是精当的小说，比方说，意大利卡尔维诺的作品，还有法国的“新小说”。当然，有人认为它们“太拘泥于文学，不怎么好”，但我总觉得这才叫作小说——小说从语言到结构，就该是处处完美。朝这个方向努力，小说才能和历史、纪实、通俗文学分开——就像戏剧、哲学那样，是一种远不是谁都能来上一手的文体，这样才对。当然，这是我个人的看法，按照我们这里通用的标准，《赤彤丹朱》还得算是小说，而且是属小说中比较经典的一个类别。因为我相信近三四十年来，小说艺术有了很大的进步，所以这里的“经典”应该说是个贬义词。尤瑟纳尔有些小说达到了现代的标准，这是她最好的作品；还有些达到了“经典”的标准，就没有前一种好。我倒希望张抗抗除了《赤彤丹朱》，还能有另一类的小说。

如前所述，我不大欣赏《虔诚的回忆》和《北方档案》，但我倒能理解尤瑟纳尔写这两本书的出发点。知识分子不同于芸芸众生，他不仅仅生活在现时现世，而是生活在一个时间段里。人文知识分子更了解历史，他生活在从过去到现在的这个时间段里；科技知识分子更关注未来，他生活在从现在到未来的时间段里——假如我说出，我受过科技和人文两种科学的训练，也许大家更能宽容我的武断——不管是哪种知识分子，与大众都有所区别，所以都是知识分子。在上述两本书里，尤瑟纳尔体现了她的这种胸襟。尽管如此，我还是不喜欢这两本书。因为我很崇拜尤瑟纳尔，所以带着内心的痛苦说这样的话。至于《赤彤丹朱》，我更不喜欢。请相信，我是带着更大的痛苦说这句话。因为我也写小说，而且很害怕听到苛评，所谓己所不欲勿施于人……好在还有一句可以安慰张抗抗的话：我不喜欢，不等于别人也不喜欢。

仅从形式上看，张抗抗的书和尤瑟纳尔的书有很相像的地方。尤瑟纳尔《虔诚的回忆》里写了她母系的故事，又在《北方档案》写了她父系的故事；《赤彤丹朱》在前二百七十页写母系，二百七十页以后写父系。但在意思上有一点根本的颠倒，造成了我更不喜欢后一本书。《北方档案》写到一个女婴（也就是尤瑟纳尔）出世为止；而在《赤彤丹朱》里，第一人称作者已经出生，还占据了全书的中心地位。尤瑟纳尔把自己推广到了遥远的过去，把对自我的感觉扩展到一个宽广的时间段里；而张抗抗则从父母两系来解释自己，最后把一切都压缩到了一个点上，那就是全书最后一句她写的："1994 年 8 月完稿于北京花园村。"客观地说，这两种想法有高低的区别。顺便说一句，对尤瑟纳尔的文化胸襟，实在不能轻看；她老人家是位文化上的巨人。要是拿尤瑟纳尔和张抗抗作比较，对后者不够公平——她还年轻，而且不是科学院院士。但这非我之罪，谁让她的书那么像尤瑟纳尔呢？

张抗抗的这本书主要是在写自我，对于女作家来说，写自我是很可取的。但也不知为什么，中国现代女作家写的自我是有毛病的；往往很不好看。以我之见，作家写自我有两种不同的态度。一种是把自我当作 subject，一种则把自我当作 object。我不是在卖弄自己懂几句洋文，而是在这方面中文没有特别贴切的相应词汇。假如把自我看作 subject，则把它看成是静态的、不可改变的，是自恋、自足的核心。若把它看作是 object，那就是说，自我也是动态的、可以改变的，可以把它向前推进。我们国家的文学传统，有一半来自传统文化，另一半来自前苏联，总以人类灵魂的工程师自居，想着提升和改造别人的灵魂，炫耀和卖弄自己的灵魂。不知为什么，我不大喜欢这一点。相比之下，我很喜欢福柯的这句话："通过写作来改变自我。"这也是我的观点。所以一在书里看到以自我为中心的种种感触，我马上就有不同意见。

坦白地说，如果不是编辑先生力邀，我不会写这篇评论。这主要是因为此书的书名，还有洋溢在书中强烈的使命感和优越感。这些成分不属于文学，更不属于文化的范畴。要论家庭出身，我也属红五类，但我总觉得，如果我自己来提到这一点，是令人厌恶的……

好在这本书还有些可以评论的东西。由它可以谈到尤瑟纳尔，甚至谈到了福柯。这说明我们国家的文学事业也在和国际接轨。很不幸的是，接轨这件事，有好的一面，也有坏的一面：好的一面是增广了见识，坏的一面是画虎不成反类犬。更加不幸的是：我这篇文章谈的全是坏的一面。

（本篇最初发表于 1996 年 1 月 31 日《中华读书报》）

不新的《万历十五年》

黄仁宇先生的《万历十五年》很早就在中国出版了，因为选了家好的出版社（三联），所以能够不断重印。我手里这一本是九五年底第四次印刷的，以后还有可能再印。这是本老书，但以新书的面目面市。这两年市面上好书不多，还出了些“说不”的破烂。相比之下我宁愿说说不新的《万历十五年》：旧的好书总比新的烂书好。

黄先生以明朝的万历十五年为横断面，剖开了中国的传统社会：这个社会虽然表面上尊卑有序，实际上是乱糟糟的。书里有这么个例子：有一天北京城里哄传说皇上要午朝了，所有的官员（这可是一大群人）赶紧都赶到城市的中心，挤在一起像个骡马大集，把皇宫的正门堵了个严严实实，但这件事皇上自己都不知道，把他气得要撒癔症。假如哪天早上你推门出去，看到外面楼道上挤满了人，都说是你找来的，但你自己不知道有这么同事，你也要冒火，何况是皇上。他老人家一怒之下罚了大家的俸银——这也没有什么，反正大家都有外快。再比方说，中国当时军队很多，机构重叠，当官的很威武，当兵的也不少，手里也都有家伙，但都是些废物。极少数的倭寇登了陆，就能席卷半个中国。黄先生从政治、经济、军事、文化各个方面来考察，到处都是乱糟糟。偏偏明朝理学盛行，很会摆排场，高调也唱得很好。用儒学的标准来看，万历年间不能说是初级阶段，得说是高级阶段，但国家的事办得却是最不好，要不然也不会被区区几个八旗兵亡掉。由此得出一个结论说，仅靠儒家的思想管理一个国家是不够的，还得有点别的；中国必须从一个靠尊卑有序来管理的国家，过渡到靠数目字来管理的国家。

我不是要和黄先生扳杠，若说中国用数字来管理就会有前途，这个想法未免太过天真——数数谁不会呢。大跃进时亩产三十万斤粮，这不是数目字吗？用这种数字来管理，比没有数字更糟，这是因为数字可以是假的，尤其是阿拉伯数字，在后面添起零来太方便，让人看了打憷。万历年间的人不识数吗？既知用原则去管理社会不行，为什么不用数字来管？

黄先生又说，中国儒家的原则本意是善良的，很可以做道德的根基，但在治理国家时，宗旨的善良不能弥补制度的粗疏。这话我相信后半句，不信前半句。我有个例子可以证明它行不通。这例子的主要人物是我的岳母，一个极慈爱的老太太。次要人物是我：我是我丈母娘的女婿，用老话来说，我是她老人家的“半子”——当然不是下围棋时说的半个子，是指半个儿子——她对我有权威，我对她有感情，这是不言而喻的。我家的卫生间没有挂镜子，因为是水泥墙，钉不进钉子。有一天老太太到我们家来，拿来了一面镜子和一根钉子，说道：拿锤子来，你把钉子钉进墙里，把镜子挂上。我一看这钉子，又粗又钝。除非用射钉枪来发射，绝钉不进墙里——实际上这就是这钉子的正确用途。细心考虑了一下，我对岳母解释道：妈，你看这水泥，又硬又脆，差不多和玻璃一样。我呢，您是知道的，不是一支射钉枪，肯定不能把它一下打进墙里，要打很多下，水泥还能不碎吗？结果肯定是把墙凿个坑，钉子也钉不上——我说得够清楚的了吧？老太太听了瞪我一眼道：我给你买了钉子，又这么大老远给你送来，你连试都不试？我当然无话可说。过了一会儿，地上落满了水泥碎块，墙上出现了很多浅坑。老太太满意了，说道：不钉了，去吃饭。结果是我家浴室的墙就此变了麻子，成了感情和权威的牺牲品。过些时候，遇到我的大舅子，才知道他家卫生间也是水泥墙，上面也有很多坑，也是用钝钉子钉出来的；他不愿毁坏自己的墙，但更不愿伤害老太太的感情。按儒家的标准，我岳母对待我们符合仁的要求，我们对待我岳母也符合仁的标准，结果在墙上打了些窟窿。假设她连我的 PC 机也管起来，这东西肯定是在破烂市上也卖不出去，我连吃饭的家伙都没有了。善良要建立在真实的基础上，所以让我去选择道德的根基，我愿选实事求是。

我说《万历十五年》是本好书，但又这样鸡蛋里挑骨头式地找它的毛病，这是因为此书不会因我的歪批而贬值，它的好处是显而易见的。它是一面镜子，照见了我们的前辈——古时候的读书人，或者叫作儒生们——是怎样做人做事的。古往今来的读书人，从经典里学到了一些粗浅的原则，觉得自己懂了春秋大义，站出来管理国家，妄断天下的是非曲直，结果把一切都管得一团糟。大明帝国是他们交的学费，大清帝国又是他们交的学费。老百姓说：罐子里养王八，养也养不大。儒学的罐子里长不出现代国家来。《万历十五年》是今日之鉴，尤其是人文知识分子之鉴，我希望他们读过此书之后，收拾起胸中的狂妄之气，在书斋里发现粗浅原则的热情会有所降低，把这些原则套在国家头上的热情也会降低。少了一些造罐子的，大家的日子就会好过了。

（本篇最初发表于1997年第五期《华人文化世界》杂志）

《代价论》、乌托邦与圣贤

郑也夫先生的《代价论》在哈佛燕京丛书里出版了，书在手边放了很长时间都没顾上看——我以为如果没有精力就读一本书，那是对作者的不敬。最近细看了一下，觉得也夫先生文笔流畅，书也读得很多，文献准备得比较充分。就书论书，应该说是本很好的书；但就书中包含的思想而论，又觉得颇为抵触。说来也怪，我太太是社会学家，我本人也做过社会科学的研究工作，但我对一些社会科学家的思想越来越觉得隔膜。

这本书的主旨，主要是中庸思想的推广，还提出一个哲理：任何一种社会伦理都必须付出代价，做什么事都要把代价考虑在内，等等。这些想法是不错的，但我总觉有些问题当作技术问题看比当原则问题更恰当些。当你追求一种有利效果时，有若干不利的影响随之产生，这在工程上最常见不过，有很多描述和解决这种问题的数学工具——换言之，如果一心一意地要背弃近代科学的分析方法，自然可以提出很多的原则，但这些原则有多大用处就很难说了。中庸的思想放在一个只凭感觉做事的古代人脑子里会有用——比方说他要蒸馒头，记住中庸二字，就不会使馒头发酸或者碱大。但近代的化工技师就不需要记住中庸的原则，他要做的是测一下 pH 值，再用天平去称量苏打的分量。总而言之，我不以为中庸的思想有任何高明之处，当然这也可能是迷信分析方法造成的一种偏见。我听到社会学家说过，西方人发明的分析方法已经过时，今后我们要用中国人发明的整合方法做研究；又听到女权主义者说，男人发明的理性的方法过时了，我们要用感性的方法做研究。但我总以为，做研究才是最主要的。

《代价论》分专章讨论很多社会学专题，有些问题带有专门性我不便评论。但有一章论及乌托邦的，我对这个问题特别有兴趣。“乌托邦”这个名字来自摩尔的同名小说，作为一种文学题材，它有独特的生命力。除了有正面乌托邦，还有反面乌托邦。这后一种题材生命力尤旺。作为一种制度，它确有极不妥之处。首先，它总是一种极端国家主义的制度，压制个人；其次，它僵化，没有生命力；最后，并非最不重要，它规定了一种呆板的生活方式，在其中生活一定乏味得要死。近代思想家对它多有批判，郑先生也引用了。但他又说，乌托邦可以激励人们向上，使大家保持蓬勃的朝气，这就是我所不能同意的了。

乌托邦是前人犯下的一个错误。不管哪种乌托邦，总是从一个人的头脑里想象出来的一个人类社会，包括一个虚拟的政治制度、意识形态、生活方式，而非自然形成的人类社会。假如它是本小说，那倒没什么说的。要让后世的人都到其中去生活，就是一种极其猖狂的狂妄。现世独裁者的狂妄无非是自己一颗头脑代天下苍生思想，而乌托邦的缔造者是用自己一次的思想，代替千秋万代后世人的思想，假如不把后世人变得愚蠢，这就无论如何也不可能成功。现代社会的实践证明，不要说至善至美的社会，就是个稍微过得去的社会，也少不了亿万人智力的推动。无论构思乌托邦，还是实现乌托邦，都是一种错误，所以我就不明白它怎能激励人们向上。我们曾经经历过乌托邦鼓舞出的蓬勃朝气，只可惜那是一种特殊的愚蠢而已。

从郑也夫的《代价论》扯到乌托邦，已经扯得够远的了。下一步我又要扯到圣贤身上去，这题目和郑先生的书没有一丝一毫的关系。讨厌乌托邦的人上溯它的源头，一直寻到柏拉图和他的《理想国》，然后朝他猛烈开火攻击。中国的自由派则另有攻击对象，说种种不自由的始作俑者。此时此地我也不敢说自己是个自由派，但我觉得这种攻击有些道理。罗素先生攻击柏拉图是始作俑者，给他这样一个罪名：一代又一代的青年读了《理想国》，胸中燃烧起万丈雄心，想当莱库格斯或一个哲人王，只可惜对权势的爱好总是使他们误入歧途。这话我想了又想，终于想到：说《理想国》的爱好者们爱好权势，恐怕是不当的指责。莱库格斯就不说了，哲人王是什么？就是圣贤啊。

（本篇最初发表于1997年第五期《博览群书》杂志。发表时题目为“《代价论》与乌托邦”，文字与本篇有不小的差异）

王朔的作品

与王朔有关的影视作品我看了一些，有的喜欢，有的不喜欢。有些作品里带点伍迪·艾伦的风格，这是我喜欢的。有些作品里也冒出些套话，这就没法喜欢。总的来说，他是有艺术成就的，而且还不小；当然，和伍迪·艾伦的成就相比，还有不小的距离。现在他受到一些压力，说他的作品没有表达真善美，不够崇高，等等。对此我倒有点看法。有件事大家可能都知道：艺术的标准在世界上各个地方是不同的。以美国的标准为例，到了欧洲就会被视为浅薄。我知道美国有部格调高尚的片子，说上帝本人来到了美国，变成了一个和蔼可亲的美国老人，到处去助人为乐；听见别人顺嘴溜出一句：感谢上帝……就接上一句：不客气！相信这个故事能使读者联想到一些国产片。这种片子叫欧洲人，尤其是法国人看了，一定会觉得浅薄。法国人对美国电影的看法是：除了伍迪·艾伦的电影，其他通通是狗屎一堆。

相反，一些优秀的欧洲电影，美国人却没有看过。比方说，我小时看过一些极出色的意大利电影，如《罗马十一时》之类，美国人连听都没听说过。为此我请教过意大利人，他们皱着鼻子说道：美国人看我们的电影？他们看不懂！把知识分子扣除在外，仅就一般老百姓而论，欧洲人和美国人在文化上有些差异：欧洲，尤其是南欧的老百姓喜欢深刻的东西，美国人喜欢浅薄的东西；这一点连后者自己也是承认的。这种区别是因为欧洲有历史，美国没有历史所致。

掩卷：《鱼王》读后

翻开阿斯塔菲耶夫的《鱼王》，就听到他沉重的叹息。北国的莽原简直是一个谜。黑色的森林直铺到更空旷的冻土荒原，这是一个谜。河流向北流去，不知所终，这是同一个谜。一个人向森林走去，不知道为什么，这也是同一个谜。河边上有一块巨石，水下的沉木千年不腐，这还是同一个谜。空旷、孤寂、白色的冰雪世界令人神往，这就是那个谜。

这样的谜不仅在北方存在，当年高更脱下文明的外衣，走进一张热带的风情画。热风、棕色的土著人、密集的草木也许更令人神往。生命是从湿热里造出来。也许留在南方更靠近生命的本原？高更也许走到了谜底？我们从他的画上看到星光涂蓝了的躯体，看到黑色诡异的火，看到热带人神秘的舞蹈，也许这就是他发出的信息？但是这信息对我们来说太隔膜了。提到高更，我又想起《月亮与六便士》，毛姆和阿斯塔菲耶夫一样，感觉到未知世界的魅力，而且发出了起跑线上的叹息。可惜他没有足够的悟性与勇气，像高更那样深入那个世界，但是毛姆毕竟指出了那条线，比阿斯塔菲耶夫又强了一些。

但是《鱼王》毕竟是本了不起的书。除了给评论家提供素材，它还指出：冷与热有同等的魅力，离群索居与过原始生活有同等的魅力，空旷无际与密集生长有同等的魅力。如汤因比所云，我们生活在阳的时期。在史前阴的时期，人类散居于地球上，据有空间，也向空间学习。杀戮生命，也向生命学习。如今我们拥挤在一起，周围的生命除了人，就是可食的肉类。也许这真的值得惋惜。

道德

正如评论家所指出的，《鱼王》是一部道德文章（我认为它不只是道德文章）。在“道德”小说中，作家进行道德思辨，又对人物进行道德评判，虽然我喜欢《鱼王》，但我必须承认，其中的道德思辨叫我头疼。

在阿斯塔菲耶夫笔下，他所钟爱的西伯利亚的自然环境，隐隐具有上帝的雏形。这种信仰值得赞美，可惜有时达到偏执的程度，作者对从其他地方来到西伯利亚，又不知爱惜自然环境的“城里人”，有一份不合情理的仇恨，于是字里行间透出讨伐异教徒的意思来。

人

在道德文章里，作家对人作价值判断。这种价值判断是颂扬的工具，也是杀戮的工具。作家给正义者戴上花环，还把不正义者送上刑台，凌迟处死，以恣快意。在行使这种特权时，很少有作家不暴露出人性中卑劣的一面。在实际生活中，人们处死一个人，还给他申辩与忏悔的机会，而道德作家宣布一个人的死刑，则往往不容他申辩，只是剥夺他的一切优点，夸大一切缺点，把他置于禽兽不如的地位。

《鱼王》虽然被评论家列入道德文章一类，却没有太凌厉的杀气。在厚厚一本书里，作家只活剐了一个叫戈加·盖尔采夫的，杀法也算不得毒辣。而对盗鱼人柯曼采夫之流，作者只是大加鞭挞，没有举起屠刀，这在前苏联作家中尤其难能可贵。阿斯塔菲耶夫几乎具有真正大作家必不可少的悲天悯人的气概。

精彩段落

全书最精彩的一章，是“鱼王”一章。盗鱼贼伊格纳齐依奇在江上下了排钩（对于鱼儿来说，这是相当于化骨绵掌的阴毒手段），钩中了鱼王。在收钩时，伊格纳齐依奇（这个恶棍）不小心也纠缠到排钩里，被拉下水去，处于求生不得求死不能的境地。这时该恶棍想起了平生所做的恶事，想到其中最卑劣的一件事是凌辱了爱他的姑娘：

他让那唯命是从的姑娘站在陡峭的河岸上，让她转过脸去对着河滩，拉下她身上的厚绒裤，裤子上粗针疏线缝着颜色杂乱的扣子，就是扣子给他的印象比什么都深。

我们也能想象到那条绒裤和那些扣子，这里深藏着多少辛酸！作家的仁厚之处在于叫该恶棍也感到了这份辛酸。虽然他还是把姑娘踢下水去了，但是在最后的时刻，他又想起这些事情，承担了自己的罪孽：

你就让这个女人摆脱掉你，摆脱掉你犯下的永世难饶的罪过吧！在此之前你要承受全部苦难，为了自己，也为了天地间那些此时此刻尚在作践妇女、糟蹋她们的人。

对于做过的恶事，不是靠请求对方原谅来解脱，也不归于忘却，而是自己来承担良心的谴责，这是何等坦荡的态度！这种良知出现在该恶棍身上，又是那样合乎情理。所以我们可以说：江上的排钩不是道德法庭的判决，而是人性演出的舞台，这两者在文学上的分量，真不可同日而语。

沉重的段落

全书中最夹杂不清的段落，要算“黑羽翻飞”这一章开头所写的一群城里人下乡去偷鱼，然后又写当地人有一年为了挣钱，打死了很多鸟儿。作者用卑劣行为的字眼儿形容这类行为，而对当地人的偷鱼和打死少量鸟儿采取宽容的态度。细查作者的逻辑，似乎仅仅为了糊口的杀戮是可以的，而为了贪欲的杀戮是不可以的。这就让人想起朱熹对“饮食男女人之大欲存焉”和“存天理，灭人欲”的调和处理：人要吃饭，是为天理；人要美食，是为人欲。这种议论简直贻人以笑柄。

内容·风格·整体结构

从内容来说，《鱼王》是一本了不起的书，包括了很多优点。一本书只要有足够的优点，就是一本好书，《鱼王》当然是一本好书。但是它同时也有很多缺点，有些甚至很突出。

作者同时擅长抒情和道德议论两种风格，这是很好的，但是不分章节、不分段落写在同一本书里，我认为这不能算一个优点。我甚至认为这是作者思维不清晰的表现，当然这是有待商榷的说法。

《鱼王》虽然被称为长篇小说，实质上是集长篇小说、中篇小说、抒情散文、道德议论为一体的东西。其优点是容量非常之大，劣点是结构荡然无存。当然，只要你把一批内容汇编成集，装订成书，它自然就有了一个结构，但我说的不是这一种意义上的结构。我要说的是“条理明晰”“层次分明”一类的东西。这本书在局部不缺少这种结构，但在整体上是根本没有的。在此提出一个设想，请熟读《鱼王》的读者思考：假如全书纯以阿基姆的经历为线索，砍去若干章节（黑羽翻飞），是不是能够组织得更好一点？

掩卷之后

掩卷之后的议论不局限于《鱼王》，但是仍由《鱼王》而起。从初读《鱼王》到这次再读《鱼王》，尽管已有六年左右，我对它的兴趣并未减退，这样的书并不多，拿破仑曾云：世间一切书中，我偏爱以血写成者。此话颇有道理。

用我的话来说，世间一切书中，我偏爱经过一番搏斗才写成者，哪怕是小说（虚构类）也不例外。这种书的出现，是作家对自己的胜利，是后辈作家对先辈作家的胜利，是新出的书对已有的书的胜利。

这种胜利不能靠花拳绣腿得来，也不能靠诡异的招数、靠武林秘籍、靠插科打诨得到，而是不折不扣的比拼内力。《鱼王》的魅力在于作家诚实的做人态度，对写作一道的敬业精神，抒情时的真诚，思辨时的艰苦，而不在于他使用了“象征主义、自然主义、意识流一类方法”（评论家语），所以我把它列入了不可多得的好书之列。

萧伯纳的《巴巴拉少校》

萧伯纳的剧作《巴巴拉少校》是萧翁的精彩之作，新中国出的两种萧伯纳戏剧集都收了。如果哪个热爱文学的人没有读过，实为一大憾事。青年人一般爱读小说不爱读剧本，我也如此，但是萧伯纳的剧本与众不同，不可不读。

《巴巴拉少校》剧情不算复杂，讲的是本世纪初一个军火大王安德谢夫如何解决他的继承人问题的故事。一般来说，军火大王名声不好，安德谢夫的名声尤其糟糕。资本家做缺德事时总要标榜些礼义廉耻，可是安德谢夫却言行如一，他自称“绝不要脸”，弄得声名狼藉。他的妻子薄丽夫人有心让儿女斯泰芬和巴巴拉继承他的生意，可是斯泰芬受过良好的教育，是个上流人，讨厌他爹的那股下流气；巴巴拉的问题更复杂：她加入了救世军，诚心诚意地爱上了救灵魂的事业，干脆把她爹看成个混世魔王。而安德谢夫本人恰恰是反对儿女继承祖业的：安德谢夫一家世世代代都不由亲生儿女继承，而是从大街上拾个弃儿当继承人，这一位安德谢夫也是这么想。安德谢夫并不是拘泥于这个古怪传统，而是要挑一个没受过正统教育毒害的人。其实受过正统教育与否还在其次，主要是要找个像他一样不要脸的人。他对斯泰芬评价甚低，但是却喜欢巴巴拉。为此他收买了救世军，揭露了救灵魂的虚伪，又邀请巴巴拉和大家一起到他厂里去参观。混世魔王的工厂精彩无比，连斯泰芬都倾心不已。这时忽然巴巴拉的情人柯森斯教授异军突起，跳出来宣称自己是个弃儿，通过了“绝不要脸”的考试，被安德谢夫接受为继承人。

全剧不但妙趣横生，而且蕴涵着丰富的思想内容。其中最有力的一笔是剧中人围绕“明辨是非”问题发生的戏剧性冲突，读来耐人寻味。

第三幕。薄丽夫人要安德谢夫接受斯泰芬为继承人，可是斯泰芬坚决不肯接受这个肮脏的造大炮的生意。安德谢夫很高兴。他打算给儿子找个好职业作为补偿。他向斯泰芬建议了下列职业：文学艺术、哲学、陆海军、宗教、律师、戏剧，斯泰芬声称一概干不来。安德谢夫只好问他的儿子：“你能说说你长于什么或是爱好什么吗？”

斯泰芬：（起立，目不转睛地瞅着他）我会明辨是非。

安德谢夫：真的吗？怎么！没有做买卖的才能，对于艺术无兴趣，不敢碰哲学，却知道辨别是非的秘诀！这是考倒一切哲学家、难坏一切律师、搞昏一切商人、毁灭大多艺术家的一个问题呀！哎，先生，您真是个天才，圣人中的圣人，人间的天神！而且年纪只有二十四岁！

接下去安德谢夫又说："拿救世军那个可怜的小姑娘珍妮·希尔来说吧。你要是叫她站在大街上讲文法、讲地理、讲算术，甚至叫她讲交际舞，她都会认为你是开她的玩笑！可是她绝不怀疑她能够讲道德问题、讲宗教问题……"

真的，论起明辨是非，儿童仿佛比成人强，无知的人仿佛比聪明人强。这真是个有趣的现象。问题的关键就在于接受一个伦理的（或宗教的）体系比接受一个真理的（或科学的）体系要容易得多。一个伦理的体系能告诉人们什么是对，什么是错，简单明了。人们能够凭良心、凭情感来明辨是非。斯泰芬可以指出造大炮是残忍的，可以指出做买卖斤斤计较是下流的，世界在他那里是无比简单的，是非都写在每件东西上，写在每一个人脸上。世界上绝不存在一个能把他难倒的难题。

说来惭愧，十几岁的时候我也是斯泰芬一流的人物。那时我也会明辨是非，我甚至能说出：光明是好的，黑暗是坏的；左边是好的，右边是坏的；东边是好的，西边是坏的；等等。所差的是斯泰芬能说出下列一些话来。

斯泰芬：您不知您那一套有多可笑……（您就没）上那些尚有古风、不屑与时代为伍的中学和大学去看看，我的思想方法都是在这两个学校养成的。所以您觉着统治英国的是金钱，却也难怪，可是您总得承认，这问题我比您知道得更多。

安德谢夫：那么统治英国的是什么呢？

斯：品质，爸爸，品质。

安：谁的品质？你的还是我的？

斯：既不是你的，也不是我的，而是英国民族一切最优的品质的结晶。

这里，我们需要研究一下，斯泰芬的品质是怎么来的。这些品质是他过的那种生活的产物，教育只是其中一个侧面而已，他什么也不要想，什么也不用记，只要过这种生活，品质就自然地形成啦。也可以说，这种品质不是知识，不是学问，只是一种情绪罢了。

凭着这种情绪，我们不难把世界上的一切分为好和坏两大类，不难“明辨是非”，但却不能做成任何一件事情。看到这儿真让人为安德谢夫捏把冷汗，不知他能给他儿子找个什么事做。可是他居然找到了。

噢！正合他自己要干的那一行。他什么也不懂，
而自以为什么都懂，就凭这一点，到政界准能飞黄腾达。

让我们回到关于“明辨是非”问题上去。“明辨是非”并非毫无必要，但是如果以为学会了“明辨是非”就有了什么能力那就大错特错了。我们学会了把世上一切事物分成好的和坏的以后，对世界的了解还是非常非常可怜的。我们还要继续学习一切是如何发生、如何变化的。这些知识会冲击我们过去形成的是非标准，这时我们就面临一个重大抉择，是接受事实，还是坚持旧有的价值观念？事实上有很多这样的人：他们“明辨是非”的能力却成了接触世界与了解世界的障碍，结果是终生停留在只会“明辨是非”的水平上。可以这样说，接受了一个伦理的体系不过达到了小学四年级的水平，而接受一个真理的体系就难得多，人们毕生都在学习科学，接触社会。人们知道得越多，明辨是非就越困难。

在一个伦理的体系之中，人们学会了把事物分成好的与坏的、对的与错的、应该发生的和不应该发生的，这样的是非标准对我们了解世界是有不良影响的。科学则指出事物存在和不存在、发生和不发生，这些事实常常与那些道德标准冲突。不该发生的事情发生了，如果我们承认它，就成了精神上的失败者。如果我们不承认它，那么我们就失去了一个认识世界的机会。事实上很多人为了这种精神上的胜利，

就被永远隔绝在现实世界之外。在萧伯纳的戏剧中，这样的人物多得是。斯泰芬、巴巴拉、《英国佬的另一个岛》中的娜拉等人都是。还有另一种人物：他们信奉一套道德标准，在行动中却绝不遵守它。他们可以正确地认识世界，但是又不和旧有的信念冲突。他们保存了这个矛盾不去解决，结果活得很好。如薄丽夫人，《英国佬的另一个岛》中的博饶本。第三种人就是安德谢夫，他把这个矛盾解决啦。他干脆不去明辨是非，只信奉“绝不要脸”的信条，结果在那个社会非常成功。

在我们看来，安德谢夫是个十恶不赦的坏蛋，他残酷地剥削和欺骗劳动人民。但是他在那个社会中取得了巨大的成功，又说明他有他的高明之处。比之那些糊涂的“善良人”，他是一个头脑清楚的坏蛋。一个坏蛋清楚的头脑中，真理的成分要比善良的糊涂人多一些。然而坏蛋终究是坏蛋。这一点提示我们，“明辨是非”的伦理体系并非毫无用处，我只是说，它不是接近真理的方法。萧伯纳在其戏剧之中，把这点表达得淋漓尽致。